Angela Lehner

2001

Es ist das Jahr 2001. Im Tal ist alles wie immer: Die Berge sind schroff, die Touristen unersättlich, die Jugendlichen auf der Suche nach Alkohol und Abenteuern und die Eltern abwesend. Eine Zukunftsperspektive hat hier keiner, am allerwenigsten Julia, die in der Hauptschule zum sogenannten »Restmüll« gehört – was ihr egal ist, denn für sie zählt nur eins: Hip-Hop und der Zusammenhalt ihrer Crew. Bis ihr Geschichtslehrer eines Tages die ganze Klasse zwingt, an einem politischen Experiment teilzunehmen, und damit eine Lawine an folgenschweren Ereignissen lostritt. Ein Roman über Freundschaft und das Einbrechen der Weltpolitik in eine Jugend ohne Gott.

»Figurenzeichnung und Dramaturgie sind sehr gut gelungen, man kann sich mit zunehmendem Verlauf der Handlung kaum lösen.« *Jens Uthoff, taz*

»Dialoge und Sprachwitz sind die besondere Stärke dieser Autorin.« *Klemens Renoldner, Die Presse*

Angela Lehner, 1987 in Klagenfurt geboren und in Osttirol aufgewachsen, lebt heute in Berlin. Sie studierte Vergleichende Literaturwissenschaft in Wien, Maynooth und Erlangen. Ihr Debütroman ›Vater unser‹ (2019) wurde u. a. für den Deutschen Buchpreis nominiert und mit dem Österreichischen Buchpreis ausgezeichnet. Zudem erhielt sie den Rauriser Literaturpreis (2020) sowie das Achensee-LiteraTour-Stipendium (2022).

ANGELA LEHNER

2001

dtv

Die Arbeit der Autorin an ›2001‹
wurde vom Deutschen Literaturfonds e. V. gefördert

Von Angela Lehner ist bei dtv außerdem lieferbar:
Vater unser

FSC
www.fsc.org
MIX
Papier aus verantwortungsvollen Quellen
FSC® C019821

2023 dtv Verlagsgesellschaft mbH & Co. KG, München
Lizenzausgabe mit Genehmigung der
Carl Hanser Verlag GmbH & Co. KG

Umschlaggestaltung: dtv nach einem Entwurf von
Anzinger und Rasp, München
Umschlagmotiv: Max shen/Getty Images
Satz: Greiner & Reichel, Köln
Druck und Bindung: Druckerei C.H.Beck, Nördlingen
Printed in Germany · ISBN 978-3-423-14876-4

JÄNNER

1

Unsere Stadt heißt Tal und das ist alles, was man wissen muss. Ich setze die Kapuze auf, schiebe *Cypress Hill* in den Discman und marschiere los.

People always gotta see your smile, kommt es durch die Kopfhörer. *No matter what you just been through.*

Ein grüner Traktor mit einem Anhänger voller Schnee überholt mich und drückt mit seinen überdimensionalen Reifen einen Kuhfladen auf der splittbedeckten Straße platt. Sogar jetzt, wo die Kühe eigentlich ihren Winterschlaf halten müssten, füllen sich die Straßen und Wege wie von Zauberhand mit Mist. Kacke ist hier allgegenwärtig. Und selbst, wenn unsere Stadt im Tourismusführer als Winterwonderland verkauft wird, weiß ich, dass das ganze Tal, die angezuckerten Berghänge, die riesigen Mehrfamilienhäuser mit den dunklen Holzvertäfelungen und die Menschen in ihnen, in Wirklichkeit mit Kacke ausgestopft sind.

So you wanna be a Rap Superstar. Ich zünde mir eine Zigarette an und drehe die Musik lauter. Ich gestikuliere auf dem schmalen, rutschigen Gehsteig zum Text mit, sodass bei jeder Berührung meiner Ellenbogen der Schnee aus den abgestorbenen Thujahecken segelt. Die ersten besseren Häuser tauchen auf. Sie sind weiß gestrichen, haben graue Kunststofffensterrahmen und flache Dächer. Die Leute, die in ihnen wohnen, kennen die Namen ihrer Architekten auswendig. Vor so einem Haus steht der Messdiener auf einem Scheißhöckerchen und malt mit Kreide das »C«, das »M« und das »B« auf den Türrahmen. Neben ihm stehen drei Kinder in bunt glitzernden Zigeunerkostümen.

Die heiligen drei Könige sind in Tal immer spät dran. Eigentlich sollten sie bis sechsten Jänner durch sein mit ihren Haussegnungen und Teufelsaustreibungen. Es gibt aber nicht so viele Kinder, denen der Pfarrer glaubt, dass sie die Kirchenspenden auch abliefern. Und weil es im Tal einen Notstand an heiligen, anständigen Kindern gibt, müssen die wenigen eben alle kirchlichen Verpflichtungen erledigen: Am Neujahrstag mit der Peitsche in den Wind hineinschnalzen, zu Ostern die Leute mit der Ratsche in die Kirchenbank schicken und im Dezember als Engel verkleidet neben dem Nikolaus herlatschen, weil den keiner mögen würde, wenn sein einziger Sidekick der Krampus wäre.

Bei so einem Umzug könnten meine Crew und ich niemals mitmachen. Nicht einmal Krampusse dürfen wir sein. Solche wie uns, hat der Obmann gesagt, als wir letzten Herbst mit ein paar Kuhglocken beim Trachtenverein angetanzt sind, und auf meinen Bruder und mich gezeigt, könne er nicht gebrauchen; und so einen wie den, dabei hat er auf den Tarek gezeigt, schon gar nicht. Im Tal bleiben die Engel und die Krampusse unter sich, die Goldhaubenfrauen vererben ihre Hüte an die Töchter, und die Arbeiter der Milchfabrik ihre Stellen an die Söhne.

Comin' up in the world don't trust nobody.

Der Song ist vorbei, als ich das blau umrahmte Ortsschild erreiche. *Willkommen in Tal* steht darauf. Bis vor ein paar Wochen stand darunter noch *Dobrodošli*. Das steht da jetzt nicht mehr.

»Welcome, welcome«, sag ich und werfe den Tschickstummel auf einen gefrorenen Kuhfladen am Wegrand.

2

»Also, Julia.«

Herr Brandstätter seufzt.

Er ist unser Geschichtslehrer und Klassenvorstand. Andere Lehrer gehen mit ihrer Klasse ins Billardcafé an der B 100 oder machen Wandertage zur Römerausgrabungsstätte, aber mit dem Brandstätter: nix.

Einmal hat er gesagt, er hätte auch den Betrieb seiner Eltern übernehmen können, und dabei ausgeatmet, wie er jetzt ausatmet, als er mich von seinem Pult aus prüft. Er hat ein Bein über das andere geschlagen und schaut mich böse an.

»Nur die Jahreszahlen«, sagt er.

»Äh.«

Ich schaue auf die Tischplatte.

Dorthin, wo Andreas letztes Jahr *Julia, du Runzelfut* geschrieben hat, als ich an einem Tag nicht da war.

2Pac 4Ever, steht hier jetzt mit Kugelschreibermine ins Holz geritzt, kein Runzelfut mehr, aber auch keine Jahreszahl, von keinem Krieg.

Nadja, die mit verschränkten Armen neben mir sitzt, ist auch keine Hilfe. Das kommt halt davon, wenn die Lehrer den Banknachbarn bestimmen.

»Äh«, sag ich noch einmal.

Der Brandstätter nimmt einen Zipfel seines Schals in die Hand und sagt: »Also bitte.«

Eigentlich muss er fast schreien, damit alle es hören. Das Klassenzimmer ist nicht groß, aber mit Schülern vollgestopft. Immerhin sind wir der Restmüll.

War schon wer beim Restmüll?, fragen die Lehrer sich gegenseitig am Gang, wenn sie die Schüler in der Pause nach unten treiben. *Der Restmüll blockiert noch die Umkleiden*, sagen die Muskelprotze aus dem Sportzweig, wenn wir ein bisschen länger brauchen, um uns aus den vollgeschwitzten KiK-Leggings zu schälen.

Natürlich sind wir in der Hauptschule eh alle zweite Wahl, aber der Restmüll ist noch einmal ein Schicksal für sich. Das Schulsystem ist ja ein einziges Siebverfahren. Nach der Volksschule wird man das erste Mal durch dieses Sieb geschüttelt und oben – im Gymnasium – bleiben nur die Arztkinder, die Lehrerkinder oder solche, die den Erwachsenen schon früh vorlügen, Lernen würde ihnen Spaß machen. Der Rest sickert in die Hauptschule, in die Sprach- oder Sportklassen, und wenn man kein Italienisch kann und schlecht im Sichbewegen ist, rutscht man eben noch einmal durch und landet im Restmüll. Dort muss man nichts Besonderes mehr leisten, außer existieren, aber auch das ist manchmal schwer.

»Sag mir halt irgendeine Zahl«, sagt der Brandstätter. Mittlerweile steht er direkt vor unserem Tisch. »Wann war denn der Erste Weltkrieg ungefähr?«

»Hmm«, sag ich und nicke ein bisschen, als würde mir die Zahl langsam einfallen. Aber mein Kopf ist leer. Ich bin, wenn es um Zahlen geht, ein bisschen behindert. Das hat der Mathelehrer aus der zweiten Leistungsgruppe auch gesagt, bevor er mich in die dritte zum Kelomat geschickt hat.

»Hofer«, hat er gesagt, »wenn es um Zahlen geht, bist du einfach ein bisschen behindert.«

Und er hat ja recht. Wenn ich rechnen soll oder eine Jahreszahl sagen, geht meinem Hirn ganz schnell das Benzin aus. Ich kann sofort aufzählen, welche zehn Songs gestern bei

VIVA die meistgewünschten waren, aber wie viele Einwohner in unserer Stadt wohnen und wie hoch unsere Stadt liegt – keine Chance, so was merke ich mir nicht. Einmal hat mich mein Bruder gefragt, was ich glaube, wie viele Kilometer der Mond von der Erde entfernt herumschwebt, und wie ich geschätzt hab, hat er so gelacht, dass er sich ein bisschen in die Unterhose gepisst hat.

Jedenfalls wird der Brandstätter langsam grantig, und wenn der Lehrer grantig wird, sagt man halt was. Irgendwas. Mir fällt ein, dass wir in der letzten Stunde vor den Weihnachtsferien im Geschichtsbuch Fotos gesehen haben von einem Schlachtfeld mit so Leichen. Und wahrscheinlich war das dann vom Ersten Weltkrieg. So lange gibt es Fotos ja noch nicht, jetzt ist 2001, dann rechne ich da einfach ein paar Jahre weg.

»1786«, sag ich. Das ist meine Spezialität beim Zahlenraten: Ich klatsche hinten immer mein Geburtsjahr dran, das gibt dem Ganzen einen realistischen Touch.

»1786!«, ruft der Brandstätter und reißt die Augen auf. Die halbe Klasse lacht, obwohl die es wahrscheinlich auch nicht besser wissen.

»Achtzehnhundert ...«, fange ich leise an.

»Achtzehnhundert!«, ruft der Brandstätter, und ich mache den Mund zu.

Meine Banknachbarin hebt die Hand. Ihr Shirt hat unter den Armen Schweißflecken. Das finde ich komisch an ihr: Die hat immer so brave Sachen an, Kleider und Rollkragenpullover, eine Brille hat sie auch, aber die Haare kleben ihr meistens wie ein Helm um den Kopf, und ich glaube, sie wäscht sie auch nicht öfter, als ich Geschichte lerne.

»Nadja«, sagt der Klassenvorstand jetzt.

»Neunzehnhundertvierzehn bis neunzehnhundertachtzehn«, sagt sie und verschränkt die Arme wieder auf dem Tisch.

Es klingelt, der erste Schultag in diesem Jahr ist vorbei. Brandstätter trägt Nadja einen Einser ein, mir einen Fünfer, und wie er das Klassenzimmer verlässt, kommt Melli von der letzten Reihe vor und gibt Nadja eine Kopfnuss.

»Aufpassen, Bitch«, sagt sie, schiebt die Hände in die Jackentaschen und geht raus.

Tarek und Bene setzen ihre Winterhauben auf und folgen ihr. Andreas rempelt meine Banknachbarin im Vorbeigehen mit dem Rucksack an und bellt ihr ein »Mongo« entgegen. Nicht, dass er und ich so gute Homies wären, aber dem Andreas ist jede Ausrede zum Stänkern recht.

3

»Gemma«, schreien die Lehrer auf dem Gang, wenn sie uns aus den Klassen scheuchen. »Gemma«, sagt man hier auch zum Vieh, wenn man es in Herden zusammentreibt. Und in der Viertelstunde große Pause ist es genau das: ein erzwungener Almabtrieb. Man darf gar nicht im Gebäude bleiben, egal, ob die Sonne herunterknallt oder ob es schneit. Wir Schüler tröpfeln aus den Klassen in die Gänge und fließen als zäher Strom das Treppenhaus hinunter. Im Erdgeschoss, vor dem Tor, gibt es immer Stau. Hunderte Stimmen schwellen zu einem Dröhnen an, das einem die Trommelfelle nach innen stülpt; der Moment, wenn man endlich nach draußen gespuckt wird und wieder frei mit den Armen rudern kann, ist ein Kurzurlaub für die Seele.

»Julia!«

Melli hebt die Hand und umarmt sich dann wieder in ihrer roten Etnies-Snowboardjacke selbst. Trotz der Kälte stehen sie, Bene und Andreas in Hauspatschen unter der Kastanie.

»Scheiß auf Gayschichte«, sagt Melli, als ich hingehe. Beim Sprechen kommen ihr Wölkchen aus dem Mund und sie hält ihr Hauswürstel zwischen Zeige- und Arschlochfinger, als wäre es eine Tschick. In der anderen Hand hat sie ein Vinschgerl. Melli hat immer die geilste Jause dabei, manchmal sogar eine Specksemmel vom Speckeck Egger.

Die Urlauber wollen immer nicht glauben, dass wir Einheimischen den Speck nicht zu dunklem Hausbrot essen, sondern lieber mit hellen Semmeln, aber was wissen die Touris schon. Wer eine Specksemmel vom Speckeck Egger hat, ist auf dem Schulhof der King.

Ich schäle mein Emmentalerbrot aus der Alufolie und knülle sie zu einem Ball, den ich gegen die Backsteinmauer werfe.

»Ja, scheiß drauf«, sag ich. »Der Gartenzwerg nervt.«

Ich nehme einen so großen Bissen, dass gleich die Hälfte vom Brot weg ist.

Bene reißt sein Twix auf: »Warum nennt ihr ihn eigentlich immer Gartenzwerg? Der Brandstätter ist doch groß.«

Melli beginnt zu grinsen, weil wir in der Crew ja ständig Witze darüber machen, was für ein Soletti der Bene selbst eigentlich ist.

Wenn sie nebeneinanderstehen, hat mein Bruder einmal gesagt, schauen Bene und Julia aus wie der *Pinky und der Brain*. Und dabei – an dieser Stelle hat Michael lachen müssen und mit dem Finger auf seinen Kopf gezeigt –, dabei, hat er weitergesprochen, ist es, was den Grips angeht, gerade umgekehrt.

Und er hatte mit beidem recht: Erstens bin ich wirklich einigermaßen unterzentimetrig unterwegs und zweitens ist der Bene ein echtes Brain. Aber obwohl er das Hirn vom Restmüll ist, gibt es mit ihm immer Konflikt. Er war zum Beispiel vorher auch schon in der Sprach- und der Sportklasse. Aber irgendwie, irgendwo, irgendwann haben sich die Burschen immer zusammengetan und den Bene verdroschen. Einen Konflikt gab es, hat der Brandstätter gesagt, und Bene im selben Jahr in unsere Klasse gebracht, als Melli von der alten Restmüllklasse rückwärtsgekommen ist.

»Ja, der Brandstätter ist vielleicht äußerlich ein Riese«, sag ich jetzt zu Bene und zeige auf meine Brust. »Aber hier drin ist er ein Gartenzwerg. Und darauf kommt es an.«

Ich schaue zu Tarek. Er ist zwar einer von uns, in den Pausen bekommen wir ihn aber trotzdem kaum zu sehen. Er lehnt dann immer neben irgendwelchen Tussis aus Parallelklassen, streicht sich die dunklen Haare zurück und flüstert ihnen etwas ins Ohr, dass sie kichern müssen; oder so wie heute, sogar so laut lachen, dass man es noch auf der anderen Seite des Hofes hört.

Obwohl Melli mit sechzehn eine der ältesten an der Schule ist, ist Tarek noch älter als sie. Er war zwar von Anfang an in unserer Klasse, aber vorher hat halt immer irgendwas nicht gepasst mit den Formularen und der Hin- und Herzieherei. Seit der Kebabladen von Tareks Eltern aber ein fixer Bestandteil der Taler Fußgängerzone geworden ist, ist Tarek selbst ein fixer Bestandteil vom Restmüll geworden.

Das letzte Crew-Mitglied in der Schule ist Andreas. Er motzt eigentlich immer wegen irgendetwas herum, und dass er im Gesicht fast kein Fleisch hat und deswegen ausschaut wie ein lebendiger Totenkopf, macht ihn auch nicht unbedingt sympathischer. Auch jetzt steht er mit zusammengebissenen Zähnen da, und man weiß nicht so genau, ob er uns überhaupt zuhört oder in Gedanken wieder mal in einer ganz anderen Welt unterwegs ist.

Zur Crew gehört Andreas vor allem, weil er der Bruder von Hannes ist und Hannes der beste Freund von meinem eigenen Bruder Michael. Unsere Brüder gehen ins Gymnasium, drüben, überm Fluss. Aber das ist was ganz anderes. Jedenfalls sind Tarek, Bene, Melli und Andreas die wichtigsten an der Schule. Auf den Rest scheiße ich. Ernsthaft, ich weiß von den meisten hier nicht einmal, wie sie heißen. Obwohl ich schon seit Jahren mit ihnen in die Klasse gehe, kenne ich zum Beispiel nicht einmal die richtigen Namen der drei

Oberländerinnen, die gerade vorbeigehen und »Griaschte« zu mir sagen. Auf den ersten Blick sehen sie exakt gleich aus, wie Drillinge. Alle haben sie denselben Braunton in den Haaren und den Augen. Alle sprechen sie in einem Dialekt, den man nur die halbe Zeit versteht. Aber wenn man genau schaut, merkt man, dass eine etwas kleiner ist, eine etwas größer, und die dritte etwas hübscher als die beiden anderen. Deswegen sind die drei für mich die *kleine*, die *große* und die *hübsche Oberländerin*. So unterscheide ich die Leute, so komme ich zurecht. Wozu sich also Namen merken? Namen merken braucht nur Hirnbenzin, und man muss schließlich haushalten mit seinen Ressourcen.

Vor dem Hof fährt der Tal Milch-Transporter vorbei. Das Logo sind zwei weiße Bergspitzen vor einem blauen Hintergrund, dahinter geht die Sonne auf. Morgens bringt der Tal Milch-Lieferant immer zwei Paletten voller Mini-Tetrapaks in die Schule. Die Besseren haben ja ein Getränke-Abo. Da zahlt man bei Schulanfang vierhundert Schilling, und dann bekommt man jeden Tag zur Pause frische Fruchtmolke geliefert. Mango oder Maracuja. Wenn ich Durst habe, trinke ich am Restmüll-Waschbecken. Aber das macht nichts. In Österreich könnte ich ja sogar aus dem Klo trinken, und das Wasser wäre noch immer besser als das, was in Amerika aus der Leitung kommt.

»Gemma!«

Es hat geklingelt. Die Musiklehrerin hält das Glastor auf und scheucht uns ins Gebäude zurück.

»Willst?«

Melli hält mir ihre unberührte Jause hin. Ungläubig schaue ich das gute Vinschgerl an.

»Danke«, sag ich und nehme es.

Melli dreht sich um, rempelt wie beiläufig den Typen mit dem Schnurrbart aus der Sport an, läuft mit wehenden Haaren auf das Tor zu und dann, immer zwei Stufen auf einmal nehmend, nach oben.

4

»Sehenswürdigkeit«, sagt die Deutsche.

Ich wünschte, ich hätte ein Rad. Dann müsste ich mich nicht in der Fußgängerzone von Touris anreden lassen.

»Äh«, überlege ich. »Sie können zum Museum gehen. Das ist am Berg droben.« Ich strecke die Hand aus und zeige in die Richtung.

»Was?«, ruft die Deutsche und lehnt sich zu mir.

Die Canon, die ihr an einem breiten Band vom Nacken baumelt, schlägt ihr zweimal gegen die Brust. Ihr Mann tupft sich mit einem Tempo-Taschentuch Schweißtropfen von der Stirn, weil er seinen Skianzug natürlich auch auf dem Marktplatz anhaben muss. Als ob einem in Österreich zu jedem beliebigen Zeitpunkt eine Piste oder eine Schlittenbahn unterkommen könnte; oder eine Langlaufloipe, auf der wir Einheimischen uns jodelnd zwischen Lebensmittelladen und Hausarzt hin- und herbewegen. Rundherum sind lauter Klone von den beiden. Pärchen und Familien mit Brillenkordeln um den Hals, damit es ihnen die Oakleys beim Carven nicht vom Gesicht schnalzt. Einige haben sogar noch ihre Skischuhe an und rumpeln damit von einem Souvenirgeschäft ins nächste.

Jetzt wissen sie wieder alle nicht, was sie tun sollen. Am ersten Tag machen sie Hüttengaudi, am zweiten gehen sie Ski fahren, am dritten haben sie dann Muskelkater und suchen nach Kultur.

»Wie bitte?«, sagt die Deutsche noch einmal besonders deutlich.

Sicherheitshalber schaue ich mich um. Man weiß ja nie, wer gerade vorbeikommen und mitkriegen könnte, wie man sich zum Deppen macht. Ich räuspere mich.

»Sie können zum Museum gehen. Das ist am Berg droben«, sag ich – diesmal auf Hochdeutsch. Ich verstehe ja nicht, warum mich die Frau, wenn sie so gut Deutsch kann, nicht versteht, wenn ich im Dialekt rede. Aber so sind sie halt, die Deutschen, deswegen mag sie ja keiner.

»Ach so.« Sie lacht. »Da waren wir schon. Wissen Sie vielleicht was anderes Nettes?«

Ich überlege. Ein bisschen bin ich irritiert, weil die »Sie« zu mir sagt.

»Ja«, sag ich, »im Sommer kann man Minigolf spielen. Macht Spaß.«

Ich gehe zur Unterführung, die keine ernstzunehmende Unterführung ist, sondern so eine unter einem Haus hindurch. Wenn man durch die Unterführung geht, geht man an den Senfter-Schaufenstern vorbei. Der Senfter ist das einzige Fotogeschäft in Tal. Die Mitarbeiter gehen auf den Abschlussbällen und Firmenfeiern mit Kameras herum und machen Fotos von den Leuten. Ein paar Tage später tun sie die mit Stecknadeln auf die Papptafeln im Schaufenster, und man kann sich Abzüge machen lassen. Einmal war ich zum Beispiel mit Melli auf dem HAK-Ball, und da haben sie ein Foto von uns gemacht. Ich habe mir für zehn Schilling einen Abzug davon gekauft und jetzt hängt er im Keller über meinem Bett. Heute hängen im Schaufenster lauter Leute, die ich nicht kenne. Im zweiten Fenster schaue ich mir ein bisschen die erotischen Fotos an. Ein Mann und eine Frau mit Tribal-Tattoos umarmen ihre nackten Oberkörper. Das Gesicht vom Mann und das Arschgeweih von der Frau schauen in die Kamera.

Mit geducktem Kopf gehe ich am *Himmel* vorbei. Neben dem Eingang der Dorfdisko verblasst seit Jahren ein Poster, auf dem in derselben fetten weißen Schrift *Rock gegen Oben* steht, in der die Würstelbude am Großparkplatz ein halbes Grillhendl für siebzig Schilling anpreist. Das Tal geht gern in den Himmel feiern. Es soll nett sein dort, sogar eine meterhohe falsche Palme steht wohl in der Mitte des Lokals. Im Himmel flattern aber auch immer Engel in Springerstiefeln durch die Gegend. Selbst jetzt, am helllichten Tag, stehen ein paar von ihnen vor dem Lokal. In ihrer Mitte lehnt ein Typ in Lederjacke, der mit seinen abstehenden roten Haaren eins zu eins aussieht wie *Chucky – die Mörderpuppe*. Chucky hebt den Blick und grinst auf eine Weise, dass es mich schüttelt.

Der Lidl ist im Winter der beste Ort in Tal. Wahrscheinlich der einzige Ort, an dem dann keine Touris herumwuseln. Die Touristen gehen nicht in den Lidl. Sie wollen im Urlaub aus Prinzip mehr Geld ausgeben, etwas gönnen wollen sie sich. Wintersport ist teuer genug, da kann man es nicht riskieren, sich das edle Bonzen-Gefühl durch eine eingeschweißte Bergsteigerwurst vom Discounter zu versauen. Man isst dann luftgetrockneten Speck, luftgetrocknetes Rindfleisch oder luftgetrocknetes Gemüse. Was genau man isst, ist im Grunde egal, solange es von einem österreichischen Bauernhof kommt, oder luftgetrocknet oder kaltgepresst ist.

Ich kaufe Nudeln, Faschiertes und Knoblauch. Heute kochen wir Spaghetti Bolognese. Es ist unsere Lieblingsspeise, wir pressen immer viel Knoblauch rein. Normalerweise soll da ja nur eine Zehe rein, laut Rezept, aber mein Bruder und ich nehmen eine ganze Knolle. Wir mögen das.

Auf dem Heimweg gehe ich wieder über den Marktplatz. Die Deutsche von vorhin redet gerade mit der Kellnerin vom Taler Hof, und wie ich vorbeigehe, höre ich sie *Minigolf* sagen. Als ich eine Tschick anzünde, kommen mir zwei Bullen entgegen. Kurz wollen meine Finger zittrig werden, aber das lasse ich nicht zu. Langsam gehe ich ihnen entgegen. Man vergisst das manchmal, dass die Menschen einem die eigenen Sünden nicht ansehen können. Die wissen nicht, dass ich fünfzehn bin, sag ich mir und nehme einen besonders tiefen Zug, die wissen das gar nicht. Ich warte, bis sie vorbei sind und überquere den Platz.

Der *Il Gelato* ist im Winter ein Teegeschäft. Dann interessiert sich keiner dafür, weil sich niemand für Tee interessiert. Aber im Sommer, da geht es vor dem Geschäft ab. Im Sommer ist der Il Gelato der Hotspot, und irgendwie, irgendwann werden alle Tourikinder von der riesigen Theke mit den vielen bunten Eissorten angezogen wie Motten vom Licht. An der Eingangstür sammeln sie sich dann als Tourikinderschwarm und wischen mit ihren verschwitzten Griffeln das Glas schmierig. Die meisten nehmen einen Schokoneger. Das ist die Spezialität vom Il Gelato. Der tunkt die Eiskugel, wenn man will, für zehn Schilling noch einmal in flüssige Schokolade, die aber sofort fest wird, weil das Eis ja so kalt ist. Trotzdem schmilzt es. Und wenn die Tourikinder nicht schnell genug sind, rinnt ihnen die Suppe nach wenigen Minuten schon über die braungebrannten Hände und sie beschweren sich bei ihren Eltern.

An der Senfter-Kreuzung hupt jemand.

»Scheiß Itaker! Sogar im Winter!«, höre ich einen wütenden Ausruf.

Zwei lachende Radfahrer in bunter Funktionskleidung rollen in die Fußgängerzone. Stimmt, denke ich und lasse die Tschick auf den Boden fallen.

Schlimmer als die Piefke sind nur noch die Itaker.

5

Die Katze schlägt den Kopf gegen das Küchenfenster. Sie stellt sich auf und schmiert ihre fleischigen Pfotenknödel über die Scheibe.

»Alter, was ist los?« Michael nimmt die Fernbedienung und dreht VIVA leiser. Er sitzt mit einer Hand in der Jogginghose da und stinkt bis in die Küche herüber nach Restalkohol.

»Die Katze«, sag ich.

Die Küche ist nur ein kleiner Verschlag am Wohnzimmer dran. Es gibt keine Tür, aber einen Tisch mit vier Stühlen. Ich nehme die Plastikschale mit dem faschierten Fleisch und steche das Messer in die straff darübergezogene Frischhaltefolie. Sofort breitet sich ein Geruch aus, der schlimmer ist als der Restalkgestank meines Bruders. Die Katze mit ihren Katzensuperkräften riecht das Fleisch durchs Fenster. Sie dreht jetzt völlig durch und schlägt den Kopf ein paar weitere Male gegen die Scheibe. Dort, wo sie mit der Nase angekommen ist, ziehen sich schon dünne Schleimspuren übers Glas.

»Ja, Mann!«, sag ich zur Katze, und mein Bruder dreht VIVA wieder lauter.

Die Katze ist vor ein paar Wochen aufgetaucht. Schön ist sie wirklich nicht. Es ist so ein Viech, wo man keinen zu fragen braucht, ob er es vermisst. Das Fell ist schwarz-weiß und auch in der Sonne bleibt es stumpf. Sie ist abgemagert und einer der Hinterfüße fehlt ihr. Vielleicht hat ein Hund ihr den Fuß abgebissen. Sie kommt sicher von einem der Bauernhöfe, die hier überall und besonders an den Rändern zu finden sind. Die meisten Bauernkatzen kommen aber so weit gar nicht. Es ist ja billiger, so ein paar Katzen in einen Sack reinzutun, da sieht man auch nicht, wer wer ist, als die Mutterkatze kastrieren zu lassen. Sagen einem alle Bauern. Wenn eine Katze tot ist, legt man sie mit der Mistgabel auf den Misthaufen.

Ich drehe mich zum Herd und mache das Sonnenblumenöl in den Topf. Obwohl die Flasche noch ziemlich voll ist, kann man sie eigentlich gar nicht in die Hand nehmen, ohne dass die dünnen Plastikwände unter den Fingern einknicken. Mit dem Gejammer der Katze im Nacken schäle ich eine große Zwiebel. Das Messer ist zu stumpf, aber ich habe im Late-Night-Shopping-TV einen Trick gesehen: Ich nehme einen der dreckigen Teller aus der Abwasch und ziehe die Klinge ein paarmal über den grauen Ring auf der Hinterseite. Danach geht das Schneiden leichter.

In der Schule haben wir einmal in der Woche Kochen. Dort hat die Lehrerin gesagt, dass man beim Schneiden die Finger abwinkeln soll, damit man sich nicht versehentlich die Kuppen absäbelt. Das ist wichtig, hat sie gesagt, weil einem Menschen ja nichts nachwächst, außer einmal die Zähne. Deswegen grabe ich jetzt die Nägel in die Zwiebel hinein. Am Anfang schneide ich noch feine Stücke, aber wie ich merke, dass ich schon langsam weinen muss, hacke ich nur noch ein paarmal auf dem Plastikbrett herum. Mittlerweile raucht das Öl. Als ich die Zwiebeln hineintue, spuckt es mir Tröpfchen auf die Unterarme.

»Aua«, murmle ich beleidigt.

»Was?«, schreit Michael über das Gedudel vom Fernseher herüber.

»Nix«, sag ich und fülle einen Topf mit Wasser.

Dann gehe ich ins Wohnzimmer. Auf dem Diwan unter dem Fenster kann man nicht sitzen, und auf der Couch hat sich mein Bruder breitgemacht. Er ist mit seinen Arschbacken in die Kuhlen geschmolzen, die diese sich mühselig über Jahre ins Futter gedrückt haben. Ich lasse mich neben ihm auf die Armlehne sinken. Auf dem Bildschirm wollen drei Typen mit Sonnenbrillen unbedingt wissen, wer zum Teufel ihre Hunde rausgelassen hat. Das Video endet und jetzt kommt ein Song von OutKast. Mein Bruder und ich beginnen sofort zu nicken. Man wartet ja den ganzen Tag, dass gute Musik kommt. Da muss man dann bereit sein. Aus der Küche zischen die Zwiebeln, aber ich höre nicht hin. Sie zischen noch lauter.

»Julia«, sagt mein Bruder genervt.

»Ja«, sag ich zurückgenervt und gehe in die Küche.

Die Zwiebeln sind jetzt unten schwarz und oben roh. Egal. Ich nehme das Fleisch aus der Plastikschale. Unten klebt ihm noch sein vollgeblutetes Always Ultra. Ich tue es herunter und lasse den Fleischblock ins Öl platschen. Dieses Mal bin ich vorbereitet und trete einen Schritt zurück, bevor die Terrortropfen mich erwischen können. Aus der Tasse, in der das Besteck steht, nehme ich mir einen Löffel zum Umrühren. Bevor ich anfange, überlege ich es mir anders und kletzle noch einmal ein bisschen Faschiertes vom Fleischblock. In den Handflächen forme ich einen rosanen Ball und gehe damit zum Küchenfenster, wo die Katze noch immer randaliert. Ich öffne es einen kleinen Spalt und haue den Fleischball in den Hof. Die Katze humpelt ihm hinterher.

»Da Quasimodo«, sag ich und drehe den Griff wieder herum.

Zwanzig Minuten später sitzen Michael und ich vor dem Fernseher und essen Spaghetti Bolognese. Auf dem Couchtisch steht eine dritte Portion bereit.

»Alien Ant Farm – *Smooth Criminal*«, ruft mein Bruder. Er hat recht. Ich warte auf das nächste Bild. VIVA spielt einmal in der Stunde für ein paar Sekunden die Top-40-Hits oder aber Videos zu einem bestimmten Thema an. Man sieht dann unter dem aktuell laufenden Song kleine Ausschnitte der nachfolgenden Musikvideos in der Warteschleife. Michael und ich haben es uns zu einem Wettkampf gemacht, wer mehr Lieder anhand der kleinen Vorschauen erkennt. Mein Bruder ist mir heute schon um zwei voraus. »Enya«, rufe ich, »*Only time.*«

Aus der Küche hört man ein Klatschen. Wir lachen. Um zu testen, ob die Nudeln *al dente* sind, werfen wir immer eine Probespaghetti an die Decke. Wenn sie kleben bleibt, kann man essen. Drinnen ist grade die heutige Nudel auf den Boden gefallen. Manche bleiben aber auch hängen und runzeln sich über die Wochen zusammen wie vertrocknete Regenwürmer.

6

In der Schule gibt es drei Leistungsgruppen. Während der Nebenfächer hockt man zusammen in der Restmüllklasse, aber für die Hauptfächer muss man wandern. Für die Besseren wird der Unterricht in den oberen Stockwerken abgehalten. Die Räume schauen dort in Richtung Süden und die Sonne scheint einem den ganzen Tag lang ins Gesicht. Da bekommen die besonders Tüchtigen schon einmal einen Vorgeschmack auf ihr späteres Leben. Mit den sinkenden Leistungsgruppen geht es dann Stock für Stock abwärts. Andreas und ich müssen in unseren Hausschuhen manchmal sogar bis ganz hinunter in die Kellerräume schlurfen, wo es nach feuchter Wäsche riecht und man durch die Wände Geräusche aus den Schülerküchen hört.

Aber in Englisch ist alles anders. In Englisch bin ich sozusagen ein Superhirn. Gemeinsam mit Bene betrete ich jetzt das Klassenzimmer unterm Dach, in dem der Englischunterricht der ersten Leistungsgruppe abgehalten wird. Die Klasse ist gleichzeitig so etwas wie das Wohnzimmer der Direktorin. Hier steckt hinter dem Kasten, in dem das Radio und der Videorekorder eingesperrt sind, eine englische Flagge. An der Wand hängen zerronnene Wasserfarbengemälde von Rosensträußen, und neben dem Platz, an dem Bene und ich immer sitzen, gibt es ein Bild von einer roten Katze, die angezogen ist wie ein Kriegsgeneral und unter dem Arm klemmt ihr ein metallener Helm mit einem Dorn am Scheitel.

Direktorin Schanovsky ist ungefähr so alt wie eine Mumie

aus der Römerausgrabungsstätte, sie trägt Kostüme in Zuckerlfarben und ist ein Fan von der Queen, in England drüben. Wenn die Direktorin Englisch redet, klingt sie, als wäre sie verkühlt, und zu Weihnachten bringt sie Kekse mit, die *Shortbread* heißen.

Schriftliche Prüfungen gibt es bei der Schanovsky nicht. Hauptsache, wir bemühen uns, sagt sie immer. Wenn man ehrlich ist, ist unsere einzige Leistung, dass wir ihr Geschichten auf Englisch erzählen. Die Leute unten lernen jeden Tag Vokabeln und bekommen von den Lehrern trotzdem noch zu hören, dass sie für die erste Leistungsgruppe nicht gut genug sind. Und in Wirklichkeit fressen wir unterm Dach einfach nur Schanovskys Butterkekse. Aber das dürfen die anderen nicht erfahren, da sind wir heroben uns alle einig.

»God Save the Tal«, sagt Schanovsky, als sie eintritt.

Wir stehen auf und begrüßen sie mit einem »Goodmorning, Ma'am«.

Benes und meine Stuhllehne knallen gegen die Hinterwand. Wir setzen uns in Englisch immer in die letzte Reihe. Das ist wichtig für meinen Auftritt.

Als erstes ruft Schanovsky einen bulligen Typen aus der Sport auf.

»My friend and I play tennis in Tal. I am a fan from Anna Kournikowa«, sagt er und die anderen Sport-Typen kichern.

Bene bläst neben mir Luft durch die Nase.

Die Direktorin hört dem Sportler ein bisschen zu, schickt ihn dann auf seinen Platz zurück und lässt den Blick über die Reihen gleiten.

»Anybody else?«

Ich melde mich nie von selbst. Und die Schanovsky versucht erst mal immer, den anderen auch eine Chance zu geben. Nur ist das, was die erzählen, meistens so langweilig oder anstrengend, dass die Schanovsky Sehnsucht nach einer Mexalen bekommt. In solchen Momenten sucht sie meinen Blick und sagt: »Tell us a story, Julia.«

Und dann kommt mein Auftritt. Ich lasse mir dabei jeweils Zeit beim Aufstehen und setze ganz langsam die Kapuze auf. Dann gehe ich in Zeitlupe vor, damit im ganzen Publikum die Spannung steigt. Vorne angekommen beginne ich dann sofort zu rappen. Ich rappe etwas von M. O. P. oder N. W. A – ganz egal. Denn alles, was aus meinem Mund herauskommt, ist sowieso um Welten besser als das, was die faden Taler Kinder der Schanovsky erzählen könnten.

Manchmal, wenn ich mich besonders ins Zeug lege oder in den Text hineinsteigere, lachen die anderen. Sie schauen mich an und flüstern sich etwas zu. Aber denen bläst Bene durch einen ausgehöhlten Fineliner eine feuchte Papierkugel an die Wange. Oder er steht auf und boxt ihnen in den Oberarm. Das Armgeboxe befürwortet die Schanovsky nicht, aber sie ist trotzdem auf meiner Seite. Das weiß ich, seit mir in der dritten Klasse einmal so eine Ratte aus der Italienischklasse eins reindrücken wollte. Frau Direktorin, hat er gesagt, die Julia hat sich diese Geschichten ja gar nicht selber überlegt, die plappert nur die Lieder nach, die sie im MTV hört.

Aber die Ratte hat nicht mit der Reaktion der Direktorin gerechnet. Wenn die Kinder im Deutschunterricht einen Einser für das Nachplappern vom *Erlkönig* kriegen, hat die Schanovsky nämlich gemeint, dann kann genauso gut die Hofer Julia einen Einser für das Nachplappern von *Murder Was the Case* bekommen.

Heute ist nicht so ein Tag übrigens, wo ich einen Auftritt habe. Vorne steht mittlerweile die große Oberländerin.

»… and my favourite Joker at the Millionenshow is the telephone joker«, sagt sie. »But you must not forget to tell your telephone joker to be at home. Because if they are not, it is very bad.«

Bene gähnt. Und als es zur Pause klingelt, zwinkert Schanovsky ihm und mir zu und wünscht uns *viel Spaß gleich,* was wir beide komisch finden.

7

Der Brandstätter führt etwas im Schilde. Als er hereinkommt und die Tür hinter sich schließt, sind seine Wangen rot, die Augen glitzern verdächtig. Unter dem Arm klemmt ihm ein hellgrüner Graceland-Schuhkarton.

»Klasse«, sagt er. »Es gibt fabelhafte Neuigkeiten.«

Er stellt den Karton auf das Pult und klatscht in die Hände. »Ich hab einen ganz besonderen Einfall gehabt, für euch, für uns. Eine bahnbrechende Idee für unseren gemeinsamen Unterricht. Und das Beste ist: Die Direktion hat das Ganze sogar schon autorisiert.«

Die zwinkernde Schanovsky in ihrem Dachboden-Palace fällt mir wieder ein.

»Was hat der Trottel jetzt wieder vor?«, sag ich.

»Pscht«, macht Nadja neben mir und verschränkt die Arme.

»Hier«, sagt Brandstätter – mit der flachen Hand tätschelt er feierlich die autorisierte Schachtel –, »ist die Zukunft eurer Noten drinnen, die Zukunft Europas. Eigentlich sogar die Zukunft der ganzen Welt.« Er kann nicht anders und muss noch einmal klatschen, weil die Freude rausmuss. Aber die Klasse interessiert es nicht, hinten wuselt es.

»Melanie!«, ruft Brandstätter und drückt seinen eigenen Handrücken, als stellte er sich vor, es wäre Mellis Hals. »Aufpassen jetzt.«

Melli nimmt den Ellenbogen von Tareks und Benes Tisch in der letzten Mittelreihe, wirft die Haare zurück und dreht sich vor.

»Ich hab eh aufgepasst«, sagt sie. »Im Deichmann ist die Zukunft von Europa drinnen.«

Es lacht und wuselt wieder.

»Sehr amüsant«, sagt Brandstätter. »Und jetzt hört's einmal zu. Das ist nämlich ein einmaliger Versuch, den ich mit euch vorhab. Ein Experiment sozusagen. Ein so lässiges Experiment hat es im Tal noch nie gegeben. Im ganzen Land noch nicht! Und wenn ihr gescheit mittut …«, jetzt grinst der Brandstätter richtig, »wenn ihr gescheit mittut, müsst ihr nie wieder einen Geschichtstest schreiben. Ja, ihr habt richtig gehört: Keinen Test, keine Prüfung – und ihr bekommt alle einen Einser.«

Ich finde, der Brandstätter klingt jetzt ein bisschen wie die alte Zeugin, die den ganzen Tag mit ihrem hässlichen Pudelhund im Park herumgeht und einem erzählt, dass der Jahve sich um alles kümmern wird und das Paradies auch noch kommt. Das Paradies glaube ich der Zeugin nicht, und dem Brandstätter erst recht nicht. Immerhin halten wir aber jetzt den Mund und hören uns an, was der Gartenzwerg zu sagen hat.

Der nimmt den Deckel von der Schuhschachtel, taucht die Hand hinein und lässt dann viele kleine Papierschnipsel zurück in die Kiste segeln.

Nadja hebt neben mir einen einzelnen Finger. Wir anderen zeigen mit dem Peace-Zeichen auf, die Streberin glaubt, den Mittelfinger nicht nötig zu haben: »Ist das eine Tombola, Herr Professor?«

»Fast – nur viel besser«, sagt der Brandstätter mit Schafsblick.

»Hier drinnen, Kinder«, sagt er und schaut uns einem nach dem anderen ins Gesicht, »sind die Namen der großen

Akteure unserer Zeit. Die Namen der bedeutendsten Akteure in Politik und Kultur.«

Überall schnellen Hände mit dem Peace-Zeichen hoch.

Die schöne Oberländerin sagt: »Was ist ein Akteur?«, und die übrigen sinken wieder nach unten.

»Eine gute Frage, Theresa«, sagt Brandstätter und beginnt lächelnd zwischen den Pulten umherzuspazieren. »Das ist ein wichtiger Mensch. Eine Persönlichkeit, die was zu sagen hat, die was gestaltet. Und jeder von euch zieht jetzt gleich so einen Namen. Und dann werdet ihr für den Rest des Schuljahres im Geschichtsunterricht selbst zu diesem Akteur. Wie ein Schauspieler, der eine Rolle spielt, versteht ihr?«

Der Brandstätter schaut den Restmüll an und der Restmüll den Brandstätter. Draußen fährt ein Auto vorbei.

»Fuck!«, schreit die Schlange, und die Klasse samt Klassenvorstand zuckt zusammen. Ihr Handy macht das Snake-Verlierer-Geräusch. Andreas, der in der Türreihe direkt hinter ihr sitzt, schaut drein, als wollte er sie erschlagen.

Die Schlange hat ihren Namen übrigens nicht, weil sie ein schlechter Mensch wäre. Sie ist einfach ein 3210-Opfer, ihr ganzes Leben richtet sich nach der kleinen Schlange auf dem grünen Nokia-Display. Im Flur rempelt sie die Leute an, weil sie beim Gehen auf ihr Telefon starrt, und mindestens einmal am Tag wird sie von den Lehrern ermahnt, weil sie das Snake-Spielen nicht einmal im Unterricht bleiben lassen kann. Dass es mittlerweile schon ein 3310er gibt, ist der Schlange egal. Ihr Lebensziel, hat sie einmal verkündet, ist der Snake-Perfect-Score von 2008 Punkten. Wenn auf dem Handybildschirm nichts mehr zu sehen ist als die Schlange selbst, also alles schwarz, und sie als letzten Akt sich selbst frisst, dann erst ist das Spiel wirklich gewonnen und die Schlange frei.

»Mein Gott, ihr seid's einfach unmöglich«, regt Brandstätter sich auf. Mit Riesenschritten geht er zur Schlange und nimmt ihr das Handy weg. Die schaut weiterhin auf ihre Handfläche, dort, wo eben noch das Nokia gelegen hat, hebt dann träge den Kopf und sagt: »Heyy…«

»Könnt's ihr jetzt bitte einmal mittun? Ist das zu viel verlangt?«, ruft unser Klassenvorstand. Fast klingt er ein bisschen verzweifelt. »Jetzt hört's halt einmal zu. Wir haben hier die Chance, miteinander Geschichte zu schreiben, versteht ihr? Geschichte!«

In der nachfolgenden Stille hört man die Schlange angestrengt mit den Armen nach ihrem Handy rudern. Brandstätter schüttelt den Kopf und gibt es ihr zurück.

Für einen Moment schließt er die Augen, dann setzt er ein Lächeln auf, das so falsch ist wie der angeblich Selbstgebrannte, den die Touriguides den Urlaubern nach ihren Wanderausflügen und Rafting-Touren andrehen.

Brandstätter marschiert vor die Tafel und dreht sich zur Klasse.

»Also«, sagt er und atmet tief durch, »versuchen wir es noch einmal: Am Anfang jeder Geschichtsstunde gibt es ab sofort ein Akteurs-Referat. Während des Semesters kommt jeder einmal dran.«

Er macht einen Schritt auf unser Pult in der ersten Mittelreihe zu und zeigt mit der Hand auf mich. »Also Klasse! Wie viel Referate muss zum Beispiel die Julia halten?«

»Nadja?«, sagt er, weil diese aufgezeigt hat.

»Nur ein einziges Referat muss die Julia halten«, sagt sie.

»Super, Nadja«, sagt der Brandstätter. »Und danach diskutieren wir. Entweder über das eben Gehörte oder aber über ein Thema, das tagespolitisch gerade aktuell ist. Da kann man ja flexibel sein, aber«, jetzt wackelt der Brandstätter mit dem Zeigefinger, »jeder in seiner Rolle. Deswegen ist es ab sofort wichtig für euch, die Augen offen zu halten. Ihr merkt euch bitte, welchen Akteur ihr verkörpert, und dann schaut ihr, wo euch der begegnet. Im Fernsehen zum Beispiel, oder in der Zeitung. Oder im Internet! Ihr schaut euch an, was euer Akteur so macht, was der so sagt. Und in der Stunde verhaltet ihr euch dann, wie er sich verhalten würde. Ihr vertretet seine Po–si–tion.«

Die Deutsche in der Latzhose muss ein bisschen kichern, weil der Brandstätter »Po« gesagt hat. Er tut, als würde er es nicht mitbekommen, und spricht etwas lauter weiter.

»Das nennen wir eine kleinschrittige Erarbeitung, versteht's ihr? Wir erarbeiten uns gemeinsam die Welt der Politik und Kultur. Ein Paradigmenwechsel ist das, was das Lernen betrifft. Das Ende des Frontalunterrichts. Wisst ihr, wie super das ist? Ihr unterrichtet euch gewissermaßen selbst.«

Er schaut uns erwartungsvoll an: »Das ist von jetzt an eure Aufgabe in der Geschichtsstunde: Input«, Brandstätter legt die linke Hand über die rechte Faust, »und Output.« Jetzt breitet er die Arme aus.

»Besonders aufregend wird das Ganze natürlich«, spricht er gut gelaunt weiter, »wenn ihr nicht überall gleich eure Rollen herumposaunt« – die Deutsche muss wieder lachen –, »weil, wenn ihr gut recherchiert und euren Akteur glaubhaft spielt«, sagt der Brandstätter, »wird man alleine anhand des Disputs erkennen, wen ihr darstellt! Also: Pssst.«

Er hält sich einen Finger vor die Lippen, und Nadja neben

mir tut es ihm gleich. Langsam schüttle ich den Kopf. Eigentlich gehören sie beide verdroschen.

»Gibt es jemanden, der das noch immer nicht verstanden hat?«, fragt unser Klassenlehrer.

In der Klasse bleibt es – abgesehen vom monotonen Klicken der 3210-Tastatur aus der Türreihe – still. Natürlich bleibt es still. Würden die Lehrer so eine Frage ernst meinen, würden sie umgekehrt fragen: nämlich ob es eigentlich überhaupt irgendjemand begriffen hat.

»Super«, antwortet er sich jetzt selbst.

»Ja, Katja?«

Die Latzhosen-Deutsche in der Fensterreihe hat die Hand gehoben.

»Und wer sind Sie? In diesem ›Experiment‹?«

»Ich bin der Herr Brandstätter«, sagt der Brandstätter, »und ich bleibe der Herr Brandstätter.«

Er nimmt den Schuhkarton und hält ihn ihr unter die Nase. Dann geht er langsam durch die Reihen und lässt alle einen Zettel ziehen. Bene zieht, liest und beugt sich zu Tarek, um zu schauen, wen er bekommen hat.

»Ist das nicht super?«, sagt Brandstätter und hält mir als letztes die Schachtel hin.

»Nein«, sag ich und nehme mir einen Zettel.

Brandstätter verdreht die Augen. Dann schüttelt er zufrieden den Karton, dass man drinnen die übriggebliebenen Zettel herumfliegen hört.

»So«, sagt er. »Wie gesagt: Wenn ihr brav mitmacht, gilt das als Ersatzleistung für alle Prüfungen. Also strengt euch an. Und nicht vergessen«, Brandstätter beendet den Satz, indem er die Lippen spitzt und sich wieder den Zeigefinger davorlegt.

»Ja, Julia?«, sagt er dann und nickt in meine Richtung, weil ich das Peace-Zeichen gemacht habe.

»Was«, sag ich und knülle mein Papier in der Faust zusammen, »ist ein UNO?«

8

Es ist Wochenende und wir gehen shoppen. Ich patrouilliere mit der Tschick im Anschlag, während Melli hinter mir eine Zeitung aus der durchsichtigen Plastikhandtasche der Straßenlaterne fischt.

Ich schaue zur anderen Straßenseite, schaue auf den verblassenden *Smoke weet everyday*-Schriftzug auf dem Gehsteig vor dem Lackner-Haus, den wir dort letztes Jahr hingemacht haben. Es ist unser einziges *Tag,* das wir je bereut haben. Bene hat uns dafür ausgelacht, er war bei der Aktion ja nicht dabei.

Weed, ihr Idioten, hat er gesagt, Weed mit *d,* nicht mit *t.*

Wir haben uns überlegt, es auszubessern, aber das kann man nicht. Man kann nicht einfach mit der Spraydose hingehen zu einem alten Tag und bei der Rechtschreibung nachhelfen. Das wäre peinlich.

Die arme Lackner, haben die Leute auf der Straße gesagt, wegen des Schriftzuges vor ihrem Haus. Aber die Leute kennen die Lackner nicht.

Am Anfang haben wir noch ganz normal Grüß Gott zu ihr gesagt. Wir sind vorbeigegangen und haben den Lackner-Schädel mit den violetten Zuckerwattehaaren in ihrem Garten über dem Gemüsebeet schweben sehen. Grüß Gott, haben wir gesagt, und die Lackner hat nie geantwortet. Aber geschaut hat sie. Aufgerichtet hat sich die Alte, die Hand mit der erdigen Harke in die Hüfte gestemmt und geschaut. Und das war eben am Anfang. Letztes Jahr im Herbst ist das Ganze dann gekippt.

Es war eher so ein unsympathischer Herbst, wo die Blätter sich in Matsch verwandeln, bevor sie überhaupt orange werden können, und die Nebelschwaden das Tal von oben versiegeln wie so ein Tupperware-Verschluss. Aber obwohl das Wetter herumgehurt hat wie sonst was, waren es gute Tage, weil nämlich Taler Messe-Woche war. Und die Taler Messe ist schon eine super Sache, da ist richtig was los. Sogar wenn man kein Geld hat, um mit dem Autodrom zu fahren. Sogar wenn man sich die Zuckerwatte nicht leisten kann und den Türkischen Honig nicht. Es gibt riesige Zelte und überall stehen Buden mit bunten Lichtern und düdeln dahin. Und nach und nach füllt sich das Tal mit besonderen Gerüchen wie von gegrilltem Mais, Kinderponyreitbahnholzspähnen und erbrochenen Karamellapfelresten.

Tarek hat ja das Talent, dass er sich so richtig benehmen kann. Das kommt der ganzen Crew zugute. In der Schule macht er, was die Lehrer ihm sagen. Und wenn Verwandte zu ihm heimkommen, verbeugt er sich und gibt ihnen einen Kuss auf die Hand. Danach legt er sich ihre Hände an die Stirn und seine Verwandten segnen ihn. Deswegen bekommt er oft Geld geschenkt.

Im echten Leben, das sagen wir seinen Eltern aber nicht, ist Tarek eine richtige Sau. Es gibt echt keinen, und die Typen wissen das genau, die Typen zählen da mit, der schon so viele Weiber aus der Gegend hergenommen hat wie Tarek. Letzten Monat hat er bei einem Schützenfest zum Beispiel sogar eine Studentin aus Hinterfeld gefingert, die weit über zwanzig war.

Jedenfalls, weil Tarek zum richtigen Zeitpunkt das Maul halten kann, ist er reich und unser Crew-Hauptsponsor. Er sponsert vor allem meinen Bruder und mich, und neuerdings auch immer öfter Hannes und Andreas. Wir sind Tarek dankbar, wegen ihm können wir eben doch hin und wieder Autodrom fahren oder gebrannte Mandeln essen. So etwas ist dann schon ein glücklicher Tag, das muss man sagen. Und dann kommt eine Lackner und macht es kaputt.

Wir waren auf dem Heimweg von der Messe damals, die komplette Crew. Und als wir am Haus der Lackner vorbei sind, hat Michael eine Zigarette weggeschnippt. Nicht einmal in ihren Garten hinein, einfach auf die Straße. Und da hat sie es zum ersten Mal gesagt. Leise, dass nur ich es hören konnte: Klumpert.

Ich habe nichts gesagt. Ich wollte nicht, dass Michael auszuckt, oder schlimmer: Tarek. Er hätte der Lackner zwar nichts getan, Tarek hat ein großes Herz. Aber weil er ein Tschusch ist, muss er aufpassen. Weil er ein Tschusch ist und volljährig, muss der Tarek ganz gewaltig aufpassen. Deswegen habe ich an dem Tag so getan, als hätte ich nichts gehört, aber der Vorfall hat mir die Taler Messe im Herzen kaputtgemacht.

Und in der Woche drauf hat die Lackner es wieder getan. Nur Melli und ich sind diesmal vorbeigegangen. Jede von uns einen Stöpsel im Ohr und Melli das Miniradio in der Hand: FM4 auf Anschlag. Irgendein Nachbar ist an ihrem Gartenzaun gelehnt, und da hat sie es wieder gesagt. Ganz deutlich diesmal: Klumpert.

Ey, hab ich gerufen und mich umgedreht. So schnell, dass es Melli den Stöpsel aus dem Ohr gerissen hat. Der Nachbar hat geschaut und die Lackner hat geschaut, hat mich von oben bis unten gemustert, als ob ich etwas Dreckiges wäre. Als ob ich so ein Kuscheltier wäre, das ein Kleinkind den ganzen Nachmittag durch den Sandkasten gezogen und dann abgeschleckt hat.

Danach habe ich nichts mehr gesagt, aber seitdem hat die Lackner keinen schönen Garten mehr. Seitdem gibt es auf dem Gehsteig vor ihrem Haus ein *Tag* und die Blumen entlang des Weges wollen nicht mehr wachsen. *Die Leute lassen die Hunde an den Zaun urinieren*, habe ich die Lackner zu jemandem sagen hören. Und der Blumenkasten vor der Haustür fällt dauernd um.

Ich starre auf den verblassenden *Smoke weet everyday*-Schriftzug, und obwohl jetzt schon länger nichts mehr war, werde ich beim Gedanken an den runzligen Lackner-Mund, der »Klumpert« sagt, so zornig, dass ich die Faust vor meiner Brust in die Hand sausen lasse.

»So«, sagt Melli. Sie klopft mir mit der Zeitung auf den Arsch, klemmt sie sich unter den Arm und geht mir voraus: »Tu weiter, Julia.«

9

Wir marschieren auf die Steilwand zu, vor der unser Wohnblock steht. Er ist einer von vielen. Die ehemalige Eisenbahnersiedlung am Stadtrand besteht aus einer Armee von Häuserklonen; eine Aneinanderreihung bröckelnder Mietshäuser. Zehn Parteien pro Haus, immer zwei übereinander. Die Wohnungen sind schon lange nicht mehr alle besetzt. Es gibt einen Hof mit ein paar Bänken und einem Sandkasten, und alle paar Tage bleibt irgendein Spaziergänger vor unserem Zuhause stehen und sagt: »Irgendwann wird das auch noch alles abgerissen.«

»Miii«, macht es aus dem braunen, mit Regen vollgesogenen Feld vor dem Block. Quasimodo humpelt auf uns zu.

»Sollen wir die Katze tragen?«, fragt Melli.

»Wenn du sie trägst«, sag ich.

»Dann nicht«, sagt Melli.

Wir verlangsamen unseren Schritt, damit Quasi neben uns herhumpeln kann. Beim Hineingehen stelle ich trotzdem den Fuß in den Türschlitz, damit die Katze nicht hinterherschlüpft. Leise gehen wir am Wohnzimmer vorbei und in den Partykeller hinunter. So nennen wir Michaels Zimmer manchmal, obwohl es keine besondere Spaßausstattung hat, außer Fenstern vielleicht. In einer Anzeige im *Taler Boten* wollte einmal jemand eine Wohnung in der Siedlung vermieten. *Entzückendes zweistöckiges Objekt mit Tiefparterre* ist da gestanden und wir haben gelacht. Ein Keller bleibt ein Keller. Aber uns macht das nichts aus, wenigstens können wir hier die Musik so richtig aufdrehen.

»Was geht, Homos?«, begrüßen wir die anderen und werfen die Zeitung auf den Glastisch mit den Delfin-Beinen.

Tarek gibt uns zur Begrüßung ein Bussi. Bene und Andreas lungern auf der abgewetzten blauen Couch, die wir auf dem Sperrmüll gefunden haben. Mein Bruder und Hannes sitzen mit Kopfhörern am Computer und tippen irgendetwas für ihr Gymnasium.

Hannes hat eine gute Seele, aber leider auch eine üble Hautkrankheit. Aus seinen blonden Augenbrauen schneit es öfter als auf den umliegenden Gletschern und an den Händen hat er ständig irgendwelche kleinen Wunden, aus denen es herausblutet. Seine ganze Haut ist insgesamt seltsam rosa, ein bisschen wie von einem Baby, aber irgendwie auch, als würde die oberste Schicht fehlen. Als hätte der liebe Gott, als er mit der ganzen Schöpferei schon fast am Ende angekommen war, plötzlich keine Lust mehr gehabt, den Hannes ganz fertig zu machen. Und aus irgendeinem Grund stinkt er. Ja, man kann es gar nicht beschreiben, wie schlecht der Hannes manchmal riecht. Dauernd muss man lüften. Und wenn man irgendwo neu dazukommt, weiß man immer schon, ob Hannes da ist, bevor man ihn überhaupt gesehen hat. Im Gymnasium sitzen Michael und er nebeneinander. Wenn er nicht neben dem Hannes sitzen würde, sagt Michael, dann würde niemand dort sitzen.

Tarek drückt sinnlos auf dem Plattenspieler herum, den wir ebenfalls auf dem Sperrmüll gefunden haben. Darauf liegt unsere einzige Schallplatte. In ihrer Mitte ist ein Bild von Falcos Kopf, der halb im Schatten liegt und halb von Mondlicht beschienen wird. Der Plattenspieler hat noch nie funktioniert, aber wir alle kennen das Lied. Tarek dreht die Scheibe langsam mit der Hand herum.

»Andreas«, sagt er.

Sofort fängt dieser zu beatboxen an. Auch wenn ich normalerweise nicht ganz glauben kann, dass Andreas wirklich einmal das schnellste Spermium in seiner Herde gewesen sein soll, macht ihm beim Beatboxen niemand so schnell was vor. Keiner von uns ist sonst so gut darin, mit dem Mund Luft in die hohle Faust zu pumpen und es wie eine tatsächliche Melodie klingen zu lassen.

Wir beginnen im Beat von Andreas' Lungenboxen zu nicken.

»Out of the dark«, sagt Tarek.

»Hörst du die Stimme, die dir sagt«, sag ich.

»Into the light«, sagt Melli.

»I give up and close my eyes«, sagt Bene, und an dieser Stelle beginnt Tarek die Platte vor- und zurückzudrehen, als würde er scratchen.

»Close my eyes, close my eyes, close my eyes«, setzen wir anderen ein.

»Könnt's ihr Trotteln bitte einmal die Gosch'n halten?«, sagt mein Bruder.

Er hat sich die Kopfhörer in den Nacken geschoben. Neben ihm kratzt sich Hannes den Ellenbogen.

»Ihr habt gefragt, ob ihr hier für ein Referat lernen könnt. Nicht deppert in der Gegend herumsingen«, sagt Michael.

»Entschuldigung, Bro«, sagt Bene.

»'tschuldigung«, sag ich, »dürfen wir ins Internet?«

»Alter!«, ruft mein Bruder.

»Bitte, Michael«, sagt Melli.

Mein Bruder zieht Rotz zurück und drückt ein paarmal auf der Maus herum. Dann beginnt das Internet sein Klagelied: Erst hört es sich an, als würde jemand eine Telefonnummer eingeben. Aber dann setzt ein Mischmasch aus fremdartigen, hellen Klängen ein. Ein elektronisches Kreischen gefolgt von einem Geräusch, das an einen Flugzeugstart erinnert, und schließlich eine Tonabfolge, die klingt, als würde sich ein Staubsauger mit einem Mixer paaren.

»Super«, sag ich, »in zehn Minuten kann es losgehen.«

10

Ein gemeinsames Frühstück stärkt den Familienzusammenhalt. Das haben wir schon früh gelernt, im Kochunterricht, aber auch im Fernsehen, bei *Eine himmlische Familie.* Das ist sogar bei den Tieren so. Die bilden Rudel, damit sie sich nach außen stark fühlen. Ein Rudel ist auch die Crew. Der Zusammenhalt ist eine wichtige Regel fürs Überleben. Und obwohl es in diesen Tagen morgens noch kalt und grau ist, versteht es sich von selbst, dass wir alle eine Viertelstunde früher aufstehen, für das gemeinsame Frühstückserlebnis.

»Möchtest du was davon?«, sagt Bene in seinem kiloschweren Alpaca-Pullover, der zu der bunten Ohrenmütze passt.

Er hält Melli die Dose hin.

»Nein, danke«, sagt sie und schüttelt den Kopf. Sie zieht stattdessen eine türkise Schachtel aus der Element-Daunenjacke und holt einen ihrer ekligen Menthol-Stängel heraus. Ich verziehe das Gesicht, sage aber nichts. In der Gruppe sind wir großzügig, da kann ein jeder frühstücken, was er möchte. Ich zünde mir und meinem Bruder eine Parisienne an, während Tarek, Hannes und Andreas eine von Benes Selbstgedrehten nehmen.

Andreas nimmt einen tiefen Zug und bellt beim Ausatmen: »Gelbe Jacke – Walross.«

Wir anderen lehnen uns an die Wand vor dem Musikgeschäft und schauen jetzt ebenfalls zum Kreisverkehr.

»Katze«, sag ich und beobachte, wie die Frau verbissen in die Pedale ihres Citybikes tritt.

Katze, Katze, Walross, geben wir reihum unsere Tipps ab.

Katze oder Walross spielen wir fast jeden Winter beim Frühstücken. Vor allem an Tagen wie heute, wenn noch kein Salz gestreut wurde und sich unter dem Neuschnee das Eis versteckt, das sich über Nacht in die Ritzen des Asphalts gefressen hat. Fast alle Menschen, haben wir gemerkt, sind Walrösser oder Katzen, wenn sie von einer Eisplatte überrascht werden. Entweder sie plumpsen um, als würden sie tausend Kilo wiegen, und schlittern komplett hilflos über die Straße. Oder sie sind Katzen, dann bemerken sie das Hindernis nicht einmal. Sie schreiten über das gefrorene Wasser, als wäre es nicht da; als wäre ein Hindernis etwas, das in ihrer Welt keinen Platz hat. Manchmal sieht man Gamsen, aber das ist wirklich eine Seltenheit. Das sind die Leute, die eigentlich schon mit einer Arschbacke den Bordstein berühren, aber dann zuckt irgendwas durch sie, eine unheimliche Kraft, die sie nach oben zieht und dazu bringt, die Beine zu verdrehen, als wären keine Knochen darin, und sie kommen schlussendlich doch noch ungeschoren davon.

Die Frau im gelben Anorak jedenfalls, ich habe es richtig eingeschätzt, ich bin im Einschätzen ein King, war eine Katze.

»Ohhh«, enttäuscht blasen wir wie ein siebenköpfiges Monster Rauch heraus. Schade, wenn der Tag schon so fad beginnt.

»Oje«, sagt Hannes und richtet sich auf: »Walross.«

Ein ungefähr fünfhundert Jahre alter Mann mit Gehstock wackelt auf den zugeschneiten Zebrastreifen zu.

Walross, Walross, Walross, Walross, Walross, sind wir uns einig.

Bene und ich werfen uns einen Blick zu. Natürlich macht es Spaß zu sehen, wie sich die eingebildeten Taler morgens auf die Straße legen, aber beim Sterben wollen wir auch keinem Zuschauen.

»Julia Hofer!«

Auf einem schwarzen Herrenfahrrad kommt Brandstätter um die Ecke geschossen. Auf dem Gepäckträger hat er seine lederne Lehrertasche festgezurrt.

»Melanie! Wie oft denn noch? Ihr seid zu jung zum Rauchen!«

Das stimmt zwar nur teilweise, aber unser Klassenvorstand steigert sich halt gern in Sachen rein und deswegen biegt er jetzt auch nicht zur Schule ab, sondern fährt noch einmal eine Runde im Kreisverkehr. Mittlerweile hat sich der alte Mann entgegen allen Erwartungen als Katze erwiesen und schleicht auf der anderen Straßenseite auf die Kirche zu.

Brandstätter verlangsamt das Tempo, diesmal fährt er direkt an uns vorbei.

»Heute bringst du mir keine Schand'!«, ruft er.

Melli und ich grinsen uns an. Es ist nämlich so, dass der Gartenzwerg sich vor seinem »Experiment« nicht ordentlich informiert hat: Neben der Direktorin hätte er noch die Chefs in der Landeshauptstadt um Erlaubnis fragen müssen. Weil er das nicht getan hat, er sein Experiment aber schon nach den Semesterferien starten will, hat er jetzt einen Stress bekommen. Denn in der Landeshauptstadt haben sie bestimmt, dass die Direktorin einem Probereferat beisitzen und einen Bericht darüber abgeben muss, bevor es grünes Licht für die ganze Sache gibt. Aber der Brandstätter hat Glück im Unglück gehabt. Die Oberchefs haben nämlich außerdem bestimmt, dass der alphabetisch erste Schüler im Restmüll dieses Referat halten soll: Melli. Und weil ich aus den Englischstunden schon Erfahrung mit Auftritten habe, helfe ich ihr aus. Sie und ich, man muss es sagen, haben am Wochenende das geilste Referat überhaupt vorbereitet. Unter dem Arm klemmt ihr Benes Kassetten-CD-Kombirekorder. Eigentlich hat der Brandstätter das gar nicht verdient.

»Und jetzt weg mit den …«, ruft er uns von seinem Rad entgegen, aber in diesem Moment fährt er mitten über die Eisplatte. Das Hinterrad bricht aus und sein Lehrerarsch kippt in die andere Richtung.

»Oh …«, Bene und ich greifen uns hoffnungsvoll an den Händen.

Aber irgendwie fährt unser Klassenvorstand einfach weiter. Er schlingert in großen und kleinen Kurven dahin, und wie durch ein Wunder sitzt er am Ende der Straße wieder auf dem Sattel und biegt in die Schuleinfahrt.

Ich nehme einen letzten Zug von der zurückgebrannten Tschick: Ausgefrühstückt.

Wer hätte gedacht, dass ausgerechnet der Brandstätter sich als Gams erweist.

11

Für Melli und mich ist es das erste Referat überhaupt. Aber das macht nichts, weil mein Bruder uns Expertentipps gegeben hat. Drüben im Gymnasium halten sie ja dauernd Referate. Und am meisten gehen die Lehrer ab, hat Michael gemeint, wenn man sich etwas Kreatives einfallen lässt. Wenn man es schafft, den Lehrer so richtig zu überraschen, bekommt man eigentlich ganz automatisch einen Einser.

Aus dem Plastiksackerl, das im Gang vor unserer Klassentür lehnt, ziehe ich die Lichterkette und hänge sie Melli um den Hals. Ich nehme den leeren Kochtopf vom Boden in die eine und den Holzlöffel in die andere Hand.

»Bereit?«

Melli nickt.

Ich öffne die Restmülltür. Das Lehrerpult ist der Länge nach ans Fensterbrett geschoben und stattdessen stehen vorne jetzt zwei Stühle. Auf einem davon liegt ein Gartensitzpolster, den der Brandstätter von sich zu Hause mitgebracht haben muss. Und darauf sitzt etwas erhöht die Schanovsky.

»Good morning, Julia!«, sagt sie, als sie mich im Türrahmen entdeckt.

»Ma'am«, sag ich und nicke ihr zu.

»Da seid's ihr ja«, ruft Brandstätter neben ihr. Erst lächelt er, aber als sein Blick an dem Topf hängen bleibt, sinken seine Mundwinkel um einen Zentimeter ab.

Ich verliere keine Zeit.

»Achtung, Achtung!«, rufe ich. »Wir freuen uns, ein freudiges Ereignis zu verkündigen. Hallo, hallo!«

Ich stelle mich vor die Tafel und schlage mit dem Löffel in einem Beat gegen den Topf, den die anderen noch nicht hören, weil Melli draußen den Einschaltknopf vom Kassettenrekorder nicht findet. Um Zeit zu schinden, rufe ich noch einmal: »Ein freudiges, freudiges Ereignis!«

»Alter, Julia«, sagt irgendjemand. Dann beginnt endlich die Musik. Ich zeige mit dem Löffel zur Tür und bewege die Lippen zum Text:

May I have your attention, please?
Will the real Slim Shady please stand up?

Melli kommt herein. Die Lichterkette um ihren Hals blinkt im Takt der Musik. In der letzten Reihe beginnt Bene zu lachen. Tarek zeigt auf sie und hält sich eine Hand vor den Mund.

»Was geht ab, Bitches?«, rufe ich. »Wir announcen proudly diese Vereidigung.«

Ich verbeuge mich tief vor Melli, laufe dann zum Rekorder und regle die Lautstärke nach unten.

Brandstätter sitzt mit offenem Mund da und krallt die Finger in seine Anzughose.

Melli stellt sich mitten vor die Klasse, hebt würdevoll lächelnd den Arm und rotiert die Hand in einer 90-Grad-Bewegung wie die Königin von England.

»Lovely«, hört man Schanovskys Stimme.

Melli zieht eine zerfledderte Ringbuch-Seite aus der Hosentasche und beginnt vorzulesen.

»Liebes Volk.«

»Ausziehen«, schreit jemand aus der Fensterreihe.

Melli spricht lauter weiter: »Ich freue mich voll. Ich freue mich voll, Ihnen mitteilen zu dürfen, dass ich jetzt das Amt antrete – mit Gottes Gnade.«

»Mit Gottes Gnade!«, rufe ich mit erhobenem Zeigefinger in den Raum hinein. Die Latzhosen-Deutsche prustet los, dass ihr Rotz aus der Nase spritzt wie in diesem *Blair Witch Project*-Film.

»Bu«, presst sie hervor, schnappt nach Luft und schafft dann das ganze Wort: »Bush.«

Melli lächelt milde. Sie packt ihre Carhartt-Baggy an der Seite, zieht den Stoff auseinander und macht vor Schanovsky einen Knicks. Brandstätter hält sich an den Stuhllehnen fest.

»Ich, George Walker Bush«, macht Melli weiter und wirft einen Blick auf den Schmierzettel in ihrer Hand, »beschwöre hiermit die Einheit unseres Landes. Wir sind ein Land! Und als euer neuer Präsident fordere ich von euch: Höflichkeit.«

»Höflichkeit«, rufe ich und schlage den Löffel gegen den Topf.

»Courage«, ruft Melli.

»Courage«, rufe ich.

»Mitgefühl«, ruft Melli.

»Mitgefühl«, rufe ich.

»Und Charakter«, ruft Melli.

»Charakter«, rufe ich.

»Aus jetzt!«, ruft der Brandstätter. »Ein Referat sollt's ihr machen. Ein Referat!«

In dem Moment, als er zornig den Stuhl zurückschiebt und aufstehen will, sagt Eminem:

So won't the real Slim Shady please stand up?

Brandstätter hebt den Arsch, erkennt seinen Fehler rechtzeitig und lässt ihn schnell wieder sinken. Melli und ich grinsen und singen: »Please stand up! Please stand up!«

Brandstätter will etwas zu Schanovsky sagen, aber als er sieht, wie sie leicht mit dem Kopf im Beat nickt, verschränkt er die Arme, lehnt sich zurück und lässt uns vorne herumtanzen, bis Eminem seinen letzten Vers durch die Lautsprecher schmettert und Melli unter dem Jubeln der Klasse die Lichterkette in der Luft herumschleudert wie ein Lasso.

FEBER

1

Wahrscheinlich ist dem Brandstätter die Seinige nur wegen der Frisur ins Tal gezogen. Weil hier kein Wind weht, denk ich mir, wie ich bei der Schule rausgehe und sie in ihrem eiförmigen Familienkombi sitzen sehe. Sie hockt mit ihrem blonden Haarhelm angeschnallt vor ihrem Kind und hat die Warnblinkanlage eingeschaltet. Dem Brandstätter seine Frau ist ein Wiener. Auch ihr komisches Kind, das mehr ausschaut wie ein Küken als ein Mensch, ist ein Wiener. Da kann es fünfmal in Tal geboren sein, es wird nie ein Taler werden. Die Frau bewegt ihren Mund hinter der Scheibe und es schaut aus, als würde sie dem hässlichen Kind etwas vorsingen. Seine Federhaare wippen vor und zurück. Mit zwei Fingern ziehe ich eine Zigarette aus dem Päckchen und stecke sie mir in den Mund.

»Julia!«

Ich ziehe den Kopf ein. Langsam drehe ich mich um, aber da ist Brandstätter schon bei mir und reißt mir die Tschick aus der Hand.

»Bist du wahnsinnig?«, sagt er und schaut sich hektisch um wie ein Dealer, der mir Shit verkaufen will. Er wirft die Zigarette auf den Boden und fährt ein paarmal mit seinem spitz zulaufenden Schuh darüber.

Dann beugt er sich herunter. Zwischen den Augen tritt ihm eine Ader hervor. »Wenn ich's nicht besser wüsste, würd ich sagen, du wirst jeden Tag dümmer«, sagt er und zeigt mir den Vogel.

»Vor der Schule! Direkt unterm Fenster von der Frau Schanovsky!«

Ein Auto fährt vorbei, der Zettel in meiner Hand wackelt in Wellenbewegungen, wie einer der Paraglider, die im Sommer den Himmel mit ihren bunten Stofffetzen überziehen. Den einzigen Einser, denk ich, hat mir die Schanovsky auf die *Schulnachricht* gemacht. Drei Fünfer stehen dort auch und der Rest ist egal.

»Heast, Julia«, sagt der Brandstätter jetzt im Dialekt, obwohl er im Unterricht als einziger Lehrer Hochdeutsch zu reden versucht. Er legt mir die Hand auf die Schulter.

»Reiß dich doch ein bisschen zusammen.«

Man muss wissen, der Brandstätter ist wegen der Melli und meinem Bush-Referat komplett ausgerastet. Er ist am Montag danach in die Klasse gekommen, mit so großen Schritten, dass man sich vorstellen konnte, wie er das ganze Wochenende über vor Wut auf der Stelle gelaufen ist.

»Fopa!«, hat er geschrien und in die vorletzte Mittelreihe gezeigt, wo Melli sitzt. Auf Melli hat er gezeigt, auf mich und am Schluss auch auf den Rest der Klasse.

»Fopa! Fopa! Fopa!«, hat der Brandstätter gerufen und dann ging es erst so richtig los. Er hat sich hingesetzt, vorne mit seinem Notenheft, mit dem Daumen die Kugelschreibermine herausgedrückt und »So« gesagt.

Ich glaube, wenn wir als Crew nicht so eine große Gruppe wären, mit Rudelschutz sozusagen: Der übrige Restmüll hätte uns umgebracht. Weil, was der Brandstätter dann für den Rest der Woche gemacht hat, war prüfen.

Hofer: Fünf. Bumm.

Wiedemayer: Vier. Bumm.

Keskin: Vier. Bumm.

Dem Brandstätter seinen Wutausbruch haben notentechnisch nur die Hirnis wie Bene, die schöne Oberländerin oder

Nadja überstanden. Fast allen anderen hat die unvorhergesehene Prüfungswelle die Noten noch einmal so richtig runtergedrückt. Und da war auf einmal viel Hass bei denen, die nach dem vierten Schuljahr doch noch irgendwie den Sprung ins Oberstufengymnasium oder in die HAK schaffen wollen. Der Brandstätter hat nämlich gesagt, da dürft ihr euch bei euren Kollegen bedanken, und auf die Melli und mich gezeigt.

»Wenn ich untergehe, dann nehme ich euch mit«, hat er auch einmal gerufen, und wir haben uns überhaupt nicht mehr ausgekannt, bis Latzhosen-Katja erzählt hat, dass ihre Mutter erzählt hat, dass im Sommer nicht nur unsere Restmüllklasse die Hauptschule endgültig verlässt, sondern auch die Frau Schanovsky. Und dann wird ihr Kämmerchen im Dachgeschoss frei. Der Brandstätter, hat Katja gesagt, will sich mit dem Experiment wichtigtun vor denen in der Landeshauptstadt, damit er der nächste Direktor wird.

Jedenfalls – wie dann die Nachricht kam, dass sie in der Hauptstadt grünes Licht für das Experiment gegeben haben, war der Brandstätter schlagartig wieder gut drauf. Er hat sogar ein Packerl *Nimm 2*-Zuckerl durch die Reihen gehen lassen, von dem sich jeder aber nur eines nehmen durfte.

Und an solchen Aktionen erkennt man die wahren Psychos im Leben. Die ärgsten Leute sind die, die einen am ersten Tag am lautesten anschreien und am zweiten am freundlichsten einen Guten Morgen wünschen. Wie so ein Pendel sind die, das nie in der Mitte rastet. Auf die Schreier muss man scheißen, auch wenn sie lächeln: Das sollten die Leute sich einmal gegenseitig in ihre Poesiealben schreiben.

Bevor er uns heute in die Semesterferien entlassen hat, hat uns der Brandstätter noch einmal allen einen Einser im Jahresabschlusszeugnis in Aussicht gestellt. Egal ob man einen

Vierer oder Fünfer in der Schulnachricht stehen hat, hat er gesagt: wenn man beim Experiment richtigen Einsatz zeigt, dann bekommt man einen Einser und der Weg ins Gymnasium steht einem frei.

Jetzt seufzt der Brandstätter neben mir und wirft sich den kremsersenffarbenen Schal über die Schulter.

»Du musst jetzt einfach mal ein bisschen weitertun und an deine Zukunft denken, Julia.«

Ich beiße mir auf die Wange. Mein Bruder hat gesagt, wenn ich mit Erwachsenen spreche, soll ich mir lieber auf die Wange beißen. Da kommt einfach nichts Gutes raus, wenn du den Mund aufmachst, Julia, hat er gesagt, und irgendwie hat er schon recht.

»Jessas, Julia, du bist doch«, sagt der Brandstätter und überlegt. Nach Worten suchend mustert er die zerbröselten Überreste der Tschick auf dem Asphalt.

»Du bist doch eine«, setzt er noch einmal neu an und zeigt mit der flachen Hand auf mich. Die Wange zwischen den Zähnen warte ich. Ich würde ja selbst gern wissen, was ich für eine bin.

»Wie wär's denn«, sagt der Brandstätter, »wenn du dir zum Beispiel was von deiner Banknachbarin abschaust? Die Nadja ist gewissermaßen schlechter dran als du. Die ist jetzt nicht unbedingt ...«, angestrengt wackelt der Brandstätter mit den Händen vor der Brust, als würden seine Fingerspitzen in Flammen stehen. »Die hat jetzt nicht so den Anschluss gefunden ... in der Klassengemeinschaft. Und, Julia, ich kann dir ehrlich sagen, ganz unter uns: die ist nicht wahnsinnig raffiniert, sondern auch eher ein schlichter Charakter. Aber die legt sich halt ins Zeug. Man muss sich seinen Status halt erarbeiten, Julia. Das kann man schon machen.« Brandstätter streckt die Hand aus und präsentiert mir mich selbst: » … ja.«

Das Ei hupt. Die Glucke hat ihren Mann entdeckt und winkt ihm so heftig zu, dass sich hinten die Federn vom kleinen Brandstätter bewegen.

»Sind wir uns einig?«, sagt der Brandstätter und schlägt die Fersen seiner spitzen Schuhe zusammen, als hätte er mir etwas Wichtiges gesagt.

Ohne meine Antwort abzuwarten, dreht er sich um und stakst auf seinen Storchenbeinen zu seiner Vogelfamilie. Seinen letzten Satz noch immer im Kopf und meine eigene Wange zwischen den Zähnen nicke ich, obwohl ich gar nichts verstanden habe.

»Was wollte der Trottel?«, Bene stellt sich neben mich und klappt die Metallschatulle mit dem Che-Guevara-Sticker auf, in der die Selbstgedrehten nebeneinanderliegen wie frisch gewickelte Säuglinge.

»Hast du ihm alle unsere Geheimnisse verraten?«, fragt Bene und zwinkert.

Als Antwort nehme ich mir eine Tschick. Die erste Regel der Crew ist, wir verlieren kein Wort über die Crew. Unser Zusammenhalt ist ein Naturgesetz. Außerdem haben wir sowieso keine Geheimnisse, zumindest nicht voreinander.

»Du weißt eh, dass du dich melden kannst«, sagt Bene, »wegen Mathe oder Physik, ganz egal.«

Ich nicke. Tarek kommt auf dem Roller aus dem Schulhof gefahren. Hinter ihm sitzt Melli mit seinem Helm auf dem Kopf und dem Kasettenrekorder unterm Arm.

»Homos!«, ruft er uns zu. »In zehn Minuten in der Lounge. Die Hirnis kommen auch.«

Beim Losfahren drückt der Gegenwind Tarek die Haare an die Stirn, dass er aussieht wie ein Streber. Ein paar Meter weiter verlangsamt er sein Gefährt noch einmal, um Andreas, der alleine am Gehsteig dahingeht, den Treffpunkt entgegenzubrüllen.

Bene klappt den Deckel von seinem Zippo zurück, und eine fünf Zentimeter hohe Flamme schießt nach oben. Ich stecke mein Tschick-Baby in den Mund und achte darauf, dass ich mir nicht wie letztes Mal die Spitzen der Wimpern versenge.

Langsam setzen wir uns in Bewegung und schlagen dieselbe Richtung ein wie unsere Freunde. Im Vorbeigehen werfe ich einen letzten Blick auf den Schulhof. Ein bisschen nach hinten versetzt steht Nadja in ihrem karierten Wintermantel da. Die Fäuste tief in die Taschen gesteckt, den Blick auf die gegenüberliegende Hauswand gerichtet, dort, wo gerade noch Brandstätters Familienkombi gestanden ist. Eine Träne rinnt ihr über die flaumige Wange. Ich drehe mich weg, bevor ich erfahre, ob sie sie wegwischen wird.

2

Schon bei der Lounge-Kreuzung schlägt uns der Beat entgegen.

»Jede Nacht, jeden Tag auf der Jagd«, rappt Bene den Text im Gehen mit.

»Wenn das Rudel tollt, wenn der Rubel rollt«, setze ich ein. Ich schaue mich um, ob auch niemand uns beobachtet. Dann gehe ich in die Knie und biege einen Ast zur Seite, damit Bene sich in den schmalen Weg zwischen dem überwucherten Zaun und der Hausmauer zwängen kann, und folge ihm.

Die Lounge ist ein halb abgerissener Verschlag hinter der Ruine des Chinesen, der vor ein paar Jahren abgebrannt ist. Hier gibt es viele Sträucher, Holler und Flieder und wie sie alle heißen.

Jetzt, im Winter, sind sie kahl. Aber im Sommer blühen sie und schützen uns vor neugierigen Blicken. Dann schneiden wir einzelne Zweige ab und lassen sie in der Sonne trocknen. Wenn wir die Hudewitte später rauchen, tun wir so, als wäre es ein Joint.

Melli drückt auf dem Kassettenrekorder herum. Mein Bruder lehnt in seinem grauen Shorty's-Kapuzenpullover an der Wand und hält das Gesicht in die Sonne. Seine Jacke liegt neben Hannes' auf dem wackeligen Tisch – einem weiteren Sperrmüll-Schmuckstück. Sonst gibt es noch eine Bank und zwei Klappstühle. Mehr Platz für Möbel ist in der Lounge nicht, aber wir halten uns hier sowieso nie ewig auf. Solange die Autos auf der B 100 von einem Ort zum anderen rauschen und die Touris durch die Straßen grölen, bemerken sie uns nicht. Wenn wir aber nach achtzehn Uhr noch laut wären, lachen oder Musik hören würden, die Leute würden uns verjagen. Auf diese Weise haben wir schon zwei Verstecke verloren, die Lounge wollen wir so nicht auch noch loswerden. Zwischen den Zweigen der Sträucher schaue ich hinunter auf den Großparkplatz und das riesige Tal Milch-Gebäude. Das Blechdach glänzt wie neu, man kann sich gar nicht vorstellen, dass die Fabrik bald geschlossen werden soll.

»Mein Kind, wo bist du mit den Gedanken?«, dringt Hannes' Stimme an mich heran. In der Frühlingssonne sitzt er mit einem Schreiber in der Hand am Tisch.

»Herr Vater«, sag ich, »verzeih.«

Ich reiche ihm das Papier, das ich seit einer Stunde in der Hand halte.

»Meine Tochter«, sagt er und lächelt. Er überfliegt das Zeugnis und legt die Stirn in Falten.

»Super ist das nicht«, sagt er. »Aber du weißt: Ich liebe meine Kinder bedingungslos.«

»Danke, Vater«, sag ich und mache eine Verbeugung.

Michael und Tarek unterhalten sich daneben über einen Film. Sie sind achtzehn, ihnen kann es wurst sein. Hannes lockert sein aufgekratztes Handgelenk, setzt die Kugelschreibermine dann an die gepunktete Linie auf meinem Zeugnis, unter der »Zurkenntnisnahme der Erziehungsberechtigten« steht. Mit einer schwungvollen Bewegung unterschreibt er.

Ich bedanke mich und gehe zur Seite.

»Papa«, sagt Melli und tritt an meine Stelle. »Der Deutschlehrer mag mich nicht.«

Die Unterschrift auf Mellis Zeugnis sieht aus, als hätte sie ein anderer gemacht. Während bei mir zwei lange zarte

Wellen nebeneinander herwabern, ist die Signatur bei Melli ein kleines kompaktes Wort, fest ins Papier gedrückt: eine Unterschrift wie ein Schrei.

Man muss Hannes keine Vorlage geben. Er erinnert sich ganz von selbst, wie genau er den letzten Test oder das Zeugnis unterschrieben hat, selbst wenn es schon Monate her ist. Der Hannes hat ein Talent in dem Bereich, hat mein Bruder gesagt. Letztes Jahr hat er im Zeichenunterricht im Gymnasium einen Löwen gemalt, der dort jetzt eingerahmt im Lehrerzimmer hängt.

Als letztes ist Bene an der Reihe. »Padre mio«, sagt er und reißt freundschaftlich die Hände auseinander. Seine Locken fallen ihm in die Stirn, als er auf den Tisch zutritt.

Dass Benes Eltern auch gar keine Taler sind, vergisst man hin und wieder, man erinnert sich nur in Momenten wie diesen kurz daran. Die würden sicherlich gerne ein Autogramm auf sein Zeugnis setzen, darauf tummeln sich ja nur *Sehr Guts*. Aber er lässt sich trotzdem immer alles von Hannes unterschreiben. Bene ist einer von uns.

»Und jetzt«, ruft Melli: »Ferien!«

Sie reicht ein paar Skol-Dosen herum und drückt den Zurück-Knopf auf dem Kassettenrekorder. Der *Füchse*-Song beginnt von vorne und wir grölen ihn als Rudel mit.

»Scheiße«, murmelt Michael, als wir schon fast zu Hause angekommen sind. Mitten auf dem Weg steht Andreas. Mit den Händen umklammert er die speckigen Träger seines Rucksacks.

»Wo wart ihr?«, fährt er uns an und ich merke, wie sich Michael neben mir versteift. Mein Bruder kann Andreas auch nicht ausstehen.

»In der Lounge«, sagt Michael und steckt die Hände in die Jacke.

»Der Tschusch hat gesagt im Keller!«, fährt Andreas uns an. »Ich hab ewig vor eurer Haustür gewartet.«

»Sorry, Bro«, sagt Michael und hält Andreas das Tschickpackerl hin.

Ich beiße mir auf die Lippe. Obwohl wir anderen es auch machen, passt es mir nicht, dass Andreas Tarek einen Tschuschen nennt.

»Am Samstag bist du eh dabei, oder?«, sagt Michael und klopft ihm auf die Schulter.

Obwohl er noch etwas antworten will, lassen wir ihn stehen. Wir graben die Hände in die Taschen und gehen schnell weiter. Als ich mich am Ende des Weges noch einmal umdrehe, sehe ich Andreas als schwarzen Punkt auf das Ortsschild zumarschieren.

3

»Körperteile flogen durch die Luft. Es war fürchterlich.«

Ausgerechnet der nervöse Fritz hat die Rolle des Augenzeugen aus dem Graceland-Schuhkarton gezogen. Er war schon Augenzeuge einer Nationalratssitzung, Augenzeuge einer Kärntner Heimatbundsitzung und Augenzeuge des Leidens des Kälbchens Max, das in Deutschland in einer Telefonzelle ausgesetzt wurde.

Wovon genau der nervöse Fritz Augenzeuge wird, kann man nie vorhersehen. Er ist halt, wie wir anderen auch, kein Profi im Zeitunglesen und Nachrichtenverstehen. Wir schauen ja neuerdings am Abend alle die ZIB an, also die *Zeit im Bild*, wo Nachrichtensprecher in braunen und grauen Anzügen vor einer eingeblendeten Weltkugel sitzen und Sachen über Politiker in braunen und grauen Anzügen erzählen. Und das versucht man dann zu verstehen oder zumindest so gut wie möglich im Klassenraum wiederzugeben.

Das Experiment läuft jetzt seit zwei Wochen, und bisher ist es gar nicht so schlecht. An der Korktafel hängt eine Liste mit den Daten der Geschichtsstunden und daneben jeweils ein Schülername. Es muss jeder ein Referat halten, außer dem Fritz, der der Augenzeuge ist, und Latzhosen-Katja, die die Presse ist. Weil, worüber sollten die was erzählen, hat der Brandstätter gesagt und gelacht, sie kommentieren einfach konstant – das heißt dauernd – und so holen die sich ihren Einser und wir anderen halten halt das Referat und diskutieren auch ein bisschen mit.

Nach dem Fopa mit der Bush-Angelobung hat der Brandstätter noch einmal klargestellt, wie man so eine Recherche eigentlich macht: Man setzt sich an einen Computer und tippt im Altavista einen Namen oder einen Begriff ein, zum Beispiel *George W. Bush,* und dann findet man Sätze über die Person. Die schreibt man mit Edding auf ein Plakat und liest sie später vor. Es ist eigentlich überhaupt nicht schwer, ein Akteur zu sein, solange man gut herunterlesen und Sätze nachplappern kann.

Bei meiner Crew weiß ich, wer welchen Akteur gezogen hat. Melli ist der Bush, Bene Thomas Klestil, und Tarek der Putin. Andreas habe ich nicht gefragt, und von den anderen erfährt man dann erst beim Referat, wer sie eigentlich sein sollen. Wir sollen nicht überall herumposaunen, wer unser Akteur ist, hat der Brandstätter letzte Woche noch einmal betont, weil das Raten ist auch für ihn spannend. Man sollte ja eigentlich schon an der Haltung beim Diskutieren erkennen können, wer wer ist, hat er gemeint.

Heute ist die kleine Oberländerin dran, sie ist die Jassi Arafat. Ihr Referat ist ein gutes Beispiel dafür, warum das mit dem Experiment noch nicht immer ganz reibungslos funktioniert. Gerade hat sie nämlich erzählt, dass die Juden Monster sind und der Brandstätter hat gleich reingegrätscht und gesagt, dass sie sich mäßigen muss. Doch die Jassi hat weitergeredet, dass das eine Frechheit ist, wie Israel die Leute in Palästina abschlachtet, und zum Beweis angeführt, dass gerade vor ein paar Tagen wieder so ein Attentat war. Daraufhin hat der Fritz sich eingeklinkt.

»Ich habe Menschen sterben sehen«, hat er in seiner Rolle als Augenzeuge gesagt. »Der Bus ist einfach mitten in die wartende Menge gefahren.«

Aber da hat die Presse, also Katja, gleich interveniert.

»Stopp! So ein Blödsinn«, hat sie nämlich den Augenzeugen unterbrochen, woraufhin der Brandstätter die Presse unterbrochen und »Schaut's, super!« gerufen hat: »Die Katja interveniert jetzt! Bravo!«

Intervenieren, hat er gesagt und die Hände aufgeregt zu Fäusten geballt: »Die Presse stellt jetzt was richtig, die klärt die Fakten auf.«

»Jedenfalls«, hat die Presse es mit dem Weitersprechen versucht und auf die Jassi gezeigt, »hat der Augenzeuge den Vorfall missverstanden.« Die Bombe – hat sie klargestellt – war nämlich nicht gegen die Jassi, sondern von der Jassi.

Die Presse, das ist mir schon aufgefallen, nennt alles immer Vorfall, Zufall oder Zwischenfall, je nachdem ob mehrere mehrere niedermähen, ob mehrere einen niedermähen oder ob einer sich selbst und vorher noch ein paar andere niedermäht.

»Aufpassen!«, sagt die kleine Oberländerin jetzt und zeigt mit dem Finger auf Katja. »Ich hab gar nichts getan. Ich bin Friedensnobelpreisträger.«

»Passt schon, vielen Dank«, sagt der Brandstätter und klatscht in die Hände. Er geht zur Tafel und schiebt die protestierende Jassi in Richtung ihres Sitzplatzes davon. Er schaut uns hintereinander in die Gesichter. Dann deutet er auf Jassi, Katja und den Augenzeugen und beginnt langsam zu klatschen; so lange, bis auch wir uns auf einen schwachen Applaus einlassen, aber der erste hört schon auf, bevor der letzte begonnen hat.

Und der letzte ist Nadja. Sie ist wie immer zu spät, wenn es darum geht, mit der Herde zu schwingen. Sie klatscht zwar nur ein einziges Mal, aber das in einen stillen Raum hinein. Die Oberländerinnen beginnen zu lachen. Nadja sucht meinen Blick und lächelt mich auf diese seltsame Weise von unten an; wie ein Hund, der etwas falsch gemacht hat.

»Super, Kinder«, sagt Brandstätter, »dann gehen wir zum normalen Unterricht über.

»Moment«, ruft Katja von ihrem Platz in der Fensterreihe, »ich hab da noch was.«

Katja hält den Block mit der Diddl-Maus vornedrauf in die Luft, den wir mittlerweile alle kennen, weil sie daraus immer ihre Pressenotizen vorliest.

»Aber ned mehr Israel heute, bitte«, ruft hinter ihr der Fritz.

»Ja, genug von Israel«, sagt die kleine Oberländerin vorne in der Türreihe, und neben ihr nicken ihre große und ihre hübsche Freundin.

»Nein, nein, alles gut«, sagt Katja.

Fritz wischt sich erleichtert mit der großen Hand über das Palatschinkengesicht. Ein Blinder sieht, dass er sich in der kurzen Zeit, seit das Experiment läuft, schon hat zu viele blutige Fotos anschauen müssen.

»Und ned mehr BSE!«, wirft er noch schnell ein.

In der Mittelreihe beginnt Melli zu muhen wie eine Kuh.

»Ruhe!«, sagt Brandstätter und schaut Melli böse an. »Kein BSE und keine Attentate mehr. Was gibt's sonst noch, Katja?«

Die Presse schaut den Brandstätter ernst an.

»Maul- und Klauenseuche«, sagt sie und klappt den Diddl-Block wieder zu, »ganz schlimm.«

4

»Ja, Quasimodo, so kann's dir gehen«, sag ich und nehme einen Zug von der Tschick.

Die hässliche Katze rekelt sich neben mir in der Sonne und ihr kleiner Bauch rast rauf und runter, als hätte sie gerade gejagt. Dabei sitzen wir schon seit einer halben Stunde hier am Gehsteig.

Aus einem der Bungalows neben der Eisenbahnersiedlung kommt eine Frau mit Hüftjeans und Millimeteraugenbrauen. Im Arm hält sie einen Blumenstrauß. Hinter ihr kommt ein Typ heraus, der jetzt mit schnellen Schritten um sie herumgeht und ihr die Beifahrertür eines roten, tiefergelegten Polos öffnet. Die Türen gehen zu, der Bass geht an, und wie sie an mir vorbeifahren, werfen sie sich so einen Sexblick zu.

Ich hatte noch nie Sex, aber den Sexblick erkenne ich auf einen halben Kilometer. Der Sexblick hat nichts mit Geilheit zu tun, sondern eher mit Stolz. Man kann stolz darauf sein, dass man einen anderen Menschen gefunden hat, der einen abschlecken und sich an einem reiben will, sich in einen hineinstecken und einen kneten möchte. Die gekneteten und abgeschleckten Menschen sind dem Rest von uns überlegen, und am Valentinstag sagen sie: Da, eine Rose.

Ich hebe den Arsch ein bisschen und ziehe das Zigarettenpäckchen aus der Hosentasche. Mit der alten zünde ich mir eine neue Tschick an und taste dann mit den Fingern am Scheißbein herum, um zu kontrollieren, ob man von hinten meine Arschspalte sehen kann.

»Miii«, sagt die Katze ganz leise. Der Quasimodo ist halt ein Mongo. Es wundert mich nicht, dass er das ganze Miau nicht hinbekommt. Ich strecke die Hand nach ihm aus. Er rollt sich bereitwillig auf den Rücken und reckt mir sein Stummelbein entgegen.

»Quasimodo, Alter«, sag ich. »Tu deinen Stummel weg.«

Ich versuche, um den abgeschnittenen Fuß herumzugreifen, damit ich das weiche Fell an seinem Bauch berühren kann.

Irgendwo heult ein Motor auf, gefolgt von abruptem Bremsen, bevor dann wieder das maximal durchgedrehte Gas zu hören ist. Einen beschisseneren Fahrer gibt es im ganzen Tal nicht, dafür erkennt man ihn immer schon von weitem: Als ich mich aufrichte, sehe ich Tarek am Ende der Siedlung mit seinem Roller auftauchen. Quasimodo flüchtet ins Feld.

Tarek hält neben mir und nimmt den Helm ab, auf dem lauter Sticker von Skatermarken sind.

»Seas«, sagt er.

Ich nehme einen Zug von der Tschick: »Seas.«

Er klappt den Ständer aus und wuchtet sein Gefährt darauf. Wie der Roller vorschwingt, merkt man, dass er schwer sein muss, aber Tarek ist stark. Tarek trainiert bei sich im Keller und in der Schule isst er manchmal Topfen statt Brot.

Er beugt sich herunter und gibt mir ein Begrüßungsbussi. »Sind die Homos noch drüben?«

Die heute gemeinten Homos sind Michael, Melli und Bene, die als Moped-Kolonne zur Grenze aufgebrochen sind, um guten Itaker-Erdbeersprudelwein zu holen.

»Noch in Italien, ja«, antworte ich.

»Kann ich eine?«, fragt Tarek und setzt sich zu mir auf den Gehsteig.

»Sicher«, sag ich, hole das Päckchen aus meinem Arsch und verstecke ihn wieder.

Tarek klemmt sich die frische Tschick zwischen die Lippen und hält die Hände um den Mund, als wären wir im Kindergarten und würden Stille Post spielen. Ich tue es ihm gleich und lehne mich vor, bis meine Handkanten seine berühren und die Spitze seiner Tschick zu glühen beginnt.

»Fragolino«, sagt Tarek und bläst Rauch aus.

Ich nicke. Fragolino, so heißt das. Ich mag den Namen, aber vergesse ihn immer. Im letzten Jahr ist einer von uns, ich weiß gar nicht mehr, wer, draufgekommen, dass man den Sprudelwein gleich hinter der Grenze ganz billig kaufen kann. Es ist das geilste Getränk überhaupt. Fragolino schmeckt wie Sekt und Butter und Erdbeermarmelade und ist ein Luxus, den wir uns hin und wieder gönnen. Meistens, wenn einer Geburtstag hat. Diesmal ist es Melli. Wir fahren dann hin und stopfen die dunkelgrünen Flaschen in unsere Rucksäcke. Wir können uns immer nur ein paar davon leisten, aber das ist okay. Den Fragolino trinkt man ja für den Genuss. Zum Saufen nimmt man Skol.

Ich sage wir, aber ich weiß nur aus Erzählungen, wie der kleine Markt hinter der Grenze aussieht. Wir sind zu viele, um alle gemeinsam hinzufahren. In der Crew gibt es neben dem heiligen Scotty Mountainbike von meinem Bruder nur einen Roller und ein halb kaputtes Mofa. Es ist ja schon ein Segen, dass uns dem Bene sein Chill-Vater hin und wieder seine alte Vespa borgt. Und mit Hannes' gelber Maxi kann man auf der Bundesstraße nicht zu zweit fahren. Das machen wir nur auf den Schotterwegen oder wenn wir zum Hudewitten-Kiffen in die Auen aufbrechen, und selbst da scheuert man sich schon die Arschknochen am Gepäckträger auf und muss höllisch aufpassen, damit man sich den Schenkel nicht am Auspuff verbrennt. Mit der Maxi fährt heute Michael und auf der Bene-Vespa sitzt Melli hintendrauf. Melli war schon dreimal im Erdbeerwein-Geschäft und kann ganz genau beschreiben, wie es dort aussieht. Es gibt einen alten, zotteligen Hund, hat sie erzählt, der immer schläft. Er schaut nicht einmal auf, wenn direkt neben ihm eine Flasche auf den Boden knallt.

»Wir können reingehen und Musik hören«, sag ich zu Tarek, der so knapp neben mir sitzt, dass sich unsere Knie berühren. Ich beobachte seine gerade Nase von der Seite.

»Passt schon«, sagt Tarek. »Ich muss weiter.«

Er steht auf und schaut für einen Moment in die Ferne wie ein Cowboy im Film, setzt sich den Helm auf und nickt mir zu.

Vorm Wegfahren klappt er das Visier noch mal rauf und sagt: »Danke für die Tschick.«

»Bis am Samstag«, sag ich und hebe die Hand.

Tarek fährt davon, eine Weile starre ich ihm hinterher.

»Miii«, macht es neben mir.

Ich schaue zu Quasimodo und entdecke in der Wiese ein einzelnes verwirrtes Gänseblümchen, das sich den Wecker zu früh gestellt hat. Ich reiße es mit den Wurzeln aus der Erde.

»Alles Gute zum Valentinstag«, sag ich und halte es der Katze hin.

5

Der Wasserfall ist nicht so postkartenhaft. Es ist eher eine Felswand, die ein bisschen undicht ist. Jetzt, im Winter, ist dort nur ein schmaler Streifen Eis, der aussieht, als wäre dem Felsen eine Rotzglocke eingefroren. Postkarte oder nicht, für uns ist das der Wasserfall und wir sitzen unter ihm auf den Steinen herum und zittern uns miteinander in Mellis Geburtstag hinein. Aus dem Kassettenrekorder kommen die Beats von *Reimemonster*, Bene macht ein Lagerfeuer, und zwischen dem Gefühl, dass unsere Gesichter vor Hitze fast verkokeln und das Blut in unseren Hintern einfriert, stellt sich so etwas wie Wohlbehagen ein. Andreas rülpst laut und Hannes lacht. Tarek versucht seit einer halben Stunde, eine SMS an irgendeine Tussi rauszuschicken.

»Fraaagolino!« Melli reißt die dicke, grüne Flasche in die Luft. An ihrem Mittelfinger blitzt der violette Ring, den ich am Nachmittag beim H&M für sie habe mitgehen lassen. Shoppen nennen wir das. Wir machen es nicht oft, außer wir bekommen Gelegenheit. Und da kommt es dann darauf an, was gerade verfügbar ist. Beim Shoppen muss man schon flexibel sein.

Letzten Sommer ist zum Beispiel einmal die Schlecker-Kassiererin einfach nicht aufgetaucht, obwohl ich schon fünf Minuten gewartet habe. Und dann ist mir halt irgendwann der Maybelline-Schminkständer aufgefallen, und jetzt haben Melli und ich bis an unser Lebensende Fliegenbeine als Wimpern. Und manchmal ist das, was man erwischt, nicht unbedingt ideal. Tarek war letztes Jahr im Souvenirladen shoppen.

Seitdem haben wir alle so ein NICI-Kuscheltier am Rucksack hängen. Meines ist ein Tiger mit überdimensionalen Augen. Melli hat ein blaues Schwein und Hannes eine Diddl-Maus.

In der Schule machen sie sich über uns lustig, die Rapper mit den Kuscheltieren, sagen sie. Aber wir tragen unsere Anhänger mit Stolz. Beim Shoppen geht es um den Spirit. Da muss man hin und wieder eben kleine Einbußen in Kauf nehmen und flexibel sein. Der Ring für Melli ist ihr auch ein bisschen zu groß, aber man muss ihn ja nicht am Ringfinger tragen, dafür gibt es schließlich fettere Finger wie den Mittelfinger oder den Daumen.

Wir nehmen unsere Skol-Dosen und prosten Melli zu. Melli ist das Geburtstagskind, deswegen trinkt sie heute nur den heiligen Fragolino. Später, beim Kotzen, erschreckt sie sich dann wieder, weil sie denkt, es hätte ihr den Magen zerrissen. Wir anderen trinken Bier für den Pegel und legen zwischendurch den Kopf in den Nacken wie junge Vögel, damit Melli uns was von dem Fragolino hineingießen kann.

Mein Bruder kramt ein winziges Päckchen aus der Tasche seiner Popper-Hose. Er tritt einen Schritt auf Melli zu und reicht ihr das Geschenk.

»Danke«, sagt Melli überrascht. Sie nimmt das Päckchen und beginnt den schlampig geklebten Tixo zu lösen.

Aus der Verpackung purzelt ein Kartonstreifen auf ihre Handfläche. Erst erkenne ich nichts, aber als ich näher herantrete, sehe ich die Ohrstecker darin funkeln, die wir vor ein paar Wochen nach dem Ausgehen im Schaufenster vom Schmuckgeschäft angeschaut haben. Es sind zwei kleine schwarze Sterne, in deren Mitte Glitzersteinchen sitzen.

»Danke, Michael«, sagt Melli noch einmal. Sie umarmt meinen Bruder. Ihre hellen, langen Haare fallen ihm ins Gesicht und er bekommt rote Flecken auf der Wange.

Melli lässt den Karton auf die gefrorene Erde segeln und steckt sich die Sterne in die Ohren. Sein Geschenk, denke ich, hat mein Bruder sicher nicht geshoppt, sondern wirklich gekauft. Keiner von uns versucht es beim Schmuckgeschäft. Die haben die Ware unter der Theke verstaut und holen sie nur auf Nachfrage heraus.

»Schau an, den Affen!«, ruft Hannes.

Unbemerkt hat Tarek begonnen, an der Felswand hochzuklettern. Einen Meter über dem Boden hängt er da, alle viere von sich gestreckt. Wir lachen. Langsam nehme ich einen Schluck Skol. Unter unseren Zurufen klettert Tarek weiter, ein Stück höher und dann noch eines. Auf einmal ist er aber so hoch, dass man sich denkt: Oje. Das geht nicht gut.

»Alter, komm wieder runter«, ruft Bene, und in dem Moment rutscht Tarek schon mit einem Fuß ab. Aus Melli kommt ein Quieken heraus. Ich nehme noch einen großen Schluck: Oje.

Michael schaut Melli an und legt ihr die Hand ins Kreuz. Sie merkt nicht einmal, dass mein Bruder sie berührt. Auf einmal wird sein Mund zu einem Strich und er schaut die Felswand an, dann wieder Melli. Oje, denke ich mir, als ich den nächsten Schluck nehme.

Da setzt mein Bruder sich schon in Bewegung. Und als ob das ein geheimer Befehl gewesen wäre, rennen jetzt auch Andreas und Hannes auf den Wasserfall zu. Einen Moment später kleben sie alle am Fels. Andreas und Hannes haben Michael schon überholt. Mein Bruder klettert ihnen angestrengt hinterher. Sport ist nicht unsere Stärke, denke ich und rülpse leise, wirklich nicht unsere Stärke.

Tarek ist mittlerweile doppelt so hoch wie die anderen. Melli ruft »Tarek« und schlägt die Hände vors Gesicht. Jetzt rufe auch ich »Tarek« und versuche den Namen genauso klingen zu lassen wie Melli.

In diesem Moment fällt Michael von der Wand herunter. Ich habe genug Actionfilme gesehen, um zu wissen, dass das so nicht aussehen sollte. Da muss man fallen und sich abrollen wie eine Katze. Der Quasimodo würde sicher gut von so einer Wand herunterfallen. Mein Bruder sinkt einfach in derselben Position nach unten, wie er geklettert ist, dreht sich ein wenig in der Luft und kommt auf seinem ausgestreckten Bein auf. Als ich den Knochen auseinanderbrechen höre, rennt hinter mir ein Tier durch den Wald.

6

Das Surren von Hannes' Maxi zerschneidet die Stille. Der schwache Schweinwerfer erleuchtet die splittbedeckten Wege und wirft verzerrte Schatten an Hausmauern. Durch die Maschen der Wollhandschuhe beißt mir die Kälte in die Haut. Der Fahrtwind hält mich wach, der Fahrtwind macht mich nüchtern.

»Sicher nicht«, hat der Zivi gesagt, kaum älter als mein Bruder selbst, und mich vom Einsteigen abgehalten. »Ihr Alkleichen speibt's eh nur alles voll und ich kann's dann wieder aufputzen.«

»Du könntest dich auf meinen Schoß setzen«, hat der Notarzt zu Melli gesagt, und auf der Liege im Krankenwagen hat mein Bruder geschrien.

»Wir haben keine Schiene dabei. Die Urlauber haben uns schon ausgeräubert heut«, hat der Sanitäter gesagt, und Michaels Hände auf dessen eigenen Oberschenkel gelegt. »Beim Fahren hältst du oben fest. Und ich unten.«

»Und ihr geht's heim«, hat der Sanitäter abschließend gerufen und meinen Bruder hinter zuknallenden Türen in seinem Kofferraum verschwinden lassen. »Und sagt's seinen Leuten, dass sie ihm seine Sachen bringen sollen.«

Ich halte vor unserem Block und wuchte die Maxi auf den Ständer. Ich denke an Hannes' vom Blaulicht erhelltes Gesicht. *Sperr bitte trotzdem ab.*

Mit den steif gefrorenen Fingern brauche ich mehrere Anläufe, um das Maxi-Schloss herumzudrehen.

Im Vorraum ziehe ich mir die matschverkrusteten Etnies

aus. Aus dem Wohnzimmer begrüßt mich das Gedüdel des Fernsehers. Ich denke an die Haube meines Bruders auf dem Krankenwagenboden, an die Reflektorstreifen auf der Jacke des Sanitäters.

Alles nicht so schlimm, denke ich, einfach das eine tun, und dann das nächste. Ich laufe in den Keller und halte vor Michaels Zimmer kurz inne. *Du darfst nur rein, wenn ich da bin.* Er hat es mir eingebläut, es ist eine wichtige Regel.

»Es ist eine Ausnahme«, sage ich zu mir selbst und mache einen Schritt in den Raum. »Es ist ein Notfall.«

Ich gehe auf den mit Computerzeug vollgeräumten Schreibtisch zu. »Ausnahme«, sag ich, als ich den Reißverschluss des Rucksacks öffne und ein *Mathematik-Oberstufe* 4-Buch und Michaels Federpenal herausräume, »Notfall.«

Ich stecke stattdessen ein T-Shirt und den MiniDisc-Player hinein. Dann packe ich zwei Boxershorts und ein paar Socken ein. Am Ende hänge ich mir den Rucksack um. Die Schlaufen sind zu lang, bei jedem Schritt schlägt er mir gegen den Hintern.

»Ausnahme«, sag ich und lösche das Licht, »Notfall.«

Ich schlängle mich an den rot-weißen Klappschranken des Besucherparkplatzes vorbei und stelle das Mofa in der Nähe des Eingangs ab. Das hell erleuchtete Krankenhaus auf dem Hügel hebt sich riesengroß vom schwarzen Himmel ab. *Das Krankenhaus,* hat der Brandstätter uns einmal aus einem Taler Boten-Artikel vorgelesen, *ist neben der Milchfabrik der wichtigste Arbeitgeber im Tal.*

Ich betrete die leere Empfangshalle. Desinfektionsmittelgeruch sticht mir in die Nase. Ein Kaffeeautomat summt leise vor sich hin.

»Hey«, höre ich eine dumpfe Stimme. »Du da!«

Hinter einem Fenster mit der Aufschrift *Information* sitzt ein dünner Mann mit Doppelkinn.

»Was willst du hier?«, fragt er, legt sein Kreuzworträtsel hin und fährt mit dem Blick über meine abgewetzte Winterjacke und die dreckigen Etnies.

»Ich muss zu meinem Bruder, den haben sie mit dem Rettungsauto geholt.«

Ein Lächeln huscht über das Gesicht des Mannes. »Freilich. Ein Magenpumper.«

Ich will ihm antworten, aber der Mann hört gar nicht zu. »Kommst morgen um neun Uhr.«

Er lehnt sich vor und klopft auf ein außen am Empfangsfenster angebrachtes Blatt mit der Überschrift *Besuchszeiten*. »Tschüss«, sagt er und wedelt mich mit der Hand davon wie einen Furz.

Ich gehe ein paar Schritte auf den Ausgang zu, warte, bis er sich wieder seinem Rätsel widmet, und laufe geduckt ins Krankenhaus hinein. Ich komme an einem mit einer Jalousie verschlossenen Imbiss vorbei und am Krankenhausfriseur. Neben den zwei Aufzügen ein riesiges Schild. Sieben Stockwerke werden aufgezählt und lauter Wörter daneben, die ich nicht verstehe.

Es ist dunkel hier, aber wenn ich näher komme, merken es die einzelnen Gänge und werden hell. Ich passiere eine Raucherkammer und erschrecke mich vor einem einsam randalierenden Faxgerät. Irgendwann stehe ich wieder vorm Friseur.

Ich nehme die Treppe in den ersten Stock. Vor dem Fenster sehe ich den Hubschrauberlandeplatz, wo tagsüber die Menschen aus den Bergen abgeladen werden. Die Nacht wird jetzt schon schwächer, sie verdünnt sich allmählich mit dem neuen Tag.

Im oberen Stock sind die Türen breiter und die Zettel neben ihnen nicht mehr eingeschweißt. Ich gehe in den nächsten Gang, biege rechts ab, dann ein paarmal links, lande in einer Sackgasse und finde auf einmal den Rückweg nicht mehr. Ich sehe wieder meinen Bruder vor mir, es muss jetzt Stunden her sein, dass sie ihn flach auf den Rücken gelegt haben, in ihrem Krankenwagen, beim Wasserfall drüben. Eine Druckwelle presst sich mir die Brust herauf, der Mund wird trocken, ich kenne das schon.

»Nicht jetzt«, flüstere ich mir selbst zu. Neben einer Topfpflanze setze ich mich auf den Boden und umarme meine Knie. Ich richte den Blick auf ein grünes Rechteck mit einem weißen Männchen darauf und zähle meine Atemzüge, wie Michael es mir beigebracht hat. Mit einem Klicken geht das Licht aus.

»Hallo?«

Ich muss eingeschlafen sein. Eine alte Frau steht vor mir. Im Ausschnitt ihres Morgenmantels ist ein Pflasterstreifen zu sehen, unter den Badelatschen trägt sie fleischfarbene Strümpfe. Mit einer Hand hält sie sich an einer metallenen Rollstange fest. Dort hängt ein Beutel, von dem ein Schlauch in ihren Arm führt.

Ich versuche, so schnell es geht, aufzustehen, bleibe mit dem Rucksack am Geländer hängen und kippe beinahe wieder um.

»Ich hab nichts getan«, verteidige ich mich gleich. »Ich such nur meinen Bruder.«

Die Frau mustert mich aus wässrigen Augen.

»Der Penner beim Eingang wollte mich nicht hereinlassen«, sag ich, »aber ich schwör, ich muss zu Michael. Der ist mit dem Tarek auf den Wasserfall geklettert und runtergefallen.«

Kurz bebt mir die Unterlippe. Dann wische ich mir mit dem Ärmel übers Gesicht und recke das Kinn in die Höhe, damit die Alte weiß, dass ich mich wehren kann. Dass ich mir nichts gefallen lasse.

»Ja dann«, sagt die Frau mit kratziger Stimme, »dann schauen wir mal, wo der Michael ist.« Sie hält mir die Hand hin. Ich zögere kurz, dann nehme ich sie. Die Frau führt mich zu den Aufzügen zurück. Mit dem Finger fährt sie die Orientierungstafel ab und spricht dabei leise mit.

»A-ha«, sagt sie, »schau einmal.«

Ihr Streichholzfinger ist neben einem der viel zu komplizierten Wörter stehen geblieben. *Vierter Stock*, lese ich, *Unfallchirurgie.*

Dort verlassen wir kurze Zeit später den Aufzug und nähern uns einem der mit Glasfronten abgeschotteten Flure. Die Frau drückt mehrere Sekunden einen Knopf, und während wir warten, streicht sie mir mit dem Daumen über den Handrücken. Drinnen erscheint eine stämmige Krankenschwester, das weiße Oberteil spannt ihr über den Brüsten.

»Grüß Gott?«, sagt sie, als sie die Tür öffnet. Sie macht mit ihrer Plastiksandale einen Schritt heraus.

»Das Mäderl sucht ihren Bruder«, sagt die Frau. »Der hat einen Unfall gehabt.«

»Name?«, fragt die Schwester.

»Michael Hofer«, antworte ich mit piepsiger Stimme.

Er hat einen Unfall gehabt, hämmert es wie ein zu lauter Bass in meinem Kopf: *Unfall gehabt, Unfall, Unfall.*

»In Ordnung«, sagt die Schwester und winkt mich zu sich.

Die Frau im Bademantel wünscht mir alles Gute und geht in Mäuseschritten zum Aufzug zurück.

Auf dem Flur stinkt es nach Pisse, hinter einer verschlossenen Tür höre ich jemanden stöhnen. Die Schwester geht in einen mit Glaswänden abgetrennten Bereich, vor dem ich warten muss. Es erinnert mich an das Terrarium von Flat Eric, Benes Gecko, dem ich hin und wieder eine gekochte Nudel füttern darf. Die Schwester zieht sich eine Strickjacke über die Uniform, kommt wieder heraus und liest von einem Klemmbrett ab. »Ja, der ist in der Vorbereitung«, sagt sie. »Er muss noch ein bisschen ausnüchtern vor der OP. Da kannst du noch mal heim, dich niederlegen.«

»Ich bleib da«, sag ich, nehme den Rucksack ab und halte ihn ihr hin. »Er braucht was zum Anziehen«, sag ich. »Ich hab alles dabei.«

Die Schwester nimmt den Rucksack und lässt den Blick über die eingetrockneten Fragolinoreste in meinen Mundwinkeln gleiten. Ich schaue den Gang hinunter und auf die Bilder an den Wänden. Auf einem ist ein mit Kohlestiften gezeichneter Hahn. Ich schiebe den Unterkiefer hin und her, kreuze dann wieder den Blick der Schwester.

»Ich hab solchen Durst«, sag ich und atme aus.

Die Schwester bringt mich ins Besucherzimmer, in eine Schnabeltasse füllt sie Hagebuttentee. Als sie weg ist, schütte ich mir noch drei Löffel Zucker hinein. Ich finde eine angebrochene Soft-Cake-Packung und esse alles auf. Der Himmel wird schon rot, als ich mich endlich beruhige. Ich setze mich an einen der Besuchertische und lege die Stirn auf die weiße Tischplatte. Mit der Zunge schiebe ich Orangengeleereste im Mund herum.

Irgendwann legt mir die Schwester eine Hand auf die Schulter. Ich wische mir den Sabber von der Wange und starre sie an.

»Wir operieren ihn jetzt«, sagt sie. »Bitte geh endlich heim.«

7

»Red keinen Scheiß, Julia.«

Andreas zittert. Die Temperatur drängt auch die anderen Burschen auf der Bank so dicht zusammen, wie sie sonst nie sitzen würden. Melli hüpft neben dem Teich von einem Fuß auf den anderen.

Jetzt ist es doch noch einmal richtig kalt geworden. Wie bei einem Pudding hat eine dünne Eisschicht in der Nacht den weichen Neuschnee versiegelt.

»Doch«, sag ich und breite die Hände aus, »der Fleck wandert. Am Anfang war er auf dem Schenkel. Wie eine fette Melanzani hinten auf dem Oberschenkel drauf. Und seit ein paar Tagen ist er nach unten gerutscht. Vorgestern war er hinterm Knie und gestern schon wieder ein Stückchen tiefer.«

Hannes beginnt zu lachen. Bene schiebt sich die Hände unter die Achseln. »Deine Fantasie hätt ich gern, Julia.«

Irgendeinem Baum neben dem zugefrorenen Teich reicht es jetzt und er lässt einen seiner morschen Äste fallen, über die sich in der Nacht dicke Schneepatzen gelegt haben.

»Es ist aber die Wahrheit«, rufe ich wütend. »Der Michael hat eine Stange im Hax drin und einen blauen Fleck, der ihm davonrinnt. Wenn ihr ihn besuchen kommt, seht ihr es auch.«

Hannes räuspert sich. Wenigstens war er schon mal im Krankenhaus, am Hügel droben. Die anderen finden es dort zu gruselig, sagen sie. Ich schaue mich um. Auf einem entfernten Feld spielen zwei Kinder. Das kleinere läuft in seinem roten Overall auf einen Schneemann zu und fällt um. Das größere ruft ihm etwas hinterher.

Tarek starrt grinsend auf sein Handy. Mit dem Daumen drückt er zweimal auf den Vierer, wartet einen Moment, und drückt dann noch drei weitere Male auf dieselbe Taste. *Hi*, schreibt er irgendeiner Tussi: *Hi*.

Melli geht in die Hocke, hebt einen flachen Stein auf und schleudert ihn auf den zugefrorenen Teich. Der Stein hüpft ein, zwei Mal, driftet dann wie ein Prolo-Auto an den Teichrand. Ein Büschel Schilf pudert erleichtert seinen ganzen Neuschnee herunter.

»Wir können ins Krankenhaus gehen«, sag ich, »und einen Kakao aus dem Automaten trinken.«

»Ja«, sagt Hannes und steht auf. Er hebt mit beiden Händen einen besonders großen Stein auf. Ich wundere mich, dass Hannes keine Handschuhe trägt. Wenn meine Haut so kaputt wäre, dass sie aufplatzt und Blut herauskommt, wenn ich einen Stein aufhebe, würde ich schon Handschuhe anziehen. Der Stein kracht nahe am Ufer durch die Eisschicht und hinterlässt ein schwarzes Loch. Drum herum sind jetzt Sprünge, die aussehen, als hätte ein Blitz eingeschlagen.

Andreas lacht und springt auf: »Geil.«

Er geht zu dem Mistkübel neben der Bank, fischt eine Bierflasche heraus und schleudert sie mit voller Wucht auf das Eis. Die Typen jaulen. Jetzt stehen alle auf und werfen Steine und Müll auf den zugefrorenen Teich. Eine Frau kommt mit zwei Stöpselkindern den Weg entlang, die sie für irgendein Faschingsfest als Biene Maja und ihr Freund Willi verkleidet hat. Kleine Stoffflügel zittern über ihren Miniaturwintermänteln. Die Frau schüttelt den Kopf über uns und schiebt ihre Bienenkinder schnell weiter. Tarek setzt sich als erster wieder auf die Bank, Bene quetscht sich neben ihn, die anderen folgen.

Ich gehe zum Teich. Als ich meine Finger ins Wasser tauche, werden sie sofort taub. Die Eisplatte ist schwerer als erwartet. Ich hebe sie über meinen Kopf, drehe mich zu den anderen und lasse sie vor ihnen auf den Boden fallen. Die Platte explodiert in tausend kleine Splitter.

»Ey!«, ruft Andreas. Melli reißt ein Bein in die Höhe, und Bene duckt sich weg.

»Wir müssen ihn besuchen«, sag ich. Ich stehe da wie eine Eisprinzessin in einem Feld voller Diamanten. »Dem Michael ist sicher fad.«

8

»Aha«, sag ich, »und was für eine Marmelade ist da oben?«

»Marille«, sagt Michael und schaut über das Bett seines Zimmernachbarn aus dem Fenster neben dem Herrgottswinkel hinaus. Vor zehn Minuten ist der Christophorus-Hubschrauber gelandet und hat die Baumwipfel davor wackeln lassen. An der Wand gegenüber stehen noch einmal zwei Betten, die mit übermütigen Wintersportlern gefüllt sind, die sich ihre Körper alle an unterschiedlichen Stellen auseinandergebrochen haben. Die Krankenschwester spricht die Patienten nicht mit ihren Namen an, sondern mit ihrer Verletzung oder ihrer Sportart. Der Schulterbruch liegt, den Arm an den Körper gezurrt, neben dem Bob-Zwischenfall, der Kinnbremser hat beim Unfall gratis noch ein blaues Auge dazubekommen und der Verband ist ihm rund ums Gesicht zusammengebunden wie bei einer Zeichentrickfigur. Weil sie alle aber nicht die distale Femurfraktur sind, können sie zumindest das kleine Bad in der Ecke des Zimmers benutzen. Die distale Femurfraktur ist mein Bruder, und deswegen liegt er im Bett und pisst in eine Plastikflasche. Gestern Abend musste er auch einmal die Bettschüssel benutzen, aber da hat mir der Bob-Zwischenfall geraten hinauszugehen, wofür ich ihm dankbar bin.

»Aha«, sag ich, und streiche über Michaels zusammengefaltete Shorty's-Kapuzenjacke auf meinem Schoß, als wäre sie mein Haustier, »dann hast du zwei Marillenmarmeladesemmeln gegessen.«

»Ja«, sagt Michael und starrt auf den Herrgottswinkel. Von seinem rechten Bein führt ein Schlauch in ein Plastikfläschchen, das aus meinem Bruder Wundflüssigkeit herausmelkt, die verstörend lecker aussieht; wie Erdbeereis eigentlich.

»Cool«, sag ich, »und zum Trinken?«

»Julia«, fährt mich mein Bruder an, »geh heim.«

»Ah«, sag ich, »ich kann schon noch ein bisschen bleiben.«

Michael fährt sich mit der namensarmbandmarkierten Hand übers Gesicht. Blass ist er, mein Bruder, ein bisschen verloren wirkt sein Kopf auf dem weißen Kopfpolster. In ihm drinnen, hat eine Ärztin bei der Visite erklärt, ist beim Unfall viel Blut ausgeronnen. Zwar nur wieder in den eigenen Körper hinein, aber an der falschen Stelle nutzt einem das ganze Blut halt auch nichts. Deswegen war Michael nach dem Unfall so schlecht beieinander, deswegen sieht er noch heute aus wie ein Käsebrot mit Bartstoppeln.

»Wirklich, Julia«, sagt er. »Ich will einfach meine Ruhe.«

»Okay«, sag ich und stehe zögerlich auf.

»Ich kann dir was vom Kiosk holen«, sag ich.

»Ich brauch nichts«, sagt Michael.

»Magst noch eine rauchen gehen?«, sag ich.

»Herrgott, Weib!«, schreit der Schulterbruch. Mit der gesunden Hand greift er nach dem über seinem Bett baumelnden Plastikdreieck und zieht sich daran hoch: »Verschwinde!«

»Alter!«, fährt mein Bruder den Mann an, der seine Aktion schon selbst zu bereuen scheint. Mit einer auseinandergebrochenen Schulter tut Weiber beschimpfen anscheinend weh.

»Pass auf, was du zu meiner Schwester sagst«, geht Michael den Mann mit einem Aggro-Level an, das ich so noch nicht von ihm kenne. Ich fürchte mich und bin stolz. Ich stelle mich vor das Bett des Schulterbruchs und lasse die Faust in die Hand knallen, wie ich es mir vorgenommen habe, bei der alten Lackner zu tun, wenn sie mich das nächste Mal Klumpert nennt. Ich mache den Mund auf, weil ich den Mann beleidigen will, als Klumpert oder Piefke, aber als ich gerade die Luft in den Hals hinunterschicke, damit sie mir am Rückweg die Stimme herauszieht, höre ich aus dem Gang ein Geräusch, das mir bekannt vorkommt. Ich drehe den Kopf zur offenen Tür und höre es jetzt deutlich:

Bum – Bumm Bumm Bumm – Bumm

Ich reiße die Augen auf und grinse den Schultergebrochenen an.

»Entschuldigung«, sagt er, »das sind die Schmerzen, es …«

Ich drehe mich zu meinem Bruder um und rufe:

»Doctor!«

Ich werfe die Arme in der Luft herum und rufe es noch einmal: »Doctor!«

Michael atmet aus und schließt die Augen. Ich laufe auf den Gang. Der Beat lässt sich jetzt nicht mehr verleugnen. Die neu eingelieferten Patienten, die in bunten Ski-Overalls auf schmalen Tragen warten, bis der Jägermeister verdampft ist und die Ärzte sie aufschneiden können, drehen ebenfalls die Köpfe in die Richtung, aus der die Musik kommt.

In diesem Moment beginnt eine Stimme:

Hello my name is Dr. Greenthumb.
I'd like to tell you just where I'm from.

Als erstes biegt Hannes um die Ecke. Er und Andreas flankieren die anderen wie Wächter. Tarek schiebt einen Rollstuhl mit Melli darin. Bene trägt den Kassettenrekorder auf der Schulter und sie alle rappen den Text mit.

Eine Oma im Nachthemd mit langem Zopf bekreuzigt sich, eine Krankenschwester versucht sich meiner Crew in den Weg zu stellen, aber Andreas tritt mit Kampfhundblick auf sie zu, sodass sie zurückweicht und fast über die an der Wand aufgereihten Stühle stolpert. Ein Arzt flüchtet ins Schwesternterrarium und verriegelt die Tür. Ich tanze auf der Stelle, bis meine Crew bei mir angekommen ist und wir gemeinsam die Strophe fertigrappen:

»Please don't follow me into the sun. Hello my name is Dr. Greenthumb.«

9

»Fuuuck«, sagen Tarek, Bene, Melli, Hannes, Andreas und ich im Chor, als wir uns das Röntgenbild von Michaels auseinandergebrochenem Oberschenkelknochen in dem kleinen Untersuchungsraum anschauen. Dass in meinem Bruder auch ein dünnes weißes Skelett wächst, wie eines im Naturwissenschaftsraum der Schule steht, hätte ich zwar vermutet, überrascht mich aber doch.

»Und da«, sagt Michael jetzt von der Untersuchungsliege aus, »haben sie die Stange reingeschoben.«

Wir drehen uns von dem Lichtding, an dem das Knochenfoto meines Bruders hängt, zu ihm.

»Die Stange?«, fragt Tarek.

»Ja, so eine Metallstange, Nagel sagt man dazu.«

Mein Bruder schiebt sein Kleidchen zur Seite und offenbart ein Pflastermeer auf Schenkel und Knie.

»Fuck«, sagt meine Crew. Dabei haben sie die Schnitte nicht einmal – so wie ich beim Verbandswechsel – *uncensored* gesehen. Sie sehen aus wie übertriebene Fleischwunden auf einem Halloween-Kostüm: dick und blutig und darüber sind fette Nähte.

»Wo ist der Nagel?«, fragt Tarek.

»Im Knochen«, antwortet mein Bruder.

»Wie *im Knochen*?«, frage ich und schiebe Melli, die auf meinem Schoß sitzt, etwas zur Seite, um den Blick auf Michael frei zu haben.

»Ja, die schieben den in den Knochen rein. Der ist ja innen hohl.«

»Hohl?«, rufe ich.

»Ja, Julia«, sagt Michael und zieht die Brauen hoch, »hohl.«

Die anderen beginnen zu lachen.

»Wie beim Terminator«, sagt Melli anerkennend.

Mein Bruder nickt ernst: »So ungefähr«.

»Was ist denn hier los?« Ein Arzt mit Schmalzfrisur und Goldkettchen ist hereingekommen und beim Anblick der Crew stehen geblieben.

»Darf ich Sie um Diskretion bitten?«, sagt der Arzt.

Wir schauen ihn an.

Er geht zum Lichtding: »Rausgehen sollt's.«

»Ah so«, sagen wir. Wir nicken reihum und bleiben, wo wir sind.

Der Arzt schüttelt den Kopf und klatscht ein neues Bild an die Leuchtwand: Wieder das Bein meines Bruders. Dort, wo davor die Lücke war, treffen sich die Knochenenden jetzt wieder, und mittendurch, an den Enden fixiert mit ein paar ganz normalen Schrauben wie aus dem Baumarkt: die Terminatorstange.

»Fuuuck«, sagen wir, wieder im Chor.

10

Zum ersten Mal seit einer Woche betrete ich das Klassenzimmer. Nadja sitzt mit gesenktem Kopf da und schreibt etwas in ihr Heft. Auf meinem Platz liegt eine Serviette mit einem Krapfen darauf. Ich schaue mich um. Melli unterhält sich mit Bene und Tarek.

»Der ist von mir«, höre ich meine Banknachbarin sagen. Sie schaut mich unsicher durch ihre Brillengläser an.

»Ah so«, sag ich und nehme das Gebäck in die Hand. Ich frage mich, ob es so ein Spaßkrapfen ist, in dem statt Marmelade Senf drinnen ist, aber so eine Frechhaftigkeit traue ich der Nadja eigentlich nicht zu.

»Tut mir leid mit deinem Bruder«, sagt sie. »Hoffentlich geht es ihm bald besser.« Sie senkt den Kopf wieder zum Tisch.

»Danke«, sag ich.

»Julia, hör auf zu essen«, sagt Brandstätter, der gerade jetzt hereinkommt.

Hinten wiehern meine Freunde los, ich setze mich hin.

»Was gibt es Neues auf der Welt?«, sagt der Brandstätter. »Was habt ihr so getrieben?«, fragt er und zwinkert und grinst und macht ein Kasperltheater mit seinen Gesichtszügen, damit man kapiert, dass er einen Witz gemacht hat; dass er in Wirklichkeit nicht meint, was wir im Tal so getrieben haben, sondern die Akteure, in ihrer Welt draußen.

Die drei Oberländerinnen kommen herein. Sie müssen sich nicht für die Verspätung entschuldigen. Jeder weiß, dass es im Winter für die Kinder aus dem Umland schwer ist, in die Stadt zu kommen. Manche Dörfer haben sich ja so tief in die Bergritzen gefressen, dass schon der kleinste Schneefall, der dort natürlich immer als erstes hinkommt, die Ein- und Ausfahrten verstopft und den Verkehr lahmlegt. Die Oberländerinnen und die anderen Dorfkinder sind hart im Nehmen, sie warten auch zwei Stunden bei Minusgraden auf den Postbus oder sie stoppen vorbeifahrende Autos. Bei uns ist das ja nicht so wie in Deutschland, wo alle paar Minuten ein Kind oder eine Frau von der Straße gestohlen wird und ein paar Tage später taucht der Körper wieder auf. Im Tal können wir uns vertrauen. Abgestochen wird bei uns keiner.

Die Oberländerinnen haben heute rote Nasen und veranstalten ein Rotzkonzert. Sie ziehen sich die Mäntel aus und wischen Schnee von ihren Kapuzen.

»Jessas!«, ruft der Brandstätter. Er lacht freudig auf und hält sich eine Hand ans Herz.

Sein Gefühlsausbruch muss mit dem neuen Schal der kleinen Oberländerin zu tun haben, weil sonst ist alles gleich wie immer. Der Jassi ihr Schal ist weiß mit lauter schwarzen Punkten und Strichen und Quasteln an den Rändern, und der Brandstätter freut sich sehr darüber. Er streckt Jassi den Daumen hin und hinten schnippt der Fritz.

»Herr Lehrer«, sagt er, »wegens BSE.«

Katja, die in der Fensterreihe weiter vorne sitzt, dreht sich um und legt einen Arm über ihre Stuhllehne.

»Entschuldigung, lieber Augenzeuge, aber wichtiger wär, einmal über Temelin zu sprechen.«

»Aber da hab ich nichts ge-se-hen«, beim Sprechen schiebt Fritz den Unterkiefer vor und dehnt dabei die »e's« im letzten Wort.

»Liebe Presse«, sagt vorne der Brandstätter, »wenn der Augenzeuge was zu berichten hat, dann soll er berichten.«

Katja zuckt mit den Schultern.

Fritz streckt ihr die Zunge heraus und richtet sich auf: »Mittlerweile gibt es viele Alternativen auf der Speisekarte. Wasserbüffel, Krokodil, Vogelstrauß: Alles kann man essen.«

»Toll«, sagt der Brandstätter, »ganz toll.« Er geht ein paar Schritte auf die Presse und den Augenzeugen zu. »Wenn ihr so super informiert seid, wisst ihr vielleicht auch was aus Den Haag?«

Katja blättert kopfschüttelnd durch ihren Notizblock.

Fritz schaut den Brandstätter erschrocken an. »Nein, zu Den Haag weiß ich nichts«, sagt er fast böse. Keiner kann ihn zwingen, mehr Berichte über Blutbäder zu lesen als nötig, hat uns Fritz letztens in der Pause gesagt und hektisch einen Bissen von seinem Pustertaler-Salami-Brot genommen: Keiner.

Ich nehme einen Bissen von meinem Krapfen. Marillenmarmelade schmilzt mir süß in den Mund hinein.

»Macht nichts«, sagt Brandstätter.

Er schlägt sein Notenheft auf und sagt: »Ah, wir kommen ja heute in den Genuss eines Vortrages des Herrn Benedikt. Da wird uns sicher was ganz Besonderes geboten.«

Bene ist der einzige, den der Brandstätter manchmal mit »Herr« anspricht. Er reitet ein bisschen mehr auf ihm herum als auf uns anderen. Ich bin mir nicht sicher, ob das so ist, weil der Bene gescheiter ist als der Rest von uns, oder weil er gescheiter ist als der Brandstätter selbst.

»Bitte«, sagt der jetzt und setzt sich an sein Lehrerpult.

Bene steht auf und kommt von der letzten Mittelreihe nach vorne. Er trägt heute ein dunkelblaues Sakko, das ihm an den Schultern zu weit ist, und eine rote Krawatte über dem *Quicksilver*-T-Shirt. Er hängt ein Plakat an die Tafel. Darauf stehen Begriffe und Namen, und dazwischen kleben ein paar aus Zeitschriften ausgeschnittene oder ausgedruckte Bilder. Mit schwarzem Edding steht obendrüber »Österreich ist …«.

Bene stellt sich vor die Klasse und breitet die Hände aus. »Liebe Österreicherinnen und Österreicher«, sagt er plötzlich in einem anderen Dialekt, er rollt das »r« der Österreicherinnen, aber nicht wie er es normalerweise selbst tut, wenn er zu Hause mit seinem Vater Italienisch spricht, sondern wie einer aus dem Osten, drüben, bei Wien.

»Ich, als euer Bundespräsident«, sagt der Bene und wippt beim Sprechen stückweise mit dem Kopf nach unten, »Thomas Klestil«, sagt er jetzt und betont die einzelnen Silben des Namens wiederum mit der Hand, »erzähl euch jetzt einmal was über unser Land.«

Er zeigt auf ein Bild, das aus einem *Asterix*-Comic ausgeschnitten ist.

»Irgendwann waren wir eine römische Provinz, deswegen gibt es halt heute noch Römerausgrabungsstätten. Dann«, jetzt zeigt Bene auf den ersten Schriftzug ganz unten am Plakat. *Tu felix Austria nube,* steht da. »Gab es da so eine Crew«, spricht Bene im niederösterreichischen Dialekt und mit ruckelnden Kopfbewegungen weiter, »das waren die Habsburger. Und die haben gesagt: Pudern statt ballern. Pempern statt pumpern.«

Im Restmüll bricht das Lachen aus, in der letzten Reihe steht Tarek auf, johlt und federt seine Hüften ein paarmal vor und zurück.

»Ruhe, Keskin«, sagt der Brandstätter und: »Aufpassen, Herr Bundespräsident.«

»Danach hat uns dann vieles gehört«, spricht Bene weiter, »weil die Habsburger haben so rundherum die Kings aus den Nachbarländern hergenommen und dann sind wir gewachsen und gewachsen«, Bene macht eine Handbewegung, als würde sein eigener Bauch sich ausdehnen, »aber dann haben wir natürlich wieder gekämpft. Über die Jahre haben sich die Grenzen verändert, sodass unser Land heute ausschaut wie ein Schnitzel.«

Bene zeigt auf ein schwarz-weiß ausgedrucktes Bild, das Österreich tatsächlich als Schnitzel darstellt, und wo Graz ist, liegt eine Zitronenscheibe.

»Irgendwann ist in Österreich der Hitler aufgekommen mit seinen Faschos. Und heute ist es zwar so, dass wir einen Nationalrat haben und eine gewählte Regierung. Den Hitler und seine Faschos riecht man aber noch immer, die stinken aus der Vergangenheit herein. Und das versucht man zu vertuschen. Wie wenn man zum Beispiel am Wochenende heimlich fort war und dann kommt man heim und die Eltern merken erst einmal nichts. Aber am nächsten Tag fragen sie, warum die Jacke so mieft, nach Rauch und Alk. Man wäscht sie, aber der Geruch ist noch immer da. Und so ist es auch mit Österreich, das heimlich mit den Faschos fortgegangen ist und behauptet, es hätte sich nichts zuschulden kommen lassen, aber die Jacke hört nicht auf zu stinken, der Mief geht nicht raus.«

An dieser Stelle bleibt Bene stehen, legt Daumen und Zeigefinger beider Hände zusammen und wiederholt in seinem Fake-Niederösterreicher-Dialekt: »Der Mief geht nicht raus.«

»Herr Bundespräsident«, sagt Brandstätter mit drohender Stimme, »kommen Sie zum Punkt.«

Bene zeigt auf die Tafel, liest dann laut vor:

»Österreich ist …«

Er zeigt auf das Plakat. »Österreich ist eine Römerausgrabungsstätte. Österreich war eine Monarchie.«

Er nimmt ein Stück Kreide und beginnt etwas an die Tafel zu zeichnen, was auf den ersten Blick wie ein Würstel aussieht. Ich lege den Kopf schief und folge den Bewegungen seiner Hand. Und tatsächlich, die Umrisse werden immer deutlicher, Bene hat ein Paar Frankfurter Würstel auf die Tafel gemalt.

»Aber MKS …«, hört man hinten den nervösen Fritz jammern.

Ein paar Leute beginnen zu lachen. Unruhe breitet sich aus.

»Julia«, sagt Bene jetzt mit eiserner Miene. Ich fühle mich ertappt und wische mir die Staubzuckerreste vom Krapfen aus den Mundwinkeln. Erste Reihe Mitte ist wirklich ein Arschlochplatz; nicht einmal die eigenen Freunde schrecken in dieser Position davor zurück, einen vorzuführen.

»Lies«, sagt Bene.

»Österreich ist …«, sag ich.

Jetzt zeigt Bene auf das Paar Frankfurter: »Und was ist das?«

»Ein Würstel?«, frage ich.

»Genau«, ruft Bene und vergisst für einen Moment seinen niederösterreichischen Dialekt. »Und jetzt alle!«

»Österreich ist ein Würstel«, sagen ein paar von uns gleichzeitig, manche lachen, ein paar schauen den Brandstätter an.

»Es reicht jetzt mit diesen Lächerlichkeiten«, sagt Brandstätter. »Das ist keine Werbeveranstaltung für das Speckeck Egger. Das ist ein Referat.«

Bene ignoriert ihn einfach und spricht eilig weiter.

»Österreich ist ein Würstel, weil es nicht zu seinen eigenen Sünden steht. Österreich ist ein Würstel, weil es nicht einmal hundert Jahre später die Faschos wieder in die Regierung lässt.«

Bene reißt die Hand hoch und zeigt auf die Fotos von zwei Männern. Die beiden kenne sogar ich. Links sieht man Wolfgang Schüssel, den Bundeskanzler, mit Seitenscheitel, Brille und seinem Markenzeichen: der Anzugmasche am Kragen. Rechts daneben ein aus einer Zeitung ausgeschnittenes Bild von Jörg Haider mit frecher Wuschelmähne im Trachtenjanker.

Daneben ist noch ein anderes Bild, das ich kenne. Michael hat es mir letztes Jahr in einer vom Strommasten geshoppten Sonntagszeitung gezeigt. *Wegen den Pennern,* hat er gesagt und mit dem Handrücken auf die Zeitung geschlagen, *dürfen wir jetzt nicht auf Schüleraustausch nach London.*

Das Foto besteht hauptsächlich aus einer roten Tapete mit so königlichen Mustern. Davor stehen drei Anzugmänner. Links der Schüssel, der dem Haider rechts die Hand schüttelt. Und in der Mitte, hinter der Handschüttlerei, der Bundespräsident. Klestil schaut in die Kamera, schaut nicht die anderen Politiker an, sondern direkt über die Zeitungen in die Welt hinein. Sein Mund ist geschlossen, aber sein Blick spricht Bände. Er braucht nicht übersetzt zu werden, er ist in jeder Sprache verständlich: Fickt's euch alle.

Bene zeigt auf den Kanzler. »Der Schüssel lässt solche in die Regierung, damit er selbst an der Macht bleibt. Versteht ihr? Bevor er es eine andere Partei versuchen lässt, holt er sich die FPÖ, die Fascho Partei Österreichs ...«

»Es reicht.«

Mit einem entschlossenen Schritt ist Brandstätter neben Bene und reißt das Plakat herunter. »Setzen!«, brüllt er und stopft es ins Altpapier.

»Was? Wieso? Ich bin voll gut vorbereitet«, ruft Bene jetzt ebenfalls zornig, sodass sich seine Stimme wieder einmal am Ende des Satzes überschlägt. Es ist ein Streich, den sein Körper Bene noch manchmal spielt, während die meisten anderen Burschen ihre Stimmen mittlerweile wieder unter Kontrolle gebracht haben.

Brandstätter stemmt die Hände in die Hüften: »Ich lass mich nicht lächerlich machen von euch! Könnt's ihr nicht einfach ein Referat halten wie normale Menschen?«

Bene atmet scharf ein.

»Ich bin hier der Bundespräsident«, sagt er, »und ich vertret jetzt meine Position. Sie wollten das doch so!«

»Du setzt dich jetzt hin, Marino«, antwortet der Brandstätter. »Und dann will ich das restliche Jahr nichts mehr hören von dir.«

Bene will was sagen, doch der Brandstätter bremst ihn mit der flachen Hand aus.

»Du hast das Referat gemacht. Du bekommst deine Note, Herr Bundespräsident. Und ab jetzt hältst du im Unterricht den Mund.«

Ich kenne Bene gut genug, um sein Gesicht lesen zu können wie eine SMS. Gut genug auch, um zu wissen, dass er jetzt etwas Unvorsichtiges macht, weil die Gerechtigkeit rausmuss. Ich sehe ihn den Mund öffnen.

»Herr Lehrer«, rufe ich und springe so hastig auf, dass mein Stuhl hinter mir umfällt.

Bene und Brandstätter schauen mich an, als wären sie beide gerade aufgewacht.

»Der Bene«, rufe ich. Mein Blick fällt auf mein Alcatel auf dem Tisch. Ich reiße das Handy in die Luft.

»Der Bene und ich«, sag ich, »müssen jetzt ganz schnell ins Krankenhaus.«

11

»Ich weiß, ich weiß«, sagt die Physiotherapeutin, »aber mit den Antibiotika wird es sicher bald besser. Und was Stärkeres gegen die Schmerzen bekommst du ja jetzt auch.«

Sie greift sich Michaels rechten Fuß und winkelt sein Bein ab: »Na komm, geht schon.«

Michael nimmt seinen Arm von der Stirn und klammert sich an der Liege fest. Dann versucht er, die Hand der Therapeutin mit dem Fuß wegzudrücken. Die Frau lehnt lässig da, die andere Hand in die Taille gestemmt, als wäre sie ein Superheld aus einem Film. Dabei ist es einfach nur mein Bruder, der so schwach ist. Die Operationsnarben an seinem Knie und der Hüfte haben sich entzündet. Und auch die Schnitte vom Sturz wollen nicht verheilen. An der Ecke einer besonders gemeinen Wunde sieht man sogar einen kleinen Eitersee.

»Die sollen verschwinden«, murmelt Michael.

»Was?«, fragt die Therapeutin und streckt ihm die blonden Stirnfransen entgegen.

»Ja, die Homos da!«, brüllt mein Bruder und schleudert die Hand in unsere Richtung.

»Ey«, sag ich auf meinem Besucherstuhl.

Neben mir schnalzt Bene mit der Zunge und beugt sich vor: »Für jemanden mit einem so feschen Kleiderl hast du aber ein ganz schlimmes Mundwerk.«

Bene und ich wiehern los und die Physiotherapeutin mit uns.

Michael flucht und zieht sich das Krankenhauskleidchen,

das er wegen der besseren Narbenbelüftung noch immer tragen muss, über die Beine.

»Du hast aber nette Freunde«, sagt die Therapeutin aufmunternd zu ihm, »dass die dich hier besuchen kommen.«

»Die Schwester bin ich«, sag ich.

»Eine ganz nette Schwester«, sagt sie und ich nicke.

»Ich helf dir mit der Spritze«, sagt sie zu meinem Bruder, und er verzieht das Gesicht noch mehr.

Mein Bruder, das weiß ich erst seit kurzem, fürchtet sich vor Nadeln. Seit seinem Sturz muss er jeden Tag eine Spritze bekommen, in den Schenkel oder den Bauch hinein, damit das Blut im Körper flüssig bleibt. Weil wenn man sich so wenig bewegt, kann es verkleben, ungefähr so wie bei einer schlampig zugemachten Uhu-Tube. Und die kann niemand mehr gebrauchen.

Beim Hinausgehen holen Bene und ich uns einen Automatenkakao und spazieren matrixmäßig nach hinten gelehnt den Krankenhaushügel hinunter.

»Danke wegen heute«, sagt Bene. »Ich war echt kurz davor, dem Gartenzwerg eine zu panieren. Aber deinen eigenen Einsatz hast du dafür verpasst.«

Ich nehme einen großen Schluck Kakao und verbrenne mir die Zunge: »Was?«

»Als der Brandstätter wegen Den Haag gefragt hat«, sagt er, »da hättest du als UNO dich melden sollen.«

Ich zucke mit den Schultern. »Kommst du morgen wieder mit?«, frage ich stattdessen.

Bene schüttelt den Kopf. »Muss lernen«, sagt er, »und du eigentlich auch.« Er verabschiedet sich mit einem Bussi und biegt in die Gasse zu seinem Haus ein.

Ich schaue ihm hinterher und dann noch einmal die steile Auffahrt zum Krankenhaus hinauf.

Ich wünschte, ich hätte den Krapfen nicht selbst gegessen und ihn stattdessen meinem Bruder mitgebracht.

12

Der Schultag plätschert langsam dahin. Immerhin ist in der vierten Stunde *rote Pause*. So nennen wir den Turnunterricht. Wenn es nach dem Turnunterricht geht, haben Melli und ich seit eineinhalb Jahren durchgehend die Tage. Unser Trumpf ist, dass Butt-Head, der hässliche Turnlehrer, sich vor unseren Körpern fürchtet. Am Anfang haben wir noch »Aua, Bauchweh« gesagt und mit den Händen in den Kapuzenpullovertaschen auf den langen Bänken gesessen und den anderen beim Völkerball zugesehen. Mittlerweile brauchen wir nur noch zwei, drei schlimme Worte zu Butt-Head zu sagen, dann haben wir einfach komplett frei. Ein schlimmes Wort ist zum Beispiel *Tampon*, oder noch besser: *Damenbinde*. Obwohl der Turnlehrer in der Schule auch der Erste-Hilfe-Beauftragte ist, hat er solche Angst vor Blut, wenn es aus der falschen Stelle kommt, dass er uns lieber sofort vom Unterricht befreit, als sich auf ein unangenehmes Gespräch einzulassen.

Melli trifft sich heute in der roten Pause zum Schmusen mit einem aus der Poly. Ich selbst will ein bisschen Musik hören. Am Nachmittag hab ich dazu ja keine Zeit. Wenn ich Michael im Krankenhaus besuche, will er zwar nie mit mir reden, aber wenn ich mir dann die Kopfhörer aufsetze, wird er auch wieder wütend.

Ich streife durch die leeren Schulflure, hinter den geschlossenen Türen kann man die Schüler beim Unterrichtetwerden hören. Ich stütze mich aufs Fensterbrett, schalte das *Gefährliches Halbwissen*-Album im Discman an und schaue hinaus. *Zwanzig Kilo,* hat die Physiotherapeutin gestern zu meinem Bruder gesagt, während er auf dem gesunden Bein gestanden ist und das andere vorsichtig auf eine Waage gedrückt hat. *Man muss das Gehen ganz neu lernen,* hat sie gemeint, *wenn man auf einmal nicht mehr mit seinem ganzen Gewicht auf die Welt eintreten darf.*

Aus den Augenwinkeln sehe ich eine Bewegung, das Blut schießt mir ins Gesicht. Ich zwinge mich, stillzuhalten und weiter aus dem Fenster zu starren. Keine fünf Meter entfernt ist der Kelomat aus einem Klassenzimmer geschlendert. Ich muss gar nicht genau hinsehen: Die blonde Johnny-Bravo-Frisur und das karierte Freizeithemd verfolgen mich bis in den Schlaf. Eine Mathematikstunde beim Kelomat betritt man vielleicht noch als glücklicher Mensch: aber der Druck, die Antworten nie zu kennen, kocht einen allmählich weich, und am Ende quellen einem die Augen heraus und man verlässt das Klassenzimmer als zergarte Kartoffel, deren Innereien nur noch von der Haut zusammengehalten werden.

Der Kelomat hat mich im ersten Halbjahr so oft unter Dampf gesetzt, dass ich irgendwann angefangen habe, mir während der Mathestunden Urlaub zu nehmen. Man muss sich eine Auszeit gönnen, steht auf den Frauenmagazinen in der Trafik vornedrauf, und daran halte ich mich. Wie zum Beispiel mit der roten Pause, das tut mir gut, danach fühl ich mich gleich vitaler. Aber es kann schon sein, dass ich es mit der Auszeit ein bisschen übertrieben habe, was den Unterricht beim Kelomat betrifft.

Wenn man kleinlich ist, könnte man sagen, dass ich im neuen Semester noch bei überhaupt keiner Mathestunde war. Dass der Kelomat zwar immer wieder zum Brandstätter geht und der Brandstätter dann zu mir. Aber irgendwo muss so eine Kette ja auch enden.

Jedenfalls habe ich heute Glück. Der Kelomat bemerkt mich nicht und der Discman spielt den nächsten Song, als ob überhaupt nichts gewesen wäre.

13

Ein Sonnenstrahl legt sich mir aufs Gesicht. Ein Gefühl, das ich aus meinem Kellerzimmer nicht kenne, in dem zwar auch ein Lichtschacht ist, durch den man merkt, dass es Tag wird, aber die Sonne spürt man nie.

Ich lasse die Augen noch für einen Moment geschlossen und höre den anderen beim Atmen zu. Der Bob-Zwischenfall ist der Einzige, aus dessen Nasenloch es hin und wieder pfeift. Mein Bruder atmet einfach, der Schulterbruch atmet einfach, der Kinnbremser atmet sogar viel ruhiger, als wenn er wach ist. Ich öffne die Augen. Michael schläft mit offenem Mund. Über Nacht sind seine Lippen ausgetrocknet und sehen aus wie eine Mondlandschaft.

An der Wanduhr reißt sich der schmale Zeiger widerspenstig von einer Sekunde nach der anderen los. Kurz vor sieben. Die Crew ist gestern wieder nicht gekommen. Aber mit den entzündeten Wunden ist es jetzt sowieso vorbei und mein Bruder kann heimkommen. Der Shorty's-Hoodie, mit dem ich mich am Abend zugedeckt habe, rutscht mir von den Schultern, als ich mich aufrichte. Ich schiebe den Stuhl an die Wand und humple mit steifem Rücken zur Garderobe. Ich hänge den Hoodie auf und ziehe mir stattdessen meine Jacke an.

Am Gang schlafen Urlauber in Overalls auf Transportbetten. Im Terrarium beißt eine Schwester von einem Vinschgerl ab.

Ich verlasse die Station, gehe das Treppenhaus hinunter und lasse die leere Eingangshalle mit dem summenden Kaffeeautomaten hinter mir. Als ich durch die Automatiktüren ins Freie trete, merke ich, dass es wärmer geworden ist. Dass der letzte Schneefall nur ein dummes Getue der Natur war; die leere Drohung eines Betrunkenen, bevor er mit dem Gesicht auf den Wirtshaustisch knallt. Ich will gerade nach meinem Discman greifen, als ich ihn sehe:

Im Sonnenaufgang steht ein Mann im Dirndl auf der Straße. Kein gewöhnliches Dirndl, sondern eines aus edlen bunten Stoffen, mit aufwendigen Zierstickereien überzogen. In der Mitte der Schnörkel sind winzige Spiegel angebracht, die den orange-violetten Himmel reflektieren. Der Mann hat sich die groben Hände an die Taille gelegt, unter einem Arm klemmt ihm die Maske mit den zwei geschnitzten Gesichtern, die ich schon seit Kindertagen kenne. Es ist der Obmann vom Krampusverein. Auf ein geheimes Signal hin setzt er sich die Doppelmaske auf und beginnt auf die Stadt zuzugehen. Ich laufe ihm nach, folge Perchta mit ein paar Metern Abstand. An der Kreuzung warten zwei weitere Männer in prächtigen bodenlangen Kleidern. Der eine hat sich bereits eine kleine geschnitzte Maske aufgesetzt, mit tiefen Löchern dort, wo die Augen sein sollten. Der andere hat sich seine Wampe mit einem goldbestickten Korsett zurechtmodelliert. Er nimmt einen letzten Schluck aus dem Pappbecher mit dem Logo der Esso-Tankstelle und streicht sich Kaffeetropfen aus dem Bart. Dann setzt er sich eine Krone aus Blumen und langen pastellfarbenen Seidenbändern auf und geht an der Seite seiner Freunde weiter.

Mit jeder Minute tröpfeln jetzt neue Männer in bunten Trachten aus den Gassen und Hauseingängen. Ich folge ihnen und ihren Bändern, die mir in der Morgenluft entgegentänzeln. Der Tal Milch-Lieferant bleibt vorm Lidl mit einer Palette Joghurts stehen und beobachtet die Männerherde ehrfürchtig. Sie sind wunderschön.

Mich beachtet der Lieferant nicht, und auch Perchta und ihre Kumpanen nicht. Als Klumpert, dessen Namen die Leute nicht kennen, gibt es einen offiziell nicht, und man kann bequem im Windschatten der anderen Menschen dahinspazieren. Wir gehen ein paar Meter aufwärts, dann biegen wir zu einem von Bäumen umzingelten leeren Parkplatz ab.

Hier warten schon andere Verkleidete. Sie proben vor der Arbeit den Umzug, der nachmittags auf dem Marktplatz stattfinden wird. Der Faschingsumzug ist im Tal fast eine so große Sache wie die Krampuszeit. Und wenn man zu wenig bietet, gehen einem die Touris durch und fahren nach Hinterfeld.

Ich lehne mich etwas abseits an einen Baum und klemme mir die kalten Hände unter die Achseln. Die Kleidermänner formieren sich zu einem Kreis. Im hellen Schein der Morgensonne tritt ein Mann mit einer Holzrute in der Hand in seine Mitte. In der anderen Hand hält er die Leine des Bären, der ihm auf zwei in Adidas Superstar steckenden Füßen folgt.

Er lässt sich in seinem Ganzkörperfellkostüm auf alle viere fallen und wirft wild den Kopf herum. Der Hirte brüllt etwas. Er reißt an der Leine, und der Bär kippt seitlich auf den Boden. Er versucht sich aufzurichten, stellt einen Fuß auf, aber sein Peiniger holt mit der Rute aus und lässt sie auf seinen Rücken niederkrachen.

Komm, feuere ich den Bären im Stillen an.

Der Hirte streckt die Fäuste in die Luft. Er lacht. Da bäumt sich der Bär plötzlich auf und reißt ihn nieder, die Rute schlittert davon. Dem Bären entfährt ein Siegesschrei. Er steht auf, stellt einen Fuß auf den am Boden liegenden Mann und hält seine eigene Leine mit ausgestreckten Armen in den Himmel. Die Kirchenglocken läuten acht Mal.

MÄRZ

1

»Hallo, du bist aber nicht die Nadja«, sag ich zu dem Typen, der an unserem Pult sitzt, als ich den Klassenraum betrete.

Seine Haare sind an den Seiten abrasiert und oben zu einem Bergkamm zusammengegelt. Er lächelt mich an.

»Nicht Nadja …«, wiederholt er.

Ich kratze mich am Kopf und schaue mich in der Klasse um, die sich langsam mit Schülern füllt. Manchen fällt der Typ an unserem Tisch gar nicht auf, andere bemerken ihn, gehen aber weiter.

Andreas kommt herein. Hilfesuchend schaue ich in seine Richtung.

»Was ist?«, sagt er.

»Da sitzt einer auf Nadjas Platz«, sag ich.

Andreas steckt die Hände in die Hosentaschen und reckt das Kinn vor. Er kommt herüber und stellt sich neben mich.

»A-ha«, sagt er in einem Tonfall, als hätte er öfter mit genau diesem Typen Ärger. »Schleich dich«, sagt Andreas, der sehr viel mit dem Kinn kommuniziert, und zeigt damit zur Tür.

Der Typ lächelt und schaut mich an. Mir fallen seine langen Beine unter dem Tisch auf, er muss fast so groß sein wie Bene. »4c?«, sagt er und schaut, als wollte er eigentlich etwas anderes fragen. »4c Herr Brandstätter?«

»Ja«, sag ich und freue mich, weil es der erste Beweis ist, dass zumindest ich heute richtig bin; dass das nicht eine seltsame Parallelwelt ist, in der Nadja ein eins achtzig großer Typ ist und Andreas mein einziger Freund.

»Ah!«, höre ich es hinter mir. Bene, Melli und Tarek sind durch die Tür gekommen; Melli und Tarek haben rote Wangen vom Fahrtwind.

Bene schiebt Andreas zur Seite, breitet die Arme aus und sagt: »Welcome.«

Dahinter kommen die drei Oberländerinnen in den Raum, die Schöne mit den Ohrringen und den langen Haaren lächelt den Typen an, er lächelt zurück, dann gehen sie weiter und der Typ schaut wieder uns an.

»Er hat gefragt, wo der Brandstätter ist«, sag ich zu meiner Crew, »aber der Brandstätter ist nicht da.«

Bene breitet die Arme noch weiter aus. »Kein Mensch ist illegal«, sagt er und: »Jugoslawien?«

Der Typ senkt den Kopf.

»Der soll weggehen«, sag ich.

»Julia«, sagt Bene in einem scharfen Ton zu mir. »Jetzt reiß dich mal zusammen und sei ein bisschen freundlich!«

Ja, super, denk ich mir. Soll Bene, dieser Hippie, den Typen halt hinten auf seinem eigenen Platz welcomen.

»Tarek«, jammere ich, »sag ihm, er soll weggehen.«

»Wieso ich?«, sagt Tarek und schaut in der Klasse herum, aber den Typen nicht an.

»Sag es ihm in eurer Sprache«, sag ich.

»Was in unserer Sprache?«, fährt Tarek mich an. »Ich bin Türke, du Homo!«

»Ja, Entschuldigung«, sag ich, »ich hab gedacht, als Tschusch …«

»Guten Morgen«, schallt es durch den Raum. Brandstätter kommt herein.

Hinter ihm fällt die Tür zu und wird dann gleich wieder aufgedrückt. Nadja quetscht sich durch den Türspalt in die Klasse, sieht den Jugo auf ihrem Platz und bleibt stehen.

»Julia, setz dich«, sagt der Brandstätter, und ich setze mich. Ich schaue Nadja an, drehe die Handflächen nach oben, ich schaue den Typen neben mir an, er lächelt, und ich lächle zurück, weil mir langsam die Alternativen ausgehen.

»Also, wir haben einen neuen Mitschüler«, sagt der Brandstätter und zeigt auf den Typen: »Das ist der Nermin.«

Jetzt, wo Brandstätter auf ihn zeigt, ist er für niemanden mehr zu übersehen.

»Der Nermin kommt eigentlich aus Jugoslawien«, sagt er, »aber jetzt gerade kommt er aus Tirol. Magst du dich vorstellen, Nermin? Magst du der Klasse sagen, wer du bist?«

»Ich bin der Nermin aus Innsbruck«, sagt der Typ. Die »r's« verraten den Jugo, aber das »sch« in »Innsbruck« spricht er aus wie ein Einheimischer. Und da wird mir klar, dass er alles verstanden haben muss, was wir gerade vor ihm geredet haben.

Der Brandstätter-Blick fällt auf Nadja neben der Tür. Er sagt »Ah so«, schaut auf Nermin und blickt sich um.

»Kein Problem«, sagt sie und deutet auf den leeren Stuhl in der letzten Türreihe. »Ich setz mich derweil zum Andreas.«

Andreas reißt die Augen auf, und Brandstätter atmet erleichtert auf: »Danke, Nadja.«

Presse-Katja verfolgt mit zusammengekniffenen Augen, wie meine Banknachbarin zur letzten Reihe geht.

»Das ist aber großherzig«, sagt sie. »Wojtyła?«

Brandstätter beginnt zu schmunzeln.

»Das könnte sogar sein«, sagt er, und als er bemerkt, dass wir anderen nicht mitkommen, »das ist der polnische

Name vom Papst. Papst Johannes Paul der Zweite. Kennt ihr, oder?«

Die Hälfte der Klasse nickt.

»Aufpassen, Glubschauge«, zischt die Schlange Nadja an, als sie sich hinter sie setzt. Sie legt ihr 3210 für einen Moment weg und deutet mit der Hand einen Kreis um ihren Platz an. »Hier ist eher so der *Sieben Jahre in Tibet*-Bereich.«

Melli und ich lachen. Wir haben den Film im Fernsehen gesehen. Deshalb kennen wir uns mit Buddhismus aus. Und weil die Schlange uns letzte Woche am Schulklo erzählt hat, dass sie im Experiment der Dalai-Lama ist, verstehen wir als einzige den Witz.

»Morgen suchen wir dir einen richtigen Platz«, sagt der Brandstätter zum Nermin, »und vielleicht zeigt die Julia dir in der Pause die Schule.«

»Wieso ich?«, rufe ich.

»Ja?«, sagt der Brandstätter, weil die schöne Oberländerin aufzeigt.

»Ich kann dem Nermin alles zeigen«, sagt sie.

»Danke, Theresa«, sagt Brandstätter und wirkt tatsächlich so dankbar, dass er sogar vergisst, sich über mich zu ärgern.

»Dann beginnen wir mit dem Unterricht. Ah so«, unterbricht er sich gleich wieder selbst. »Jetzt haben wir gar keinen Akteur für den Nermin.«

Hinten zeigt Nadja auf. »Vielleicht ist es eh besser, wenn er sich erst einmal alles anschaut und nicht mitmachen muss«, schlägt sie vor.

»Ja«, sagt der Brandstätter. »Danke, Nadja.«

Brandstätter lächelt Nadja an, der Neue lächelt Nadja an, ich lächle den Neuen an. Ein bisschen kommt es mir vor, als wären wir in einer amerikanischen Fernsehserie.

Aber dann verwandelt sich Brandstätter mit einem Schlag wieder in den Alten. Seine Mundwinkel fallen ihm herunter und genervt sagt er: »Leute, einen Schritt vor und zwei zurück.«

Mit *Leute* meint er die Oberländerinnen. Während dem Wirbel um den neuen Schüler haben sie sich ihre Mäntel ausgezogen. Die hübsche und die große Oberländerin haben sich mittlerweile dasselbe Accessoire zugelegt wie Jassi Arafat. Sie zupfen sich ihre neuen Schals zurecht, sodass sie in schönen Wellen über den Bench-Pullovern liegen.

2

Michael lehnt mit der Schulter am Türrahmen seines Zimmers. Im Hintergrund wirft Kool Savas uns vor, dass unsere Eltern ein Haus und ein Boot hätten, was beides nicht stimmt. Mein Bruder hebt eine Krücke und zeigt auf die Wendeltreppe, die vom Keller ins Erdgeschoss hinaufführt. Ich versuche den Sessel anzuheben. Es ist so ein Chef-Drehsessel aus Kunstleder.

»Puh«, sag ich, »schon schwer.«

»Ja, weil du dich anstellst«, sagt Michael. »Geh in die Hocke und nimm ihn auf den Rücken.«

»Ich glaub, das ist eine scheiß Idee«, sag ich.

»Tu weiter, Julia«, sagt er.

Ich nicke und gehe einen Schritt auf meinen Bruder zu. »Da«, sag ich und zeige auf einen unbestimmten Punkt an der Wand.

»Was?«, sagt Michael und schaut hin.

Ich nutze den Moment, ziehe die Thrombosespritze aus der Tasche und ramme sie meinem Bruder durch das T-Shirt in den Bauch.

Michael schreckt zurück, verliert das Gleichgewicht und kracht mit einem Wumms auf den Hintern, dass das ganze Haus wackelt. Seine Krücken landen scheppernd neben ihm.

»Hat's dir ins Hirn geschissen?«, schreit er mich an und hält sich sein kaputtes Bein. »Willst du mich umbringen, oder was?«

Ich ziehe die Schultern hoch und halte die Spritze in die Luft.

»Ja, Entschuldigung«, sag ich. »Du hast gesagt, ich soll dich damit erschrecken.«

»Überraschen, du Mongo!«, brüllt mein Bruder mit rotem Kopf. »Nicht zu Tode erschrecken.«

Aus seiner grauen Jogginghose mischt sich sein Motorola ein. Am Boden sitzend zieht Michael das Handy aus der Tasche und hebt ab.

»Ja«, sagt er.

Er schnauft angestrengt.

»Ja, Mann«, sagt er ins Telefon. »Die Julia stellt sich heute wieder einmal extrem an.«

»Ja, ich hab auch kein Guthaben mehr.« Er nickt zweimal.

»Dann wartet dort. Ja, wo das Musikgeschäft ist.«

»Alter, ich weiß es nicht«, motzt er dann genervt ins Telefon, »wenn die Julia einmal weitertut halt.«

Neben mir bröckelt der Putz von der Wand. Es sind nur noch drei Stufen, aber die Kurve war hart. Die Arme habe ich durch die Lehnen des Bürostuhls gesteckt, die Sitzfläche liegt mir auf dem Kopf. Einmal hat es mich schon fast die Treppen rückwärts hinuntergehauen, weil die Räder an der Decke hängengeblieben sind.

»Geht schon, Julia! Super!«, feuert mich Michael von unten an. »Reinbuttern! Bist eh schon fast oben.«

Ich hole tief Luft, nehme die letzten Stufen und werfe den Sessel in den Vorraum. Ich stütze mich mit den Händen auf den Oberschenkeln ab und wische mir den Schweiß von der Stirn. Da wackeln die Wände plötzlich wieder. Aus dem Keller kommt ein Schmerzensschrei.

»Alter!«, höre ich meinen Bruder brüllen. »Was tut die scheiß Katze da?«

Ich höre Tapsgeräusche und sehe Quasimodos zerzaustes Köpfchen am Treppenabsatz auftauchen. Die Katze schaut mich an und sagt: »Mi.«

»Alter!«, rufen Michael und ich synchron. Ein Rad des Drehsessels ist weggebrochen und schießt quer über den Asphalt davon. Wir sind keine fünfhundert Meter vorwärtsgekommen und langsam wird uns klar, dass es zwischen einem Drehsessel und einem Rollstuhl doch einen größeren Unterschied geben muss.

»Du«, sag ich, »wegens dem Scotty.«

»Nein«, schnaubt mein Bruder.

»Wenn du jetzt eh nicht fahren kannst. Das Mountainbike bringt dem Radständer wenig, aber mir ...«

»Julia«, bellt Michael, »zum letzten Mal: Du bekommst das Scotty nur über meine Leiche! Und jetzt tu endlich weiter!«

Ein tiefergelegter Polo kommt um die Ecke gebogen und ich stemme mein ganzes Gewicht gegen den Sessel, um meinen Bruder von der Straße zu bekommen. Es ist nicht leicht, weil so ein Bürosessel nicht geradeaus will; er will nur hin und her oder eine Runde um sich selbst drehen. Der Prolo im Polo hört Gigi D'Agostino und glotzt uns an, weil er sich natürlich wundert, wie wir Städter so leben.

»Julia!«, schreit mein Bruder. Ich wende den Kopf gerade noch rechtzeitig vom Auto ab, um mitzubekommen, wie ich den Sessel mit voller Wucht gegen einen Bremsmuggel schiebe. Michaels Körper schießt nach vorn und er stützt sich ausgerechnet mit dem operierten Bein ab. Vorsichtshalber fange ich schon mal vor ihm zu schreien an.

»Wo sind sie?«, frage ich, als wir eine halbe Stunde später den Treffpunkt erreichen und keiner da ist.

Weil wir beide kein Guthaben haben, bleibt uns nichts anderes übrig, als die Crew suchen zu gehen. Ich wuchte den Bürosessel mit meinem Bruder darin auf den Gehsteig. Und dann durchkämmen wir im Schneckentempo die Innenstadt.

Wir kriechen beim Kebabladen vorbei und winken Tareks Vater durch das Schaufenster. Wir kriechen beim H&M vorbei, wo Hannes' Großvater in einer anderen Zeit einmal ein Hutgeschäft hatte. Wir kriechen am Friseur vorbei und an der Halfpipe, wo die drei Skater-Punks aus der HAK Tricks üben. Wenn sie ihre Ollies und Kickflips machen, flattern ihre roten, blauen und grünen Irokesen in der Luft herum. Die Piercings glitzern in der Sonne, als sie uns respektvoll zu- und wir daraufhin zurücknicken. Mit den Punks möchten wir keinen Beef haben, deswegen sind wir immer sehr höflich zu ihnen. Erst wenn sie außer Hörweite sind, nennen wir sie Tick, Trick und Track.

Am Großparkplatz finden wir endlich die Crew. Zu einem Westberlin-Maskulin-Song macht Tarek gerade ein paar Breakdance-Moves. Neben ihm steht Bene und bewegt die flache Hand im Beat, als würde er der Luft den Arsch versohlen. Melli und Hannes hocken am Gehsteig, und daneben versucht Andreas sich seine eigene Handfläche mit dem Feuerzeug anzukokeln. Andreas interessiert sich für die Musik von uns anderen nicht. Er hört nur Hip-Hop aus Österreich. Und obwohl wir alle ein Texta-Poster im Zimmer hängen haben, ist uns Andreas' Liebe zu heimischer Musik nicht immer ganz geheuer. Der Andreas findet unser Land so was von super, er könnte selbst schon fast ein Touri sein.

Ich bin richtig aufgeregt, dass wir endlich wieder einmal alle zusammen sind. Seit es meinem Bruder den Knochen zerrissen hat, hatten wir ja kein gemeinsames Frühstück mehr.

»Hey«, ruft Tarek, als er uns bemerkt, »Krüppel Deluxe!« Er macht mit Michael den Männereinschlag.

»Sorry«, sagt Hannes und kommt jetzt ebenfalls zu uns, »die Bullen haben uns verjagt.«

Wir nicken, wir kennen das. Wenn den Bullen fad ist, dann wissen sie schon, wen sie am besten sekkieren. Dazu brauchen sie keinen Grund, unser Alter ist Anlass genug. Jeder von uns hat es schon einmal erlebt, dass er unschuldig auf einer Bank sitzt und in der Nase bohrt, und aus heiterem Himmel taucht ein Polizeiauto auf und stellt sich mit laufendem Motor neben einen. Heraus schauen die Bullen und fühlen sich gut dabei. Was die Bullen nicht wissen, ist, dass, in ein Polizeiauto zurückzuschauen und währenddessen weiterzupopeln, sich auch gut anfühlen kann.

»Julia, schau einmal nach.«

»Was?«

Mein Bruder atmet genervt aus und zeigt zur alten Spielehalle. Melli hat schon halb die Straße dorthin überquert. »Ich hab gesagt, du sollst mit rübergehen und checken, was da los ist.«

Gemeinsam mit Bene folge ich Melli zur alten Spielehalle. Eine kleine, dicke, dunkle Frau hängt dort bunte Girlanden auf. Dass jemand die Spielehalle dekoriert, ist schon ungewöhnlich. Dass bei der Spielehalle überhaupt etwas los ist, ist ungewöhnlich. Schließlich staubt sie seit Jahren vor sich hin.

»Hallo, hallo«, ruft uns die kleine Frau zu, sie bückt sich und hebt neben einem Putzkübel gestapelte Prospekte auf.

»Ich bin die Maama«, ruft sie und kommt zu uns gelaufen. Die Maama hat vor allem einen Busen und eine Stimme. Und einen ansehnlichen Bauch, der unter dem Busen aber fast schüchtern wirkt.

»Komm zur Eröffnung«, sagt sie und drückt uns einen Flyer in die Hand.

»Willkommen in der Latino Bar«, liest Bene.

»Neueröffnung«, liest Melli.

»Am Samstag«, lese ich.

Dass uns ein Erwachsener freiwillig in seine Gastwirtschaft bittet, habe ich noch nie erlebt. Nicht umsonst frieren wir uns im Winter den Arsch am Wasserfall oder in der Lounge ab. Einen Ort zum Existieren zu finden, ist als Jugendlicher nicht einfach. Einen zu finden, in dem man ungehindert saufen kann, noch schwieriger.

Nur als es den Tourismuseinbruch gegeben hat, waren wir in den Gaststätten am Marktplatz willkommen. Wie dann aber das Unglück von Kaprun war, sind die ganzen Urlauber stattdessen plötzlich ins Tal gekommen und haben ihre D-Mark und Lire aus den Klettverschlussbrieftaschen gezogen. Da haben die Wirte aufgeatmet und uns wieder vor die Tür gesetzt.

Das einzige Lokal, wo wir im Tal Bier ohne Widerstand bekommen würden, wäre der Himmel. Aber im Himmel ist noch nie Mos Def gelaufen, kein Afrob und kein D-Flame. Dorthin wollen wir nicht.

Umso aufgeregter sind wir jetzt, mit dem Prospekt der Frau in der Hand. »Wir machen die Kübel«, sagt die Maama, »machen die Kübel mit die Strohhalm rein!«

»Wie in Mallorca?«, fragt Melli.

Die Maama geht ganz nahe an Melli heran und legt ihr eine

Hand auf die Schulter: »Party wie auf Mallorca. Sangria gratis in die Kübel mit die Strohhalm.«

»Dürfen wir unsere eigene Musik mitbringen?«, fragt Bene.

»Klar«, sagt die Maama. »Ja, ja! Kommst du zur Party mit deine Musik!«

»Gratis Sangria«, sag ich.

»Sangria gratis«, sagt die Maama und nickt.

»Party«, sagt Melli und schaut mich an.

»Party«, sag ich und beginne zu nicken.

»Party mit die Kübel«, bestätigt die Maama.

»Party«, rufen wir und beginnen, am Straßenrand herumzuhüpfen.

3

»Wehe, du baust einen Unfall«, sagt Michael zu mir und »Stützräder bräucht sie«, zu Tarek, der auf dem Roller wartet. Die Typen lachen. Tarek wirft seine Frühstückszigarette auf den Boden und reicht Michael den Helm.

Seit Tarek Michaels Chauffeur geworden ist, hat er immer einen richtigen Ersatzhelm für ihn dabei. Tarek fährt Michael ins Gymnasium und holt ihn vom Gymnasium ab. Das ist Ehrensache, hat Tarek gesagt, dass man das für den Chef tut, und seitdem weiß ich auch, dass mein Bruder der Chef ist. Er steigt jetzt hinter Tarek auf den Roller und klappt seine Krücken unter der Achsel zurück wie einen Düsenantrieb. Tarek winkt und dreht das Gas durch.

Ich warte neben dem Rad, bis die beiden weg sind, und gehe noch einmal hinein. Mein Bruder muss ja nicht wissen, dass ich in der ersten Stunde Urlaub mache. Ich ziehe mir die Jacke wieder aus und koche mir einen Tee. In das übrige Wasser rühre ich einen Löffel von dem Cappuccinopulver, das mir nicht schmeckt.

Ich stelle beide Tassen auf den Wohnzimmertisch und der Kaffee schwappt über. Auf der Tischplatte bildet sich ein Ring, wie schon einige Ringe da sind, bald sieht es aus wie eine Honigbienenwabe. Ich setze mich auf die Couch und schiebe das Gummiband zur Seite, das Michael beim Fernsehen jetzt immer mit dem kaputten Bein von sich wegdrückt. Das muss er machen, hat die Physiotherapeutin im Krankenhaus droben gesagt, weil die Muskeln sonst verschrumpeln und man irgendwann ja auch wieder richtig gehen will.

In die Simpsons-Anfangsmelodie mischt sich das Piepen meines Alcatels.

Alte, komm Kreuzung, schreibt Bene.

Nein, antworte ich ihm, *Urlaub.*

Ich verschränke die Arme hinter dem Kopf und lege die Füße auf den Bienenwabentisch. Das Handy tutet noch einmal.

Abgelehnt. In zehn Minuten dort, schreibt Bene jetzt.

»Nein«, sag ich und »Scheiße«, weil ich mit der letzten SMS eben mein Guthaben aufgebraucht habe.

Zehn Minuten später kurve ich mit dem Scotty-Mountainbike auf die Kreuzung zu, wo ein Marterle mit einem Kronenjesuskind steht und daneben eine Parkbank mit dem Bene darauf.

Ich strample im Stehen, weil das cooler aussieht, und rufe: »Alter, ich hab Urlaub.«

»Setz dich her«, sagt Bene, »und Musikunterricht ist kein Urlaub. Für dich schon gar nicht.«

»Du schwänzt ja selbst«, sag ich.

»Bei mir ist es aber eine Ausnahme«, sagt Bene und schaut dabei extraernst aus der Wäsche.

Ich zucke die Schultern und setze mich neben ihn: »Was ist in dem Sackerl?«

»Tada«, sagt Bene und zieht eine CD-Hülle aus der Plastiktüte auf seinem Schoß. Er schaltet den Kassettenrekorder ein, und eine ganz sonderbare Melodie kommt heraus; zäh, aber irgendwie trotzdem lustig, bei der man Lust bekommt, jemanden mit einem Revolver zu überfallen und sich vom Geld zu betrinken, aber mit ganz ekligem Kräuterschnaps.

Mir fällt auf, dass Bene und ich normalerweise nicht zu zweit abhängen. Vielleicht hat das ja was zu bedeuten. Vielleicht will er mich fragen, ob ich mit ihm gehen will. Mein Herz beginnt zu klopfen. Wenn es so ist, sage ich auf jeden Fall Ja. Dann hätte ich endlich meinen ersten Freund und könnte auch einmal einen Satz anfangen mit »Ich und mein Freund« oder meinetwegen auch »Mein Ex-Freund, das Arschloch«.

Dann würden wir schmusen. Dann würde ich mit dem Bene schmusen. Ich lehne mich vor und gebe Bene ein Bussi auf die Wange.

Er reißt die Augen auf: »Was ist mit dir?«

»Sollen wir schmusen?«, sag ich und merke, dass ich richtig gerne schmusen würde. Am liebsten natürlich mit Tarek, sonst auch mit Bene oder irgendjemandem. Ich mustere Benes flaumige Oberlippe und frage mich, ob seine Sackhaare glatt sind, weil er am Kopf Locken hat, und die restlichen Menschen, die glatte Haare haben, ja Locken auf ihrem Sack haben.

»Oder fingern?«, frage ich. »Petting«, sag ich das Wort, das sie ständig im Bravo-Heft verwenden; in den Interviews mit nackt abfotografierten Jugendlichen, die man am Mittwochmittag immer nur schnell überfliegen kann, bevor einen die Trafikantin aus dem Geschäft jagt.

Bene schüttelt den Kopf: »Drehst du jetzt komplett durch, oder was?«

»Ja, Entschuldigung«, sag ich beleidigt. »Kann ja nicht sein, dass wir nie wen haben. Wieso sind ausgerechnet wir beide immer allein?«

Bene atmet tief ein.

»Wir müssen ja nicht verliebt sein«, schiebe ich hinterher.

»Nein«, sagt Bene und hockt sich vor mich.

Er nimmt meine Hände: »Julia, ich verspreche dir: Eines Tages wird dich jemand ficken.«

Traurig schaue ich ihm in die Augen. »Aber nicht du«, sag ich.

»Aber nicht ich«, sagt Bene.

»Schade«, sag ich.

Bene lacht. Ich stecke die Hände in die Taschen.

»Warum hast du mich dann aus dem Urlaub geholt?«, frage ich und deute auf die CD-Hülle. »Wegen dem *Clint Eastwood*?«

»Wegen dem Brandstätter«, sagt Bene, »und bevor du fragst: Er will dich auch nicht ficken.«

Ich zeige Bene den Mittelfinger. Er drückt mir kurz die Schulter.

»Es ist wegen dem Experiment«, sagt er und setzt sich wieder neben mich.

»Mir hat der Gartenzwerg das Sprechen ja verboten. Ich darf mich nicht äußern«, redet er weiter. »Aber du bist die UNO, Julia. DIE UNO.«

»Aha«, sag ich und versuche dreinzuschauen, als wüsste ich, was das Problem ist. Aber Bene kennt mich besser.

»Das ist die Völkergemeinschaft, Julia. So was wie eine Crew für die ganze Welt. Da arbeiten die unterschiedlichsten Länder zusammen an einem höheren Ziel. Und wenn es einmal einen Konflikt gibt, der ihnen unlösbar erscheint, machen sie eine Krisensitzung.«

Bene mustert mich.

»Verstehst du, Julia? Das ist eine ganz wichtige Rolle. Weil du für den Frieden zuständig bist, geht dich alles was an. Und weil dich alles was angeht, musst du dich äußern. Du musst

Stellung beziehen. Zu Den Haag zum Beispiel. Seit Wochen fragt der Brandstätter, ob wer was zu Den Haag zu sagen hat, und du bleibst einfach stumm. In Serbien stehen sie jetzt ganz kurz vor der Verhaftung, du musst nur den Fernseher einschalten, das diskutieren sie gerade überall.«

»Na ja, wenn man dauernd die Nachrichten einschaltet«, sag ich und ziehe die Hände auseinander, »da wird einem ja auch irgendwann schlecht. Und außerdem bin ich mit dem Referat ja erst ganz am Schluss dran. Kann nicht jeder so ein Streber wie du sein.« Ich boxe Bene locker in den Arm. Seine Jacke ist kalt, mir ist kalt.

»Julia«, sagt er, »es wird Zeit, dass du einmal anfängst, dich mit deiner Zukunft zu beschäftigen. Nicht nur in Geschichte.«

Meine Zukunft, denke ich, immer reden alle von dieser Zukunft und behaupten, es wäre meine. Aber ich bin mir sicher, dass das gelogen ist. Denn wenn die Zukunft mir gehört, warum tatschen dann ständig alle anderen mit ihren Griffeln darauf herum?

»Ich will gehen«, sag ich. »Mir ist kalt.«

Bene beugt sich vor, um mir noch einmal besonders ernst in die Augen zu blicken: »Das ist größer als du und ich, Julia. Versprich mir bitte, dass du dich darum kümmerst. Du musst dich jetzt positionieren, auch wegen dem Haider. Es wird Zeit.«

»Okay«, sag ich, damit er endlich zu reden aufhört. »Okay, Benedikt.«

4

Wir haben die Tische an den Rand geschoben und die Stühle darauf gestellt. Wir haben uns in einem Kreis auf unsere Wintermäntel und Snowboardjacken gesetzt, *aber nicht zusammenfalten,* hat die Schlange gesagt, *sonst verliert ihr die Erdung.* Die Erdung ist nur dann gut, habe ich heute gelernt, wenn man möglichst unbequem im Schneidersitz auf dem Fußboden sitzt und – das hat die Schlange tatsächlich von uns verlangt – sich die Arschbacken noch einmal zu den Seiten wegzieht, damit man einen neuen Tiefpunkt schafft. Nur, wer einen Tiefpunkt erreicht, ist mit sich selbst verbunden, der ist geerdet und kann meditieren.

»Ommm«, macht die Schlange mit geschlossenen Augen in der Mitte des Kreises, die Handflächen leicht geöffnet auf den Knien.

Sie summt vor sich hin, unberührt davon, dass Andreas ihr wieder einmal einen Franz-Fuchs-Blick zuwirft. Weil die beiden hintereinander alleine sitzen, werden sie immer gemeinsam für den Tafeldienst oder zu Gruppenarbeiten eingeteilt, und auch heute ist Andreas zum Referatsdiener der Schlange bestimmt worden. Er rührt mit dem Kochlöffel in dem leeren Topf herum, den wir schon für Mellis Referat verwendet haben; für die heutige Unterrichtsstunde hat er sich in eine Klangschale verwandelt.

»Tina?«, sagt Brandstätter vorsichtig, und Melli neben mir muss sich ein Lachen verkneifen. Es ist schon das zweite Mal, dass er die Schlange aus ihrer Meditation wecken will.

Wir machen heute die Meditation der Sieben Zwerge, hat die Schlange am Anfang gesagt und bunte Gebetsflaggen über die Tafel gehängt, *da könnt ihr in euch reinschauen und euch selbst finden.*

Das ist zehn Minuten her, und gefunden habe ich seitdem nur das Randalieren in meinem leeren Magen. Ich spüre ganz deutlich, wie er die Luft hin- und herschiebt, und versuche, mich so wenig wie möglich zu bewegen, damit er nicht brummt, laut in die Klasse hinein, wie letztes Jahr der Furz, der Fritz im Musikunterricht entfahren ist.

»Also Tina«, sagt Brandstätter, der sich jetzt anscheinend ausreichend geerdet hat. »Kommt da sonst noch was?«

Die Schlange öffnet die Augen.

»Om mani padme hum?«, antwortet sie mit unsicherer Stimme.

»Hast du noch irgendeine Information für uns?«, sagt der Brandstätter, legt eine Hand auf den Boden und stemmt sich auf die Storchenbeine. Er hat so viel Platz gebraucht für seinen Schneidersitz, dass jetzt, wo er aufsteht, zwischen dem Flüchtling und Nadja eine Lücke in der Größe eines kleinen Elefanten zurückbleibt.

»Das reicht mir jetzt noch nicht für ein Referat«, sagt Brandstätter.

Er ist wieder ein bisschen freundlicher zu uns, weil er gemerkt hat, dass ihn viele nicht mehr mögen, seit er wegen seinem Experiment so oft ausgerastet ist.

»Äh … China soll die Olympischen Spiele nicht haben dürfen? Oder doch …«, versucht es Tina.

Brandstätter legt sich eine Hand an die Stirn. Er kontrolliert die Uhrzeit auf seiner Armbanduhr.

»Okay«, sagt er, »ist ja nicht so schlimm.«

Bene atmet scharf ein. Es ist ihm anzusehen, wie schwer es ihm fällt, den Mund zu halten.

»Dann ist das die Gelegenheit«, redet der Brandstätter weiter, während wir am Boden langsam die Beine ausstrecken und beginnen, uns zu dehnen, »dass wir mal ein paar grundlegende Sachen besprechen. Was weltpolitisch so passiert. Jetzt, wo wir so viele tolle Akteure dasitzen haben.« Er breitet die Arme aus und dreht sich im Kreis.

»Also, wie wär's denn mit dem Thema Europa, wir könnten ja eine Pro- und Contra-Liste machen und Argumente sammeln.«

Wir zucken mit den Schultern. Wenn dann der Tag schneller vergeht.

»Also zum Beispiel, wer ist jetzt in der EU? Und warum gibt's die EU überhaupt?«

Gerhard Schröder hebt die Hand. Das ist ein Grund, warum dem Brandstätter sein Experiment manchmal gar nicht so schlecht ist: Ich weiß seitdem für viel mehr Leute in meiner Klasse einen Namen: Ich kenne den Jacques und die Jassi, den Boris und den Lama. Und seit letzter Woche eben auch Gerd.

»Damit man in Italien drüben mit demselben Geld zahlen kann wie daheim«, beantwortet Gerhard jetzt Brandstätters Frage.

»Ganz genau«, sagt dieser. »Also, da haben die Länder gemerkt, dass sie einen wirtschaftlichen Vorteil haben, von einer gemeinsamen Währungszone.«

Melli macht das Peace-Zeichen: »In London ist der Tony Blair.«

»Sehr gut«, sagt Brandstätter und geht in der Mitte unseres Sitzkreises herum. »Ruft mir einfach die Namen der Staatsoberhäupter zu, die euch einfallen.«

»Je suis Jacques Chirac«, sagt die große Oberländerin und rutscht auf dem weiß-schwarzen Schal hin und her, den sie als Sitzunterlage benutzt.

»Urban«, ruft jemand.

»Orbán«, bessert Brandstätter aus.

»Piefke«, rufe ich.

»Aufpassen, Mädchen«, sagt Schröder.

»'tschuldigung«, sag ich, »die Deutschen.«

»Und wer sitzt dort in der Regierung?«, fragt Brandstätter.

Ich bin überrumpelt. Er lacht.

»Dir fällt keiner ein?«, fragt Schröder. Ein paar Leute beginnen zu kichern.

»Rück mal zur Seite, Julia«, sagt Schröder, »du sitzt wohl auf der …«

»Die EU ist schuld«, höre ich Andreas in den Lärm hinein sagen. »Wegen denen hat mein Vater seine Arbeit verloren.«

Das Gelächter verstummt.

»Genauso ist es«, stimmt Fritz ihm zu.

»Das ist ein kontroverses Thema«, beschwichtigt Brandstätter. »Wir können ja einmal Punkte sammeln. Wo wir von der EU profitieren, und wo vielleicht eher weniger.«

»Alles muss man sich von denen diktieren lassen«, redet Andreas einfach weiter. »Irgendwelche Fremden, die glauben, uns sagen zu können, wie es laufen soll in Österreich. Sitzen in Brüssel auf ihrem fetten Arsch …«

»Also bitte, Andreas«, unterbricht ihn Katja. »In unserer eigenen Regierung sitzen ja wohl auch genügend fette Ärsche, die nicht wissen, was sie tun. Ich mein, in welchem anderen Land gründet der frischgebackene Frauenminister denn bitte praktisch als erste Amtshandlung eine Abteilung für Männerpolitik?«

»In der EU hat's nur genmanipuliertes Gemüse«, führt Andreas unbeirrt das nächste Argument an.

»Fokussieren wir uns«, sagt Brandstätter und nimmt eine Kreide. Er malt links ein Minus und rechts ein Plus auf die Tafel und trennt sie mit einem Strich in zwei ungleiche Teile.

»Also, wirtschaftlich haben wir Vor- und Nachteile. Ihr könnt auch gerne als euer Akteur sprechen, wenn ihr wollt.«

Brandstätter wandert mit seinem Blick über die Klasse, nimmt ganz besonders diejenigen ins Visier, von denen er noch nicht weiß, wer sie eigentlich sein sollen, wie zum Beispiel Andreas oder Tarek. Es bleibt still.

»Ich hab nichts gesehen«, sagt der nervöse Fritz in den Raum hinein. Er brauchte es nicht zu sagen, weil man es dem Fritz mittlerweile schon ansieht, wenn er am Morgen hereinkommt, ob er etwas gesehen hat oder nicht. Man sieht ihm die Bilder von den zerfetzten Menschen an, die er in den Nachrichten gesehen hat oder auf den Titelseiten der großen Zeitungen auf dem Weg zur Schule.

»Die EU ist schuld, dass die Milchfabrik schließen muss«, sagt Andreas.

»Der ist sicher der Haider«, sagt Nadja.

»Gusch, du Ratte«, antwortet Andreas. »Ich bin nicht der Haider. Da wär ich ja stolz.«

»Na klar wär der kleine Andreas da stolz, wenn er ein Nationalsozialist wäre«, sagt Bene, und Brandstätter wirft ihm einen gereizten Blick zu.

»Halt die Fresse«, sagt Andreas. »Ich bin stolz auf mein Land. Und der Haider ist kein Nazi!« Er schaut den Brandstätter und die restliche Klasse an und spricht weiter: »Man darf endlich wieder stolz sein auf seine Herkunft. Die Deutschen sagen das auch. Steht dort gerade in jeder Zeitung. Wir müssen uns für gar nichts schämen.«

Schröder lacht: »Bitte halt da mal Deutschland raus, Burli.« Er ist einer, der immer lachen kann. Es gibt aber auch welche wie den Fritz, die bei Andreas' Worten nicken. Und Bene regt sich natürlich furchtbar auf.

Tarek sitzt regungslos da und tut, als würde ihn der Blödsinn, den Andreas von sich gibt, gar nichts angehen. Man kann Tarek mit allem beleidigen, als Schwuchtel, als schlechten Mopedfahrer, als Stinkkind, und er würde einem immer eine Abreibung verpassen. Aber wenn man ihn Ausländer nennt, dann tut er nichts. Dann hat er ein Programm in seinem Kopf, das wir anderen nicht sehen; einen inneren Teletext, der ihm sagt, was er als nächstes zu tun hat, damit der Film weiterläuft.

»Die Millionenfrage ist ja«, beginnt Jacques Chirac jetzt und man hört die halbe Klasse *Alter* sagen, weil es diese Woche schon das dritte Mal ist, dass die große Oberländerin in den Millionenshow-Modus verfällt, »ob Fünfzig-fünfzig-Joker«, spricht sie weiter: »A) dem Andreas sein Vater den Job verloren hat, weil die Fabrik schließt oder C) dem Andreas sein Vater schon vorher gekündigt worden ist, weil er in der Früh mit einem vollen Sechsertragerl in die Arbeit gegangen ist und am Abend mit einem leeren wieder heraus.«

Schröder grinst breit und ich höre ein paar andere lachen.

Ich tippe mit dem rechten Zeigefinger in der linken Handfläche herum, sage dann dreimal »Tut«.

»Tut, Tut, Tut«, sag ich, und die große Oberländerin, die sich freut, dass endlich einmal jemand bei ihrem Tick mitmacht, sagt begeistert: »Ah, die UNO. Unser Telefonjoker heute.«

Bene lehnt sich vor. Er sucht meinen Blick und nickt mir zu.

Chirac streckt den Daumen und den kleinen Finger aus und hält die Hand an sein Ohr. Ich tue dasselbe.

»Hallo, Kofi! Mon Chéri, mon Papillon, mon …«, man sieht, wie die Oberländerin überlegt, ob ihr noch eine andere französische Süßigkeit einfällt. »Mon Croissant«, sagt sie, »du hast dreißig Sekunden.«

»Hallo, Jacques«, sag ich, »Antwort C: Dem Andreas sein Vater ist ein Heisl, und der Andreas ist auch ein Heisl.«

Das Wort *Heisl* haben wir aus der Wien-Woche letztes Jahr mitgebracht. Dort haben wir in einem alten Frauengefängnis mit Gemeinschaftsbädern neben der Mariahilfer Straße gewohnt. Weil wir uns nackt voreinander geschämt haben, haben wir eine Woche lang nicht geduscht, und einmal ist ein fremder Mann mit seinem Schwanz in der Hand im Hof gestanden und hat uns beim Zähneputzen zugeschaut. Wahrscheinlich wollte er uns eigentlich beim Duschen zuschauen, aber man nimmt halt, was man kriegen kann.

In Wien haben sich die Leute ständig gegenseitig als Heisl beschimpft. Hast du Heisl das nicht gesehen?, hat ein Bauarbeiter dem anderen zugerufen. Könnt's ihr Heisln eich verzupfen?, hat ein grantiger Wiener aus dem Fenster heraus gesagt, als wir dort in der Nacht noch eine geraucht und uns über die Nackerten im *Hair*-Musical lustig gemacht haben.

Heisl sagen wir seitdem oft zueinander, obwohl wir nicht genau wissen, was es bedeutet. Ein grindiges Heisl ist auch der Andreas, so viel ist sicher, da muss man nicht sprachlich nachforschen, so etwas weiß man aus dem Bauch heraus.

In der Klasse lachen jetzt alle. Andreas mit seinem Knochengesicht formt den Mund zu einer kleinen Arschlochrosette, durch die nur noch ein »fick« oder ein »scheiß« passen kann, und jetzt erst hebt der Brandstätter die Hand und sagt: »Ruhe. Benehmt euch.«

Eigentlich ist es nicht ganz gerecht, dass er erst eingreift, nachdem wir Andreas eine gebuttert haben, aber wenn der Brandstätter als Chef das so entscheidet, ist das halt Gesetz, und was sollen wir dagegen tun?

»Katja«, sagt er jetzt, weil die Presse aufgezeigt hat.

»Regina Halmich hat den Stefan Raab k. o. geprügelt, Naddel und Bohlen haben sich getrennt«, sagt sie und schaut auf ihren kleinen Notizblock: »Aber eigentlich müssen wir über den Haider reden. Der Haider muss sich jetzt entschuldigen bei dem israelischen Politiker, das geht ja gar nicht mehr. Wie stehen wir denn da? Ganz schlimm.«

»Pah!«, die kleine Oberländerin knallt die Faust auf den Boden. Jassi Arafat ist im Moment die, die sich mit ihrem Schal und ihrer Wut am meisten in ihre Akteursrolle hineinsteigert.

»Der Haider wird sich schon an Absprachen halten«, sagt Melli neben mir im Schneidersitz, »wichtiger ist, dass wir uns vor dem Bin Laden schützen. Und dem Saddam. Und Raketen müssen wir kaufen. Viele Raketen.«

Chirac nickt aufgeregt. Ich bin kurz irritiert, bis mir wieder einfällt, dass Melli ja nicht Melli ist, sondern für die USA spricht.

»Der Haider ist ein europäisches Problem«, sagt Bene, »nicht nur ein österreichisches.«

»Herr Benedikt«, ermahnt Brandstätter ihn.

Eigentlich ist es ein Witz, dass ausgerechnet Bene nichts

sagen darf, bei all der Scheiße, die in diesem Experiment gelabert wird.

»In Europa werden eh nur die Flüchtlinge gefördert«, nimmt Andreas dafür wieder den Faden auf, den er sowieso immer spinnt, ganz egal, wovon die Rede ist. Er streckt die Hand aus und zeigt auf unseren eigenen Flüchtling. »Die werden genmanipuliert wie das Gemüse, damit sie mehr von ihren Ausländerkindern bekommen können.«

»Ah«, ruft die Presse und klopft sich mit dem Diddl-Block auf die Latzhose. »Jetzt weiß ich's. Ganz schlimm. Prinzhorn! Du bist dieser Prinzhorn.«

»Nein«, sagt Andreas und schüttelt den Kopf. Der Andreas mag uns alle nicht.

»Wichtig ist vor allem«, sagt die Schlange, sie legt ihr Handy, von dem ich nicht mitbekommen habe, wann sie es überhaupt genommen haben soll, auf den Boden, klappt Daumen und Mittelfinger beider Hände zusammen und legt sie auf ihren Knien ab: »Ommm.«

5

»Sind am Marktplatz. Wo bist du, Homo?«, liest die Frauenstimme am anderen Ende der Leitung meine Nachricht noch einmal vor.

»Ja«, sag ich, »das passt.«

Im selben Moment beginnt die Anzeige zu blinken, weil die letzten Groschen aufgebraucht sind. Ich hänge den Hörer zurück in die Halterung. Kurzer Kontrollgriff, ob jemand sein Wechselgeld vergessen hat, dann stoße ich die Tür der mit Kritzeleien und Tags überzogenen Telefonzelle auf und trete hinaus auf den Marktplatz. Wir haben es wieder einmal geschafft, alle gleichzeitig kein Guthaben zu haben, um Hannes eine Nachricht auf seinen Pager zu schicken.

Stolz schaue ich meine Crew an, die schon fast vollzählig im Schein der Straßenlaterne wartet. Heute Abend sind wir Tal's finest, so schön haben wir noch nie ausgesehen. Michael, der auf dem Bürostuhl sitzt, hat seinen Shorty's-Hoodie an und die weißen éS-Sneaker extra geputzt. Auf dem Schoß liegen ihm seine drei CD-Taschen, vollgestopft mit Sleepwalker, RAG, Spax und so weiter. Michael ist schließlich unser Deutschrap-Botschafter. In der Crew hat jeder sein Spezialgebiet. Man muss sich organisieren, wenn man schon so schwer an Musik kommt. Das ist ungefähr so wie beim Bush in seinem Weißen Haus drin, wo jeder seine Aufgabe hat, damit die Sache läuft.

Tarek trägt einen rot schimmernden Adidas-Trainingsanzug und eine Sonnenbrille mit gelben Gläsern. Er ist der einzige, dem wir hin und wieder ein bisschen Popmusik durchgehen lassen. Ein wenig Limp Bizkit oder Linkin Park, aber das wird streng kontrolliert. Eine Agenda haben die politischen Akteure und eine Agenda hat auch die Crew. Man muss schon haushalten mit seinen Ressourcen und eine klare Linie fahren.

Um die Ecke biegen Andreas und sein Bruder.

»Bin eh da«, ruft Hannes und steckt sich den Pager in die Hosentasche. Ihm ist Kleidung nicht so wichtig, Baumwolle muss es sein, damit seine Haut keinen Beef mit dem Stoff bekommt. Andreas hat sich für heute tatsächlich die Haare gewaschen, er trägt ein zu großes weißes Hemd und ein Mercedes-Stern hängt ihm um den Hals. Nicht, dass Andreas ein Punk wäre, aber alles mit Randale ist ihm recht.

Melli schaut gelangweilt in der Gegend herum. »Gemma?«, sagt sie und steckt den Finger unter die enge schwarzweiße Holzperlenkette, die sie für sich und mich gebastelt hat. Auf die weißen Perlen hat sie reihum jeweils einen Buchstaben geschrieben. HDGDL steht auf meiner Kette, HDGDL, HDGDL und am Schluss nur noch HD. Melli trägt unter der roten Snowboardjacke ein bauchfreies Shirt, damit man ihr Nabelpiercing glitzern sieht. Wie immer hat sie die fetten, grauen Osiris-Sneaker an. Melli ist unsere Expertin für Frauenmusik, sie verehrt Mary J. Blige und hat die Melodie eines Missy-Elliott-Songs als Klingelton.

»Bereit?«, fragt Bene meinen Bruder und legt die Hände auf die Rückenlehne des Bürosessels, der mittlerweile nur mehr dreieinhalb funktionierende Räder hat. Langsam setzen wir uns in Bewegung, und Andreas beginnt zu beatboxen.

Bene trägt heute ein Malcolm-X-Shirt. Ohne seine Musik könnten wir am ehesten auskommen. Bene hört so langweilige politische Sachen oder Alben, die ihm sein Reiseonkel aus fremden Ländern mitbringt. Aber wer weiß, wozu das noch mal gut sein wird. Vielleicht begegnen wir ja eines Tages jemandem, der sagt: Wenn ihr echte Hip-Hopper seid, müsst ihr Sektion Kuchikäschtli kennen, und dann sagen wir: Aber natüürlich!

Heute haben wir uns besonders bemüht, haben stundenlang unsere CD-Taschen sortiert. Normalerweise spielt es in den Taler Lokalen ja nur Schlagerhits oder Rock. Wie es ist, in einer Disko zu unserer eigenen Musik zu tanzen, haben wir noch nie erlebt. Es ist ein besonderer Abend, deswegen haben wir uns ja alle so herausgeputzt. Trotzdem sieht so gut wie ich natürlich kein anderer aus. Über den Cornrows trage ich ein eng zusammengewickeltes Halstuch mit Edelweißmuster, das Melli bei sich zu Hause aus einer alten Tracht gezogen hat. Meine Baggy ist eigentlich aus der Herrenabteilung von Vögele, aber wer nicht genau hinschaut, könnte sie für eine echte Markenhose halten. Dazu trage ich die dunkelblauen Etnies mit dem aufgestickten Smiley. Machen wir uns nichts vor: Wir alle haben genau ein Paar Schuhe, und das tragen wir bis zum bitteren Ende. Abgerundet habe ich mein Outfit mit einem karierten Hemd, bei dem ich den obersten Knopf geschlossen habe: In der Crew bin ich zuständig für den Gangsta Rap.

So schnell, wie wir meinen Bruder in seinem Bürosessel schieben können, gehen wir an der geschlossenen Trafik vorbei, und am Würstelstand, wo sie Tarek hassen, weil die Bosna von seinen Eltern besser schmeckt als ihre Krainer Würste, deren kochender Käse den Betrunkenen die Gaumen verbrennt.

Vorm Himmel lehnt der blasse Typ in der Lederjacke, der mir jetzt schon ein paarmal aufgefallen ist: Chucky die

Mörderpuppe. Als Andreas ihn sieht, hört er schlagartig zu beatboxen auf. Er gräbt die Hände in die Taschen und reckt das Kinn vor. Wir anderen suchen augenblicklich irgendeine Stelle im Tal, auf die wir schauen können. Hauptsache, es ist eine Stelle, an der Chucky nicht steht. Stumm sind wir uns einig, dass er einer ist, der sich nach drei Bieren in die Gassen stellt und dort auf einen Grund wartet, wie ein Jäger auf der Pirsch. Und für manche dieser Typen ist ein falscher Blick schon Grund genug, was auch immer Unheimliches in ihnen schlummert, auf die Welt loszulassen.

Wir lassen den Himmel hinter uns, lassen die erotischen Bilder im Senfter-Durchgang hinter uns und auch den Marktplatz. Wir erreichen die alte Spielehalle. *Eröffnung Latino Bar,* hat jemand mit Leuchtstift auf einen karierten Zettel geschrieben. Darunter steht noch in eine Ecke gequetscht: *Super!*

»Super«, sag ich.

»Super«, wiederholen Michael und Hannes und heben dabei die Augenbrauen, als wäre das Wort etwas, das sich in Frage stellen ließe.

Durch die Glastür sieht man den Maama-Busen die Treppen heraufkommen und zwei Sekunden später die Maama selbst. Sie erkennt uns, reißt die Augen auf, dann die Tür.

»Komme zu die Party!«, schreit sie, und Michael traut sich als erster. Als er an ihr vorbeihumpeln will, holt Maama mit der Hand aus und schlägt meinem Bruder kurz und heftig auf die Wampe.

»Super!«, sagt sie und zwinkert. Bene und ich wiehern los, Melli schiebt meinen Bruder in den Raum hinein und bekommt dann selbst einen Maama-Schlag auf den Hintern ab.

»Gemma!«, ruft sie und fordert uns mit rotierendem Unterarm auf, die Treppen hinunter in den ehemaligen Spielhallenkeller zu nehmen.

Alles ist in blaues Licht getaucht. Eine Diskokugel, ein Tanzbereich mit verspiegelter Wand, in seiner Mitte eine Go-go-Stange; niedrige Decken und braune Bodenfliesen im ganzen Raum. Hinten, ein wenig abgetrennt, ist eine Art Entertainment-Bereich mit Billardtisch und Flipper.

An der Bar sitzt ein Mann im Strickpullover neben einem Mann in einem Rollstuhl, der nur einen Arm und keine Beine hat. Hinter der Bar steht eine zwanzig Jahre jüngere Version der Maama, es muss ihre Tochter sein.

Wir stellen den Bürosessel an der Garderobe ab, suchen uns einen hohen Tisch und schieben lauter Barhocker hin. Mein Bruder bekommt krüppelbedingt einen normalen Stuhl zum Sitzen. Die Maama kommt zu uns, schließlich sind wir, abgesehen von den Barsäufern, die einzigen Gäste, und wir alle komprimieren unsere Körperhaltungen so gut wie möglich, um einem erneuten Schlag zu entgehen.

»Wie viel kostet das?«, ruft Michael über das Wummern eines Gitarrensolos hinweg und deutet auf die Getränkekarte. Bis zum Schluss hat er uns nicht geglaubt, dass wir eine Disko im Tal gefunden haben, die uns nicht nur saufen lässt, sondern das auch noch gratis.

»Gratis!«, ruft die Maama.

»Gratis!«, sag ich zu Michael.

Er fängt an zu grinsen, und wie die Maama schon wieder gefährlich mit der Hand ausholt, schiebt er mit einer Krücke unauffällig einen Barhocker zwischen sie und sich selbst.

Die Maama-Tochter stellt uns einen dunkelblauen Kübel auf den Tisch. Jeder bekommt einen ein Meter langen

Strohhalm und dann geht es los. Wir docken an den neonfarbenen Trinkhalmen an, als wäre der Kübel die Sau und wir die Ferkel. Obwohl ich den Kübel für denselben halte, mit dem ich die Maama das Schaufenster putzen habe sehen, ist die Sangria-Bowle das Beste, was ich je getrunken habe. Dagegen können Piña Colada und Eristoff Ice scheißen gehen. Sangria schmeckt nach Zucker und Saft und Leben und stellt sogar Fragolino in den Schatten. Bene zieht noch einmal kräftig an seinem Strohhalm, hält die CD-Tasche in die Luft und sagt: »Wegens der Musik wär's gewesen.«

»Bitte«, sagt die Maama und deutet zum Tanzbereich, wo die Stereoanlage steht.

Alle außer meinem Krüppelbruder rutschen von den Hockern und laufen hin.

»Geh ruhig«, sagt Michael zu mir.

»Warte, ich hab eine Idee.« Ich laufe zur Garderobe und stelle den Bürosessel mit Blick auf die Tanzfläche neben den Treppenabsatz auf. Über den Raum hinweg winke ich meinen Bruder heran. Er lässt sich in einer flüssigen Bewegung vom Hocker heruntergleiten und kommt auf mich zugehumpelt. Er bewegt sich schon viel schneller als noch vor ein paar Wochen.

»Da«, sag ich und klopfe auf die Sitzfläche mit dem breiten Riss.

Mein Bruder bedankt sich und schickt mich zu den anderen. Ich klatsche in die Hände, wie es auch der Brandstätter macht, wenn er so viel Freude hat, dass sie im Körper keinen Platz mehr findet, und laufe zur Stereoanlage. Meine Freunde sind bereits in eine heftige Diskussion über die Playlist verwickelt.

»Nicht *DJ Tomekk*«, rufe ich sicherheitshalber, ohne vorher irgendetwas mitbekommen zu haben. Die anderen verdrehen die Augen, weil sie wegen mir den Tomekk nie zu hören bekommen. Aber ich kann nichts dafür, ich hab halt eine Aversion gegen ihn, so nennt man das. Freilich hat mir der DJ Tomekk nichts getan, aber jeder von uns hat sich einen ausgesucht, den er einfach so hasst. Melli mag zum Beispiel *Ferris MC* nicht, Tarek hasst *Eve*, Michael kann *Das Bo* nicht ausstehen und Hannes Laktose. So ist das eben, durch den grundlosen Hass für den einen Act gewinnt die Liebe für die anderen erst an Gewicht.

Wir starten mit *Ante up!* Den Text von *Sprachbarrieren und 6 Meter 90* rappen wir auswendig mit. Bei *Concrete Schoolyard* verteilen wir uns allmählich auf der Tanzfläche, bei *Bomfunk MC's Freestyler* beginnt Tarek zu breakdancen. Bei *Gravel Pit* hüpft Andreas wie eine Heuschrecke an die Go-go-Stange, rutscht ab und kracht auf den Arsch. Bei *Da draussen* sagt Bene, dass er kotzen geht, bei *Country Grammar* ist er wieder auf der Tanzfläche. Als ich *Alkaholik* von Xzibit einlege, fällt mir zum ersten Mal mein Bruder wieder ein. Ich schaue zur Treppe und entdecke ihn in seinem Bürosessel. Mittlerweile hält er eine Bierflasche in der Hand und neben ihm steht jetzt ein echter elektrischer Rollstuhl mit dem einarmigen Mann von der Bar darin.

»Ein Behindertenparkplatz«, rufe ich und gehe zu den beiden hin.

Der Mann neben meinem Bruder schaut ihn fragend an. Michael schließt für einen Moment die Augen und schüttelt den Kopf.

»Darf ich?«, frage ich Michael. Er reicht mir seine Flasche und ich nehme einen Schluck.

»Ich bin die Julia«, sag ich zu dem fremden Mann und

beuge mich nach unten, als würde ich mit einem kleinen Kind sprechen. »Und wer bist du?«

Der Mann nimmt einen Schluck Bier, wischt sich mit dem Handrücken über den Schnauzer und dreht sich zu meinem Bruder: »Was ist mit ihr?«

Michael zuckt mit den Schultern: »Wir wissen's nicht.«

Ich ärgere mich, dass der Mann nicht mit mir sprechen will. Das ist eine meiner nervigsten Eigenschaften, hat Michael schon öfter gesagt, dass ich immer will, dass alle mich mögen. Aber nur weil man um seine Baustellen weiß, heißt das ja noch lange nicht, dass man die Dinge gleich besser auf die Reihe kriegt. Darum lehne ich mich jetzt noch näher zu dem Mann.

»Ich kenn eine Katze«, versuche ich noch einmal seine Aufmerksamkeit zu gewinnen und verstecke den Arm hinter meinem Rücken, »die sieht aus wie du.« Ich lächle.

Der Mann nickt: »Ich hab gestern ein Punschkrapferl gegessen, das hat ausgesehen wie du.« Er nimmt einen Schluck aus seiner Flasche: »Also nach dem Essen.«

Mein Bruder verschluckt sich und beginnt so zu lachen, dass ihm das Bier aus der Nase kommt. Ich reiße die Augen auf und gehe ein paar Schritte von dem gemeinen, kleinen Mann weg. Ich brauche seinen Namen nicht zu wissen, im Kopf habe ich ihn bereits getauft: Feuerzunge.

Um zwei Uhr morgens sind wir seit zwei Stunden die einzigen Gäste und die Musik ist aus.

»Kommt ihr nächste Woche wieder?«, fragt die Maama.

»Sicher«, sagen wir, und: »Gibt es wieder gratis Sangria?«

Die Maama lacht.

6

Der Marktplatz ist leer, die Bars und Wirtshäuser sind geschlossen. Wir haben trotzdem Hunger und Tarek sagt: »Gemma.«

Wir gehen wieder durch die Senfter-Unterführung, wo jemand vor die erotischen Fotos gekotzt hat, und erreichen den Imbiss von Tareks Eltern. Davor stehen zwei Biertische mit Wärmepilzen, damit die Leute nicht frieren müssen, wenn sie im Winter draußen sitzen. Tareks Vater winkt uns durch die Scheibe, und Tarek, Melli und ich quetschen uns durch die gösserausdünstende Menschenherde, um Kebabs für die Crew zu holen. Als wir wieder zurückkommen, steht Bene bei ein paar Urlaubern und diskutiert über Politik. Mein Bruder fängt mich auf seine Krücken gestützt am Eingang ab. Er hat die Augen aufgerissen und sagt: »Julia, wir müssen was unternehmen.«

Er zeigt auf die Bierbank, wo Hannes, ein Mädchen und ein paar Touris sitzen. Ich schaue Michael fragend an.

»Was?«, sag ich.

»Alter!«, sagt er genervt und zeigt wieder auf die Bank.

Ich schaue wieder: Hannes neben einem Mädchen und ein paar Touris. Gerade will ich noch einmal nachfragen, als ich es begreife: Hannes neben einem Mädchen!

Sofort bin ich in Alarmbereitschaft, die weibliche Bevölkerung geht Hannes ja normalerweise aus dem Weg. Im Sommer sowieso. Im Winter ist es besser, weil man die Haut nicht so sieht; aber nach und nach kriecht auch da der Gestank aus den Schals und Anoraks, und wir erinnern uns alle an den schlimmen Moment vergangenen Herbst, als diese Hinterfelderin Hannes einen Stinker genannt hat. Das darf sich nicht wiederholen. Wenn jemand, den man mag, einen einen Stinker nennt, ist das schlecht fürs Herz. Es ist schlecht fürs Herz, für die Seele und für den Hannes als Komplettmenschen, bei dem alles passt außer der Haut, und er ist unser Freund, also müssen wir was unternehmen. Ich nicke entschlossen und laufe in den Imbiss zurück. Ich dränge mich am Tresen vor die protestierenden Urlauber und sage: »Hallo, wir haben einen Notfall.«

Zwei Minuten später komme ich mit einer Bosna mit Dreifach-Zwiebeln aus dem Laden. Mein Bruder sitzt neben Hannes mit einer Gösserflasche im Anschlag. Er nimmt drei tiefe Schlucke und rülpst in die Richtung der jungen Urlauberin. Sie schaut Michael entsetzt an. Ich setze mich den beiden gegenüber auf die Bierbank und schwenke die Zwiebel-Bosna vor Hannes und seiner neuen Bekanntschaft hin und her. Man könnte denken, mein Bruder und ich wären verhaltensgestört.

»Hallo, meine Süße«, sagt der Deutsche mit seiner bunten Perücken-Skimütze, neben den ich mich versehentlich gesetzt habe. Süße, Hase oder Principessa wird man hier schnell genannt. Es ist nichts, womit ich nicht umgehen könnte. Aber heute kann ich ihn nicht zum Teufel schicken, weil das Mädchen neben Hannes eine Freundin von dem Deutschen ist; und weil dieses Mädchen den Hannes anlächelt, sag ich »Ja, hallo« zu ihm.

Der Deutsche fragt mich, ob ich Ski fahre. Ich sage »Nein« und dann geht die hundertmal geführte Unterhaltung los. Warum das denn nicht? Ich als Österreicherin und überall diese Berge, da müsse ich doch. Hannes legt einen Arm um das Mädchen, der Arm bleibt liegen, ich beiße von der Bosna ab, beuge mich über den Tisch und atme langsam aus.

»Ich hab eine Frage«, sagt der Deutsche neben mir und man merkt schon, dass er sich selber lustig findet. Jetzt kommt der Spruch, denke ich. Wenn die Männer sich selbst am unwiderstehlichsten finden, lachen sie immer schon, bevor sie anfangen zu reden.

»Wie«, sagt er, »nennst du den Beleg, den du bekommst, wenn du dir Bonbons kaufst?«

Ich kaue mit weit aufgerissenem Mund und sage: »Zuckerlrechnung.«

Der Kebabladen hat geschlossen und Tareks Vater seinen Sohn gleich miteinkassiert. Der Zuckerldeutsche hat sich irgendwann freiwillig verabschiedet. Vorher hatte Hannes aber noch Gelegenheit zum Schmusen. Es ist ein freudiges Ereignis für uns alle, leider fährt das Mädchen morgen schon wieder heim.

»Danke, Julia«, sagt Hannes, während wir meinen Bruder im Morgengrauen heimschieben.

Er klopft mir auf den Rücken, und aus meinem Magen löst sich ein Zwiebelrülpser, dessen Halbwertszeit man messen könnte. Gott sei Dank sind so früh im Jahr noch keine Bienen und Vögel unterwegs, sonst würden sie jetzt tot vom Himmel fallen.

»Alter«, sagt Andreas, »pfui Teufel.«

Melli macht Würgelaute. Ich grinse nur und strecke die Hand nach Benes Wegbier aus. Ich habe der Crew den Abend gerettet. Ich bin ein Held; ob ich stinke oder nicht, niemand braucht jemals etwas anderes zu behaupten.

APRIL

1

Man stellt sich auf die Erde und der Gatsch zerrinnt unter den Sohlen. Man tritt auf den Gehsteig und ein Regenwurm zerplatzt. Man geht durch die Auen und eine vom Baum hängende Raupe klatscht einem gegen die Stirn. Alles ist feucht im Frühling, wenn der Schnee von den Pisten schmilzt und mit ihm die bunten Overalls. Die Autokolonnen zerstreuen sich in alle Himmelsrichtungen. Die Seilbahnen werden ausgeschaltet und die Lichter in den Après-Ski-Hütten. Wenn die Stadt ihr falsches Lächeln ablegt, verwandeln sich Bäche in Ströme – die Muren reißen ganze Waldstreifen mit. Und wenn all das überflüssige Wasser sich dann in die Pflanzen und Tiere quetscht, beginnt das Leben von vorn: Die ersten Wiesenblumen sprießen, und auch die Enziane und Edelweiße, die angeblich oben auf den Bergen sind. Keiner von uns hat jemals so eine Blume gesehen. Wir kennen sie nur von Postkarten oder den bedruckten Tellern im Souvenirgeschäft, von denen Romy Schneider einem edelweißmähnig entgegenlächelt. Im echten Leben gibt es keine Edelweiße und Enziane. Im echten Leben gibt es auch die Romy nicht mehr. Und die Sissi schon gar nicht.

In der Morgensonne zertrete ich ein Gänseblümchen. Wie jeden Sonntag nerven die Kirchenglocken besonders, trotzdem denke ich nicht rechtzeitig daran, die Schläge zu zählen. Ich habe genau genommen keine Ahnung mehr, wie spät es ist, seit gestern Abend der Akku von meinem Alcatel den Geist aufgegeben hat. Seit ich in der Latino Bar die Sangria, die mittlerweile fünfundvierzig Schilling kostet, in den Kübel zurückgekotzt habe und Bene gesagt hat: *Julia, geh heim.*

Zu diesem Zeitpunkt hat vielleicht der Akku von meinem Handy aufgegeben, aber ich sicher nicht. Gemeinsam mit Melli bin ich auf der Tanzfläche herumgesprungen, die Hände fest verschweißt mit der Go-go-Stange, als wären wir Tiere in einem Karussell.

Mädels, geh heim, hat irgendwann die Maama gesagt, lange nachdem der Rest der Crew gegangen und die Lichter ausgeschaltet waren. Auf dem Nachhauseweg sind wir am Himmel vorbeigekommen, wo wir Chucky wiedergesehen haben. Er hat uns gefragt, ob wir mit seinem Polo mitfahren wollen und in seiner Stube zum Sonnenaufgang ein Jagdwurstbrot essen. Melli hat ihm als Antwort ihre Sangria vor die Füße gekotzt: Timing ist alles.

In Mellis Eins-vierzig-Bett haben wir übernachtet, Melli als mein Rucksack, mit den Armen fest an meinen Körper gezurrt. Aber jetzt ist es Morgen, jetzt will ich heim. Ich gehe am durchgestrichenen Ortsschild vorbei und über den *Smoke weet everyday*-Schriftzug auf unseren Block zu.

Die Haustür ist nicht abgesperrt. Die Wahrheit ist: Es gibt gar keinen Schlüssel, aber wir behandeln die Angelegenheit diskret. Die Crew muss trotzdem klingeln und wir öffnen ihnen die Tür. Wo kämen wir denn hin, wenn sich herumspricht, dass die Türschwelle nur ein behauptetes Hindernis ist, da könnte ja jeder hereinkommen. Ich bin zu müde, um mir die Schuhe auszuziehen. In der Küche rühre ich Fertigcappuccino an und stelle ihn zum Diwan.

»April, April«, sagt der Nachrichtensprecher in der Frühstücks-ZIB gerade, »war nur ein Scherz. Dieses Jahr können Sie Ihre Ostereier noch mit Schilling bezahlen.«

Ich gehe in mein Zimmer. Ich bin noch immer müde. Durch die Tür höre ich Michael schnarchen. Nächste Woche geht er für einen Tag ins Krankenhaus und dann operieren sie ihm eine Schraube aus dem Bein heraus. Warum nur eine, wenn doch so viele Schrauben in ihm drinnen sind, wissen wir nicht so genau.

Ich stecke mein Alcatel ans Ladegerät und lege mich auf die Matratze, die mein Bett ist. Zum Einschlafen lege ich *Hard Knock Life* in den Discman.

Seltsamerweise bewegen sich die Spinnweben an der Decke im Rhythmus der Musik in meinen Ohren. Ich denke an das Geschichtsreferat und die Mathe-Schularbeit. Ich denke an all die Fünfer in meinem Zeugnis. Alle haben sie irgendwelche Pläne. Und was, denke ich, wird aus mir?

Der SMS-Signalton weckt mich. Der Akku ist mittlerweile vollständig geladen und zu neuem Leben erwacht.

»Willst du mit mir gehen?«, schreibt Tarek.

Ich nicke, ziehe die Mundwinkel auseinander und stecke das Handy in die Arschtasche meiner Ausgehhose, die ich noch immer trage. Die Tür zum Zimmer meines Bruders steht offen. In der Küche nehme ich mir eine Portion Spaghetti Bolognese. Im Fernsehen läuft ein Thriller mit ganz schlechter Qualität. Ein weißes Haus wird gezeigt: eine Villa, riesengroß. Runde Fensterbögen, wie sie in den Asterix-Heften die Römer und im richtigen Leben nur die Reichen haben. Ein Squad-Team wie aus *Mission: Impossible* springt um das Haus herum, eine Frau mit schwarzen Stirnfransen ballert mit einer Pistole aus dem Fenster heraus. Zwischendurch wird ein Bild von Bill Murray eingeblendet, an den Schläfen stehen ihm die weißen Haare ab, er sieht aus wie ein uralter UHU. In *Ghost Busters* hat er mir besser gefallen. Mein Handy piept wieder.

»April, April ;-)«, schreibt Tarek.

Ich nehme die Fernbedienung und schalte zu MTV Cribs. Aaron Carter trägt ein weißes Käppi, unter dem die sommerblonden Haare herausschauen, und ein übergroßes Shirt mit dem Gesicht von TUPAC Shakur. Aaron führt das Cribs-Team über sein Anwesen. Es ist so groß, dass er zwischendurch mit einem Golfwägelchen fahren muss. »Ich koche gerne«, sagt Aaron auf Englisch, »die Küche ist mein Lieblingsraum.«

Ich stelle mich ans Wohnzimmerfenster. Mir fällt auf, wie groß das Essigbäumchen mittlerweile geworden ist. Michael und ich haben es vor ein paar Jahren im Garten der alten Lackner ausgegraben und vor unserer Wohnung im Hof eingesetzt. Seitdem haben wir auch einen Garten. Das Bäumchen trägt die ersten klebrigen Knospen. Darunter, mir den Rücken zugewandt, sitzt Quasimodo. Gebannt starrt er auf einen Punkt im Gras. Die Katzenschwanzspitze klopft in winzigen Bewegungen die letzten Herzschläge eines Wesens mit, das sich einbildet, sein Leben gehe noch ewig so dahin.

»April, April«, sag ich, steige vorsichtig auf die Truhe neben dem Diwan und lasse die Jalousien herunter.

2

Seit der Frühling weiß, dass der Winter sich verpisst, reißt er sich wieder einmal überhaupt nicht mehr zusammen. Es ist halb elf und große Pause, aber die Sonne knallt in den Schulhof, als wäre es ihre einzige Chance, die Krebszellen in der Haut der Menschen zum Keimen zu bringen. Die Schüler drücken sich an die Mauer und verziehen die Gesichter, weil sie mit diesem intensiven Licht nach der dunklen Zeit nicht mehr umgehen können. Sie schauen aus wie lauter kleine Babyperchten, die nur noch ein bisschen wachsen und sich Kuhglocken umschnallen müssten, um im Dezember eine Rute in die Hand nehmen zu können und den Schrecken in den Gassen zu verbreiten. Der Blütenstaub schwebt sichtbar in der Luft. Alle paar Sekunden niest an einer anderen Ecke jemand sein Tröpfchenmeer in den Schulhof hinein.

Nadja kommt mit einem Plastiksackerl zu Melli und mir.

»Mongo«, sagt sie.

»Selber Mongo«, sag ich.

»Nein«, sagt sie, »Mango oder Maracuja?«

Sie blinzelt und ich beobachte die Tropfen auf ihrer Nase. Die Schweißtröpfchen, die sich herausgequetscht haben müssen, als sie in der Pause zur Fleischerei gerannt ist, um die Fruchtmolke zu holen.

»Ah so. Maracuja«, sag ich, Melli hat ja was zu trinken. Nadja drückt mir ein Lattella in die Hand und geht dann auf den abseitsstehenden Andreas zu. Ich beobachte, wie sie nach ihm auch der großen Oberländerin und Tarek eine Molke gibt, und dann tatsächlich auch Brandstätter, der heute Pausenaufsicht hat, nicht auslässt.

»Nadja ist nett geworden«, sagt Melli, wobei sie das *nett* betont, als wäre das Wort eine eigene Frage mitten im Satz.

»Ja«, sag ich und nicke.

Der große Typ aus der Sport geht vorbei und bedeutet Melli, ihm zu folgen. Die beiden verstecken sich zum Schmusen hinter der Goldrauschstaude. Unauffällig schaue ich in ihre Richtung und versuche zwischen den gelben Blüten etwas zu erkennen, ein Ohr, eine Zunge, irgendwas. Ohne den Blick abzuwenden, drehe ich den Lattellaverschluss auf, nehme einen Schluck und schaue wieder zum Schulhof zurück.

Brandstätter steht direkt vor mir: »Julia.«

Ich verschlucke mich und atme Maracuja durch die Nase aus. Ich huste und nehme noch einen Schluck, aber das Lattella schmeckt nicht mehr so gut wie vorher, jetzt wo es zur Medizin gegen einen überraschenden Erstickungstod geworden ist.

Auf der Lattellapackung in Brandstätters Hand rinnen winzige Wassertropfen dahin wie vorher der Schweiß über Nadjas Nase. Seit letzter Woche ist die Fabrik ja geschlossen und die Milchlieferung kommt aus Hinterfeld.

»Was ist jetzt mit Mathematik? Und brauchst du Hilfe beim Referat?«, fragt er. »Kann dir der Benedikt nicht helfen? Oder dein Bruder?«. Er nimmt einen Schluck Molke. »Geht der nicht sogar aufs Gymnasium?«

»Also, in Englisch läuft's super«, antworte ich.

»Julia, das ist kein Spaß«, sagt er, »das ist dein Leben.«

»Ja, das ist kein Spaß«, stimme ich zu und trinke den letzten Schluck.

»Es wird alles nichts nutzen, Julia«, sagt Brandstätter. »Du musst jetzt einmal weitertun.«

»Ich kann ihr mit dem Referat helfen«, höre ich eine Stimme von der Seite. Woher Nadja weiß, dass mein Tetrapak leer ist, weiß ich nicht, aber sie nimmt mir das leere weg und gibt mir ein frisches. Das ist ja wie Weihnachten, denke ich und drehe den neuen Verschluss auf.

»Machen Sie sich keine Sorgen, Herr Lehrer«, sagt sie. »Ich kümmere mich für Sie um die Julia.«

Der Brandstätter lächelt und bedankt sich. Dann geht Nadja zu der kleinen Oberländerin hinüber, klopft ihr auf die Schulter und reicht ihr ebenfalls ein Lattella.

»Die Nadja ist schon eine Nette«, sagt Brandstätter.

»Eine ganz Nette«, sag ich und wir trinken gleichzeitig einen Schluck Maracujamolke, was näher an Schmusen dran ist, als es mir lieb ist.

3

Mit Ostern ist es so: Sobald im Kalender der Frühlingsbeginn drinnen steht, schaut man, wann der erste Vollmond ist, und dann wann der erste Sonntag nach diesem Vollmond ist, das ist der Ostersonntag. Es ist der Tag der Auferstehung, der Tag nämlich, an dem Jesus aus der Höhle gekommen ist, in der er sich vierzig Tage lang vor den Römern versteckt hatte, und gesagt hat: Ihr Arschlöcher könnt's mir gar nichts.

Um dem Jesus eine Ehre zu erweisen, begehen wir Christen noch heute in diesen vierzig Tagen zwischen Fasching und Ostern die Fastenzeit. Und die endet in tagelangen österlichen Feierlichkeiten.

Der erste Vorbote von Ostern ist der Palmsonntag. An diesem Tag gehen die Kinder mit ihren Palmbesen herum, von denen Zuckerl und Kreppbänder hängen. In der Kirche freuen sie sich über das Herannahen der fröhlichen Zeit. Dabei hat der Tag für uns als Crew den Anfang vom Ende markiert.

Von der Crew hat am Palmsonntag nämlich keiner einen Palmbesen gehabt, nur jeder einen Rausch und einen Kater. Ich habe mir den Quasimodo ins Zimmer geschmuggelt an diesem Tag, bin auf meiner Matratze gelegen mit der Katze und ihren Flöhen und habe meinen Bruder auf den Stufen humpeln hören. Hallo Capo, habe ich gesagt. Chef sage ich mittlerweile zu meinem Bruder, wie es die anderen auch tun. Michael ist auf den Treppen stehengeblieben und hat mich angeschaut, als würde er mir die Krücken ins Gesicht hauen wollen.

Mehr ist an dem Tag nicht passiert, aber dann hat das Schweigen begonnen. Einen weiteren Tag und eine Nacht lang hat der Michael mit niemandem gesprochen, und dann ist plötzlich der *Sie ist weg*-Song aus seinem Zimmer gekommen. Und wenn mein Bruder freiwillig Fanta 4 hört, muss was Gröberes passiert sein, das war mir klar. Am Abend hat er dann *Liebes Lied* von den Beginnern durch seine Zimmertür, und als er am Dienstag eine halbvolle Bierflasche nach mir geschmissen hat, weil ich ihn erwischt habe, wie er zu *Lass uns doch Freunde sein* von Curse geweint hat, habe ich mir gedacht, dass jetzt einmal schleunigst etwas geklärt werden muss.

Am Mittwoch besuche ich Melli. In ihrem Haus stehen zu Mittag vier Teller neben dem Herd. Auf jedem Teller liegt ein umgedrehter Suppenteller. Darunter warten Eiernockerl mit Petersiliendekoration. Melli schiebt den ersten Teller in die Mikrowelle, obwohl jeder weiß, dass die dem Essen die Lebenskraft entzieht. Dann setzt sie sich auf die Arbeitsplatte und liest SMS. Mit ihrem supertollen Nokia 3310 kann sie ja elendslange Nachrichten empfangen. Dafür ist mein Motorola weiß und hat eine coole Antenne.

»Und«, sag ich, während ich die armen Eiernockerl beim Warmwerden beobachte, »gibt's was Neues?«

»Hmm«, sagt Melli in eine SMS vertieft. Die Mikrowelle piept und sie springt von der Arbeitsplatte.

Melli schiebt den zweiten Teller ins Gerät, streift mein Gesicht mit einem Blick und zieht die Brauen zusammen: »Was ist los, Alter?«

»Was soll los sein?«, sag ich und zucke mit den Schultern.

Zum Essen setzen wir uns auf die Plastikmöbel im Wintergarten. Dass es kein wirklicher Garten ist und deswegen hier auch echte Möbel stehen könnten, denke ich, sage es aber nicht. Ich will Mellis Bude ja nicht dissen. Wir quetschen Ketchup über die Nockerl und beginnen zu essen. Melli nimmt zwei Bissen, stellt einen Fuß auf ihrem Stuhl ab und drückt wieder auf dem Handy herum. Ich schaufle mir drei Ladungen Eiernockerl in den Mund und sage: »Also …«

Melli lacht auf: »Na endlich. Raus mit der Sprache.«

Sie wirft das 3310 auf einen Plastikgartenstuhl mit blau gemustertem Sitzpolster. In dessen Mitte bleibt es so selbstverständlich liegen, dass ich ihm am liebsten auch einen Teller Nockerl hinstellen würde.

»Wegens dem Michael«, sag ich, schlucke Mehlbrei und lege den Löffel auf dem Tisch ab. Ich reibe mir die Hände und klemme sie in meinen Schenkelspalt: »Weißt du da was?«

»Wegens dem Michael?«, sagt Melli und tut überrascht, aber das Lächeln schmilzt ihr ein bisschen zusammen.

»Ja, der Michael«, sag ich und nicke.

»Der Michael?«, sagt Melli jetzt, als hätte sie den Namen meines Bruders noch nie gehört und lacht auf. Sie schiebt den Teller von sich und sagt diesmal ganz ohne Lachen: »Ja, da weiß ich was.«

Am Donnerstag kehren die heiligen Kinder auf die Straße zurück. Seit dem Dreikönigstag zu Jahresbeginn haben sie zwar schon anständig gesündigt, haben sich gegenseitig abgeschleckt und im Krankenhaus die Mägen auspumpen lassen, aber jetzt kämmen sie sich wieder einen Mittelscheitel und der Pfarrer gibt ihnen Ratschen. Der Lärm der Holzinstrumente in den Straßen erinnert die Menschen daran, dass die Glocken jetzt nach Rom geflogen sind, oder war es doch ein anderer Ort? Eigentlich ist es ganz egal, wohin die

Glocken geflogen sein sollen, die Ratschen sind in Wirklichkeit nur ein weiteres Zeichen dafür, dass die besseren Kinder sich jetzt wieder was dazuverdienen und wir wieder einmal leer ausgehen.

»Wenn es die Bitch ist«, sagt mein Bruder am Karfreitag, als mein Handy piept, »kann sie zu Hause bleiben.«

»Was, Alter, was?«, sagt Melli am Karsamstag und kämmt sich aufgebracht die Haare. Sie hockt am Boden ihres Zimmers vor dem schmalen, hohen Spiegel. Ich sitze rauchend hinter ihr auf dem Bett.

»Wegen dieser Scheiße darf ich jetzt wirklich nicht mehr zu euch kommen?«, regt sich Melli auf.

»Ich bin der Capo«, äfft Melli meinen Bruder nach, auch wenn ich ihn selbst noch nie diese Worte verwenden habe hören. Während sie spricht, schiebt sie das Kinn leicht vor und wirft den Kopf hin und her. Mellis und mein Blick begegnen sich im Spiegel. Ich lasse den Zeigefinger nach unten sausen und asche auf ihren Kinderzimmerboden. Melli folgt der Asche mit den Augen, sie hält einen Moment inne und atmet lange aus: »Mir doch egal.«

Am Samstag ist Fleischweih. Die Menschen pilgern in die Kirchen mit Weidekörben, in denen Selchwürstel und selbstgebackene Osterlämmer liegen. Die Körbe tummeln sich auf dem Kirchenboden zwischen den Bänken mit den Betenden. Besser schmeckt das Fleisch das ganze Jahr nicht als an dem Tag, wo der Pfarrer mit seinem Weihwasser durch die Gänge geht und es zu etwas Heiligem macht.

Wir sind in Michaels Zimmer. Hannes und Bene sitzen auf dem Bett, mein Bruder auf der Couch.

Hannes steht auf, packt den Bürosessel, in dem ich sitze, an den Lehnen und schießt mich rückwärts durch das Zimmer auf Michael zu. Ich spüre, wie Michael den Sessel zu sich zieht und die Füße gegen die Rückenlehne stemmt. Das Gummiband, haben sie in der Reha gesagt, reicht jetzt nicht mehr aus. Er soll mit einer Beinpresse trainieren, am besten in einem richtigen Fitnessstudio.

Ich halte mich an den Lehnen fest und dann schieße ich schon wieder quer durch den Raum auf Hannes und Bene zu.

»Alter«, sagt Bene, packt den Stuhl, dreht mich herum und schießt mich zu meinem Bruder zurück. »Wir sind doch eine Crew.«

»Pff«, sagt Michael hinter mir und stemmt mir die Fersen in den Rücken.

»Pff«, sag auch ich während meiner nächsten Bürosesselfahrt.

»Bros before hoes«, sag ich, als ich wieder vor Bene und Hannes zum Stehen komme.

Einen kurzen Moment fürchte ich mich davor, dass mir einer der Typen gleich sagt, dass ich auch eine Hoe bin und im Hip-Hop nichts verloren habe. Und in der Crew schon gar nicht.

»Melli ist auch unser Bro«, sagt Bene zu mir, er packt die Lehnen und fixiert mich mit seinem Blick.

»Sie gehört zu uns«, sagt Bene dann zu Michael und lässt den Sessel ein letztes Mal auf ihn zuschießen. »Vergiss das nicht.«

4

Das Neonlicht des Wurstregals verleiht uns allen dieselbe Hautfarbe. Mit verschränkten Armen stehen wir nebeneinander, das monotone Kühlschranksummen hilft uns bei der Gruppenmeditation. Bei der Konzentration, die wir angesichts der schweren Entscheidungen, die wir zu treffen haben, aufbringen müssen.

»Verhackertes oder Fleischmayo?«, sag ich.

Aus den Augenwinkeln sehe ich, wie sich Hannes den Ellenbogen reibt: »Für Verhackertes brauchen wir Zwiebeln.«

»Zwiebeln braucht man eh immer«, sagt eine Bene-Stimme neben dem Hannes-Profil. Eine Bene-Hand greift nach der Packung *Grobes Verhackertes 70 % Rabatt.*

»Moment«, sagt Melli neben mir, und weil sie generell immer für die Wurstmayo und grundsätzlich gegen das Verhackerte ist, weiß ich, dass ich gleich um mein Verhackertes werde kämpfen müssen. Tatsächlich greift sich Melli jetzt die *Wurstmayonnaise mit frischem Gemüse 50 % Rabatt.*

Ich sehe die Bene-Hand das Verhackerte wieder an seinen Platz im Kühlregal stellen und ärgere mich, weil man das nicht macht. Man macht das mit einem Haustier nicht, dass man zuerst sagt *Ja* und später *Nein,* und mit Brotaufstrich macht man es auch nicht. Wo soll der Anstand im Leben herkommen, wenn er nicht beim Kühlregal anfängt? Darum stelle ich die Palette *Regenbogenostereier 80 % Rabatt* auf den Boden, drehe mich zu Melli und sage: »Es muss nicht immer nach deiner Nase gehen.«

»Alter«, sagt Melli und verdreht die Augen, »dann nimm dir halt dein scheiß Verhackertes.«

»Geh bitte«, unterbricht uns Bene und wirft jetzt sowohl die Wurstmayonnaise als auch das Verhackerte in das Körbchen zu dem *Kümmelkrustenbraten 70 % Rabatt, Osterzopf ohne Rosinen 50 % Rabatt* und *Geriebener Kren 20 % Rabatt.*

»An meinem Geburtstag sollen alle glücklich sein«, sagt er.

Mit seinem Körbchen geht er an mir, Melli, Hannes, Tarek und Andreas vorbei und verschwindet in der Süßigkeitenabteilung. Einmal mehr hat Bene bewiesen, dass er der bessere Jesus ist.

»Fünf Packungen Emmentaler«, sagt mein Bruder und zieht anerkennend die Mundwinkel nach unten, als er die fest verschweißten *Emmentaler feinnussig 60 % Rabatt* aus der Einkaufstasche zieht.

»Gut gemacht, Julia«, sagt er, und etwas in mir zerreißt vor Stolz.

Auf einem Bein stehend stapelt Michael den Käse in den Kühlschrank. Eine Krücke lehnt am Fenster, an das Quasimodo von draußen seinen Schädel mit einer Wucht schlägt, dass man nicht weiß, ob er solchen Hunger hat oder einen Selbstmordversuch unternimmt.

»Das Cappuccinopulver hast vergessen«, sagt Michael.

»Na und«, sag ich und verschränke die Arme.

Mein Bruder zuckt mit den Schultern. »Gemma«, sagt er, nimmt die Krücke, ignoriert die Katze und humpelt durchs Wohnzimmer in den Vorraum, wo die Crew mucksmäuschenstill auf uns wartet. Es ist das erste Mal, dass Melli wieder da ist, seit an Palmsonntag etwas passiert ist. Mein Bruder lässt sich nichts anmerken, der Capo zeigt keine Schwäche, er bedeutet den anderen, in den Keller zu gehen, in sein Zimmer, und humpelt hinterher.

Michael hat gelüftet, das Bett ist gemacht. So ordentlich habe ich sein Zimmer noch nie gesehen. Melli setzt sich auf die Couch und klemmt die Knie zusammen. Andreas beatboxt im Takt des *Total Chaos*-Albums, das im Hintergrund läuft. Obwohl heute sein Geburtstag ist, hat Bene Andreas die Musik aussuchen lassen.

Wir decken den Glastisch reichlich, so ein gutes Essen haben die Delfintischbeine noch nicht gesehen: Zopf, bunte Eier, Butter und Glundner; Wurstmayo und Verhackertes – BSE und MKS haben ganz unabhängig von den vorübergezogenen Feiertagen auf jedes Fleischprodukt ein Rabattschild draufgemacht, und deshalb müssen wir heute ausnahmsweise einmal gar nicht haushalten mit unseren Ressourcen.

Wir essen eineinhalb Alben lang, hören *Fünfhaus Posse* und *Rooftop Clique.* Wir haben den ersten Fress-Durchlauf hinter uns und rauchen eine Verdauungszigarette, als Michael Melli fragt, wie es ihr geht. Wir atmen bei Iriepathies *Ganjaman* auf, als Melli laut über irgendeinen Witz lacht, den Michael erzählt, und als die beiden bei *Fuck You* von Schönheitsfehler gegeneinander Regenbogeneier pecken und Michael auch noch gewinnt, sind wir so erleichtert, dass wir wieder zu essen anfangen.

Später überreichen wir Bene sein Geburtstagsgeschenk, für das Tarek Geld eingesammelt und es in Deutschland bestellt hat. Bene umarmt uns alle. Grinsend reißt er das Geschenkpapier auf.

»Super, eine Bob-Marley-Flagge«, sagt er und breitet sein Geschenk, um es besser sehen zu können, auf Michaels Bett aus. Fast die ganze Matratze ist jetzt schwarz-grün-gelb, in der Mitte ist das riesige Gesicht von Bob Marley, der sich über seinen Joint freut, und Andreas sagt: »Schon wieder ein Neger.«

Einen Moment lang ist es ganz still. Es ist nicht viel, was wir nicht sagen, aber das nicht zu sagen, ist besonders wichtig.

»Halt deine verfickte Fresse.« Melli ist die erste, die reagiert.

Hannes packt seinen Bruder am Arm. »Spinnst du jetzt komplett? Entschuldig dich«, zischt er Andreas an.

»Ich soll mich entschuldigen?«, sagt Andreas. »Aus allen Ritzen kriechen sie herein. Nehmen uns die Jobs weg und der g'schissene Euro kommt auch bald!«

Tarek atmet aus und schaut zur Seite.

»Die Milchfabrik hat jetzt eh geschlossen, du Depp«, antworte ich Andreas, »da gibt es gar keinen Job mehr, den wer wem wegnehmen könnte.«

»Ja, wegen der g'schissenen EU-Osterweiterung, und ihr spielt's da die Busch-Musik.« Andreas zeigt uns den Vogel.

Bene hebt eine Braue: »Dass dein Vater bei der Hypo kein Geld liegen hat, Andreas, hat nichts mit irgendeinem Ausländer zu tun.«

Der Andreas pumpt sich auf, weil er sich wieder aufregen will.

»Ihr haltet's jetzt alle die Gosch'n«, brüllt mein Bruder mit so durchdringender Stimme, dass wir sie tatsächlich alle halten und uns zu ihm drehen.

»Andreas«, sagt er, »wenn du weiter so viel Scheiße daherlaberst, kannst du dich in den Himmel verpissen. Im Himmel kannst du Scheiße reden, hier nicht.«

Andreas beginnt zu lachen. »Du fetter …«, fängt er an.

»Aus!«, ruft Hannes. Er steht so schnell auf, dass ihm der Gegenwind die Hautfetzen aus den Haaren wischt und auf seine Schultern segeln lässt. Er packt seinen kleinen Bruder und sagt: »Wir gehen jetzt.«

Hannes zieht den protestierenden Andreas über die Treppen nach oben und raus. Wir anderen folgen. Draußen, auf der Straße, geht es weiter. Andreas schreit Parolen heraus, die ich bisher höchstens im Geschichtsunterricht gehört habe. Ein Mann, der gerade ein Plakat an einem Zaun befestigt, schaut zu uns, weil er wissen will, ob er sich fürchten muss. Erst als Hannes seinem kleinen Bruder mit dem Vater droht, beruhigt dieser sich allmählich. Dann schubst Hannes Andreas die Straße entlang, immer weiter weg. Sogar die gelbe Maxi lässt er vor unserer Haustür zurück.

»Alter«, sagt Tarek.

»Alter«, antwortet Bene, der sich sein Geschenk umgelegt hat und jetzt wie ein Superheld mit Bob-Marley-Umhang mitten auf der Straße steht. Mein Blick fällt noch einmal auf den Plakataufhänger.

»Alter«, sag ich, und Tarek, der sich eine Tschick anzündet, während er den davongehenden Brüdern hinterherschaut, nickt und antwortet noch einmal mit: »Alter.«

Melli und Michael stehen sich gegenüber. Auf einmal verhärtet sich wieder etwas im Blick meines Bruders. Er zieht die Augen zusammen. Ich stampfe mit dem Fuß auf den Boden und rufe: »Nein! Alter!«

Ich deute auf das Plakat, das mittlerweile fertig aufgehängt ist. Bene versteht als erster.

»Alter!«, ruft er und reißt die Augen auf.

Nun unterbrechen auch mein Bruder und Melli ihren gefährlichen Blickkontakt und schauen endlich auf das Plakat, auf dem die frische Druckerfarbe in der Sonne glänzt. Auf das Plakat, von dem fünf größere und kleinere Männchen uns unter einem Schriftzug mit fünf klobigen Buchstaben entgegenblicken.

»Alter«, sagt Melli.

»Miii«, sagt sogar Quasimodo, der jetzt ebenfalls neben dem Zaun aufgetaucht ist.

»Ja«, sag ich zur Katze und nicke heftig, weil ich es selbst kaum glauben kann. Ich schaue auf das Plakat und zu meiner Crew, dann stoße ich ein Jubeln aus und hüpfe in die Luft. Mein Bruder hat auf einmal das breiteste Grinsen seit langem im Gesicht, und Bene schwenkt triumphierend die Bob-Marley-Flagge durch die Luft. Es wird tatsächlich passieren, es ist wirklich wahr:

Texta spielen ein Konzert in Tal.

5

»Hofer«, sagt die Schulärztin, als ich die Turnhallentür mit der nach innen versenkten Schnalle hinter mir schließe. »Du bist dann die nächste.«

Ihre Stimme hallt von den Wänden. Sie sitzt in einer Ecke, neben ihr zwei Tische mit medizinischen Instrumenten und Mappen. Am Rand der Halle steht eine Trennwand aus weißem Stoff. Dahinter ziehe ich mich bis auf die Unterwäsche aus und beobachte ein Schattenbild von jemandem, der sich auf der anderen Seite ebenfalls die Hose runterzieht. Gleichzeitig machen wir einen Schritt nach vorne, an der Wand vorbei.

Neben mir taucht Andreas auf, er trägt eine grüne Boxershorts. Starr schaut er geradeaus, als würde er mich nicht kennen. Unter den braunen Augen hat er violette Ringe, nicht so, als wäre er an diesem einen Tag nicht ausgeschlafen, sondern als wüsste er schon lange nicht mehr, wie Schlafen eigentlich geht. Seine Haut spannt sich bleich über den Rippen. Ich halte mir mit einer Hand den Pullover vor die Brust und die andere vor den Bauch.

Die Schulärztin ruft Andreas zu sich. Sie weist ihn an, sich mit dem Rücken an das Messgerät für die Körpergröße zu stellen, fährt einen Metallschnabel herab und lässt ihn über Andreas' Scheitel einrasten.

»Sauber«, sagt sie und wirft ihm ein Lächeln zu, bevor sie den grauhaarigen Schädel nach unten senkt und Andreas' Größe in seiner Schülerakte vermerkt. Danach muss er sich auf die Waage stellen.

»Oh«, sagt die Ärztin. Sie holt eine eingeschweißte Tabelle von einem der Tische und hält sie Andreas unter die Nase.

»Siehst du?«, fragt sie und deutet mit dem Finger auf das Blatt. Er nickt.

»Was ist denn das?«, die Ärztin deutet auf einen blauen Fleck an Andreas' Oberarm. Dieselben Flecken hat auch Hannes manchmal. Das ist bei den Brüdern normal, es hat mit den Genen zu tun.

»Bei der Tür angestoßen. Ich bekomm die ganz leicht«, sagt Andreas und die Ärztin nickt. Mit einem Kugelschreiber ergänzt sie seine Daten und schickt ihn zum Anziehen.

»Hofer«, ruft sie.

Ich setze mich in Bewegung. Barfuß gehen Andreas und ich aneinander vorbei. Ich steuere die Waage an, damit mir die Ärztin wie jedes Jahr sagen kann, dass fünf Kilo weniger gut wären, und zehn Zentimeter mehr, aber beides will mir nie gelingen. Im Wachsen und Schlanksein habe ich seit dem Kindergarten versagt.

»Du brauchst mal einen anständigen Büstenhalter«, sagt sie stattdessen, und ich senke den Kopf. Bestimmt hat Andreas es gehört. Bestimmt erzählt er den Leuten von den Säcken, die meine Brüste sind, von den Dellen in den Schenkeln und der einschneidenden Snoopy-Unterhose.

Die Ärztin lotst mich an der Waage vorbei und deutet auf eine Kreppbandmarkierung auf dem Boden. Sie zeigt auf ein Poster mit Buchstaben und Zahlen.

»Halt dir ein Auge zu«, sagt sie, »und lies vor.«

Ich tue, was sie sagt, und drehe mich zwischendurch immer wieder zu Andreas um. Er zieht sein T-Shirt über den Kopf und zurrt sich den Freeman-T.-Porter-Gürtel fest, dass er auf der einen Seite noch zwanzig Zentimeter an der Jeans herunterhängt.

»Und jetzt die untere Reihe«, sagt die Schulärztin, »und die andere Seite zuhalten.«

Andreas schultert seinen Eastpak-Rucksack, auf den ich noch letzten Herbst meinen Namen gezeichnet habe. Auf dem irgendwann einmal die ganze Crew unterschrieben hat. Und obwohl ich hundert Erinnerungen habe, in denen Andreas und ich nebeneinandersitzen und uns von Bässen aus Boxen zudecken lassen, erinnere ich mich an kein Gespräch. Kein einziges wichtiges Wort, das wir je zueinander gesagt hätten.

»Du kannst dich wieder anziehen«, sagt die Ärztin.

Ich sehe Andreas' Haarschopf am Ende der Halle verschwinden. Die Tür schließt sich, und ich höre nur noch die Kugelschreibermine über Papier fahren.

Ich ziehe mich an. »Auf Wiederschauen«, sag ich und schlüpfe in meine Hausschuhe.

»Warte«, sagt die Ärztin.

Sie tritt auf mich zu, in der Hand ein durchscheinendes gelbes Blatt.

»Hier«, sagt sie, »das ist eine Überweisung.«

»Was?«, sag ich und schaue verständnislos auf den Zettel. Auf jedem Finger, sogar auf dem Daumen hat sie einen anderen Silberring.

»Damit gehst du zum Augenarzt, oder direkt zum Optiker«, sagt die Ärztin und lächelt unter ihren grauen Stirnfransen, als sie meinen Blick bemerkt.

»Du siehst nichts«, sagt sie, »hast du das nicht bemerkt?«

6

Warum es ausgerechnet Boris Becker in den Graceland-Schuhkarton geschafft hat, ist niemandem so richtig klar. Es ist ein Witz, hat auch Bene gesagt: Im Experiment, in der Klasse, gibt es ja nicht einmal die Queen. Keine Queen, keinen Fischer und keinen Scharon; aber Hauptsache, der Boris ist da und erzählt, wie schwer das Leben für ihn ist.

Er sitzt in der ersten Fensterreihe, direkt dem Brandstätter gegenüber, und ich schwöre, er war vor dem Experiment nicht in unserer Klasse. Ich schwöre, ich habe den Boris zum ersten Mal gesehen, als er letzten Monat sein Referat gehalten hat, über seine Tennis-Karriere und die Besenkammer in London, als er zum Schluss gerufen hat: *Entschuldigung, Barbara, es tut mir so leid.*

»Ich kann nicht mehr«, jammert er auch jetzt, als ich das Klassenzimmer betrete.

»Julia, du bist schon wieder zu spät«, sagt Brandstätter und schüttelt den Kopf. Manchmal habe ich das Gefühl, dass dieses Kopfschütteln auf magische Weise mit meinem Namen verknüpft ist.

»'tschuldigung«, murmle ich.

Ich ziehe die Tür zu – und stutze. Hinter der kleinen und der hübschen Oberländerin, neben der großen also, sehe ich Nadja sitzen – und sie trägt jetzt ebenfalls den weiß-schwarzen Schal.

Ich schaue sie verdutzt an. Nadja hebt zögerlich die Hand und winkt mir zu.

»Julia«, bellt Brandstätter genervt.

Die Presse räuspert sich. »Übrigens haben sie Milošević endlich festgenommen«, kommt sie mir zu Hilfe.

Dankbar schleiche ich zu meinem Platz.

»Das wurde aber auch Zeit«, mischt sich Bene ein. Zwar spricht er mit der Presse, aber währenddessen schaut er mich mit vorwurfsvollem Blick an. Langsam geht er mir mit seinem oberlehrerhaften Getue auf die Nerven. Melli lümmelt vor Bene und Tarek in ihrer Bank. Andreas' Platz ist leer.

»Deutschland befürwortet das«, sagt Schröder hinter mir.

»Wichtiger ist ja wohl, dass man sich um die jetzigen Kriege kümmert. Und nicht um die gestrigen«, sagt die kleine Oberländerin, die sich ihren Schal mittlerweile um den Kopf geschlungen hat.

Während die anderen streiten, beruhigt mein Atem sich allmählich. Weil Michael aus irgendeinem Grund nicht mehr mit Tarek auf dem Roller fahren will, aber ausgerechnet heute, am Tag seiner Mathe-Schularbeit, den Schulbus verpasst hat, mussten wir schon früh am Morgen freestylen. Als Belohnung dafür, dass ich meinen Bruder den ganzen Weg von unserem Wohnblock bis ins Gymnasium mit dem Bürosessel geschoben habe, leiht er mir eine Woche lang seinen heiligen MiniDisc-Player. Und das ist es ja wohl wert, ein bisschen zu spät in die Schule zu kommen.

Mittlerweile sind sie im Experiment schon beim nächsten Diskussionspunkt angekommen.

»Heute haben wir ein trauriges Jubiläum«, liest die Presse von ihrem Diddl-Maus-Block ab, »ein Trauerläum sozusagen. Vor fünfzehn Jahren hat es Tschernobyl zerfetzt.«

Der Restmüll nickt, wir wissen Bescheid. Wir sind ja alle Tschernobyl-Kinder. Melli hat eine Schilddrüsenüberfunktion, wo sich der Arzt sicher ist: Tschernobyl. Und Tareks Eltern verbieten ihm bis heute, Schwammerl zu essen.

»Die Frage ist ja«, sagt die große Oberländerin, »ob wir A) über Tschernobyl reden sollten oder B) über Temelín?«

Nadja, die heute ja neben ihr sitzt, nickt ihr anerkennend zu.

»Über MKS!«, bricht es aus Fritz heraus. »Über MKS müssen wir reden, und über BSE. Habt ihr die Bilder in den Zeitungen nicht gesehen?«

»Also bitte«, sagt die Presse und dreht sich zu ihm. »Jetzt hör einmal auf mit deinem Streichelzoo.«

Zwischen beiden lächelt der Flüchtling alleine in seiner Bank. Ich habe seinen Namen schon wieder vergessen. Mittlerweile hat er zwar einen fixen Sitzplatz, aber irgendwie hat es der Brandstätter verpasst, ihm eine Rolle im Experiment zuzuteilen. Und deswegen hat er im Geschichtsunterricht gar nichts zu tun, außer die schöne Oberländerin über die Klasse hinweg anzuhimmeln. Und wenn die Presse jetzt zum Beispiel etwas zum Flüchtlingsthema berichten will, ist sie immer gehemmt.

»Alle Schweindln sind tot«, ruft der Augenzeuge und klatscht mit der Hand auf sein Pult: »Ihr redet über irgendwelche Atomkraftwerke in fremden Ländern. Aber was bei uns auf den Tisch kommt, interessiert euch nicht! Ist es denn jedem Wurst, woher der Speck in Zukunft kommen soll?«

»Ganz ruhig«, sagt der Brandstätter vorne.

»Der Speck geht uns alle was an! Der Speck ist der Kaviar von uns kleinen Leuten«, ruft Nadja Fritz zu.

»Sapperlot!«, brüllt Brandstätter. Er schaut sich dermaßen zornig in der Klasse um, dass ich etwas tue, was ich schon seit Jahren nicht mehr gemacht habe: Ich verschränke die Arme auf dem Tisch wie ein Volksschulkind. Die schöne Oberländerin und Boris Becker tun es mir gleich.

»So«, sagt Brandstätter mit deutlich leiserer Stimme. »Wir beruhigen uns jetzt alle.«

»Einatmen«, sagt er und macht mit den Armen eine kreisende Bewegung vor seiner Brust. Wir atmen alle ein. »Und ausatmen.« Brandstätter presst geräuschvoll Luft aus dem Mund, als wüssten wir nicht selbst, wie Atmen funktioniert.

»Ommm ... «, beginnt die Schlange.

»Danke, Tina«, sagt Brandstätter und bremst sie mit der flachen Hand aus. »Ich denke, wir haben uns jetzt wieder im Griff.«

Er räuspert sich.

»Machen wir doch einen Themenwechsel. Gibt es noch weitere Neuigkeiten?«

»Die Entschädigungszahlungen für Arisierungsopfer beginnen jetzt auch in den USA«, liest die Presse vor. »Der angemessene Betrag für entzogene Wertgegenstände sind siebentausend US-Dollar.«

Die kleine Oberländerin schnaubt: »War ja klar, und wer entschädigt uns?«

»Die toten Osterlämmer stapeln sie auf Haufen«, grätscht Fritz jetzt noch ein letztes Mal rein, »alle zusammengetrieben und umgebracht.«

»Hey!«, fährt Brandstätter ihn an und geht durch die Reihen auf ihn zu. Fritz murmelt etwas vor sich hin und verschränkt dann die Arme.

»Ja«, versucht die Presse den Faden wieder aufzunehmen. »Das österreichische Entschädigungspaket ist auch ein Skandal.«

»Ein Skandal!«, ruft die kleine Oberländerin jetzt. »Ein Skandal ist ja wohl eher, dass man sich das Recht auf seinen eigenen Boden neu erkämpfen muss.«

»Jassi«, mischt sich Schröder ein. »Lass dich nicht hängen. Es gibt kein Recht auf Faulheit.« Er verschränkt die Arme hinter dem Kopf und gluckst vor sich hin.

Man hört Stühlerücken, und auf einmal steht Jassi mitten im Gang.

»Du!«, brüllt sie und zeigt auf ihn.

»Herrgott«, sagt Brandstätter hinten. »Es ist ja wirklich unfassbar mit euch.«

Aber diesmal gelingt es ihm nicht, die Aufmerksamkeit der Klasse auf sich zu ziehen. Jetzt steht nämlich auch Schröder auf und im nächsten Moment jagt Jassi ihn schon um seinen Tisch. Sie reicht ihm nur bis zur Schulter, aber ihre Wut ist dafür umso größer. Bei der zweiten Runde zerrt Schröder an meiner Rückenlehne, dass ich fast umkippe, und verschanzt sich hinter meinem Stuhl.

»Typisch!«, ruft Jassi und stampft mit dem Fuß auf. »Bist eh an allem schuld, und jetzt versteckst du dich wieder hinter der UNO, oder wie?«

Schröder und ich werfen uns einen fragenden Blick zu. Wir wissen beide nicht, wovon sie spricht.

»So«, greift der Brandstätter jetzt ein. Er marschiert zu Jassi und schiebt sie an ihren Platz zurück.

Dann wendet er sich an uns alle.

»Ruhe bewahren, bitte«, sagt er. »Das ist alles nicht das echte Leben.«

»Na ja«, sagt die Presse und wirft ihren Block auf den Tisch. »Für irgendjemanden ist es das ja schon.«

7

Nach der Schule stehe ich neben dem mickrigen Blumenbeet im Hof und warte auf meine Crew.

»Willst du?«, höre ich jemanden sagen.

Nadja hält mir einen Schoko-Lolli in Häschenverpackung hin.

»Danke«, sag ich. Ich freue mich und beiße gleich die Hälfte ab. »Die haben ja alle einen Vogel, oder?«, sag ich und deute mit dem Kopf zur Ausfahrt.

Dort sind die kleine Oberländerin und Katja nämlich kurz davor, sich gegenseitig den Schädel einzuschlagen. Irgendwie ist es ihnen heute nicht gelungen, nach dem Ende der Geschichtsstunde aus ihren Rollen auszusteigen.

»Checkst du es nicht«, schreit die Presse gerade, dass man die Speicheltropfen noch von hier fliegen sieht, »wie arg das ist, dass es jetzt erst Entschädigungen gibt? Und wie lächerlich diese ›Entschädigungen‹ überhaupt sind?«

»Nein, du checkst es nicht!«, schreit die Jassi zurück. »Für uns gibt es gar keine Wiedergutmachungsangebote. Wie sollen wir uns denn wehren?«

»Und du?«, frage ich und deute schmatzend auf Nadjas Schal. »Bist jetzt auch eine Oberländerin?«

»Keine Angst«, sagt sie und muss lachen. »Nächstes Mal sitz ich eh wieder bei dir.«

Ich nicke und merke, dass ich das gar nicht so schlecht finde. Seit sie der Papst geworden ist, ist meine Banknachbarin eigentlich ganz in Ordnung.

An der Ausfahrt will Jassi jetzt auf die Presse zuspringen, aber ihre schöne Freundin eilt herbei und zieht sie zurück.

»Ich hab es jetzt endlich verstanden«, sagt Nadja, als hätte sie meine Gedanken gelesen, »dass ich nicht dauernd mein eigenes Ding machen kann. In der Klasse gehören wir ja doch alle irgendwie zusammen. Da muss man schauen, wie man einander helfen kann.«

Sie zieht sich den weiß-schwarzen Schal vom Hals und hält ihn in die Höhe: »Und die verschiedenen Gruppen brauchen halt auch einen abgegrenzten Raum für sich selbst, damit sie sich dort entfalten können. Das möchte ich unterstützen, weil das stärkt uns ja auch als Gemeinschaft.«

»Mhm«, sag ich und höre ihr nur so halb zu. Das religiöse Gequatsche ist mir zu anstrengend und der Lolli ist auch schon weg.

Fritz geht an uns vorbei. Er trägt seine Jacke über der Schulter und hat die Pulloverärmel hochgekrempelt. »Bis gleich«, sagt er zu Nadja.

»Ja, ich komm nach«, sagt sie und nickt ihm zu. »Wir setzen uns noch ein bisschen an den Fluss, ist ja so ein schöner Tag heute«, sagt sie. Sie schaut mir ins Gesicht. »Magst du mitkommen, Julia?«

»Ich?«, sag ich und werfe das übriggebliebene Stäbchen auf den Boden. Auf die Idee, mit irgendjemand anderem als meiner Crew abzuhängen, bin ich noch nicht gekommen. Als hätte sie es gespürt, taucht in diesem Moment Melli endlich auf. Sie steckt sich einen Kaugummi in den Mund und tippt auf ihrem Handy herum.

»Haben wir's?«, fragt sie mich, und: »Was willst du denn, Glubschauge?«, als sie Nadja neben mir bemerkt.

»Ey«, sag ich.

»Was?«, sagt Melli und versucht eine Kaugummiblase zu formen.

»Musst ja nicht immer so gemein sein«, sag ich und merke, wie mein Herz gleich schneller zu klopfen beginnt. In der Crew streiten wir nicht miteinander. Wir gegen die anderen, das ist eine der wichtigsten Regeln.

Und trotzdem stört es mich, wie Melli dasteht, mit vorgeschobener Hüfte, dass man unter ihrer Übergangsjacke einen Streifen Haut erkennen kann, und die Nadja ein Glubschauge nennt.

»Die Julia kommt vielleicht mit uns zum Fluss. Du bist natürlich auch willkommen«, sagt Nadja und schaut so freundlich, als hätte Melli sie nie beleidigt, als hätte die ganze Schule sie nie als Ventil für ihre schlechte Laune missbraucht. Melli stößt einen lauten Lacher aus.

»Das werden wir ja sehen, ob die Julia zu euch kommt«, sagt sie.

»Wir werden es sehen«, antwortet Nadja.

Einen Moment lang blitzen sich die beiden so böse an, dass ich schon das zweite Schreiduell am Schulhof losgehen sehe.

»Vielleicht kommt sie aber auch mit mir mit«, sagt der Kelomat.

Kurz hoffe ich, dass es ein Albtraum ist. Aber nein: So schlimm ist nur das echte Leben. In seinem karierten Freizeithemd steht der Kelomat da und gräbt mir seinen Blick ins Gewissen.

»Julia Hofer«, sagt er, und es hört sich an wie eine Drohung. »Das ist ja ein ganz seltenes Vergnügen. Kommst du noch mal mit rein?«

Ich beginne, schneller zu atmen. Hilfesuchend schaue ich

mich um. Die Hofausfahrt ist keine drei Meter entfernt und dahinter leuchtet hellblau der Himmel.

»Hofer«, sagt der Kelomat noch einmal.

»Ich …«, beginne ich. Dann fällt mein Blick auf die große Oberländerin, die auf ihre debattierende Freundin wartet. »Isch bin nisch Ulia Ofer«, sage ich mit einer Betonung, die ich für einen französischen Akzent halte.

»Alter«, sagt Melli und schüttelt den Kopf.

Der Kelomat ruft »Ah!«, klatscht sich mit der Hand auf den Schenkel. »Französin bist du jetzt?«

Ich nicke und umklammere die Riemen meines Rucksacks.

»Dann sag einen Satz«, sagt der Kelomat. Er lacht und verschränkt die Arme vor der Brust: »Sag einen Satz auf Französisch.«

Ich schaue ihm in die Augen.

»Nicke mit dem Beat und beweg dein Arsch«, rufe ich, »wenn das Deichkind am Mic ist, Bon Voyage!« Ich mache eine 90-Grad-Drehung und laufe zum Fahrradständer. Dort zerre ich panisch das Scotty heraus, dass die restlichen Räder scheppernd aufeinanderfallen wie Dominosteine.

Jeden Moment rechne ich damit, dass der Kelomat mich am Rucksack packt. Dass er mich in den Schwitzkasten nimmt und mich zwingt, mitten auf dem Schulhof Gleichungen zu lösen. Ich steige auf und strample auf die Ausfahrt zu, Katja und die kleine Oberländerin springen zur Seite und ich fahre zwischen ihnen hindurch. In der Kurve drehe ich mich noch einmal um. Der Kelomat steht unbewegt neben Nadja und Melli am Blumenbeet. Er hat sich eine Zigarette angezündet und bläst Rauch in die Luft.

MAI

1

Es ist ein anstrengender Montag, wenn der Dienstag ein Feiertag ist, weil der Montag dann zum Sauftag wird und obendrein zum Fenstertag, wodurch der Sonntag auch zum Sauftag wird, weil ja am Montag frei ist. Deswegen besteht so eine Feiertagswoche dann aus Montag, Dienstag, Mittwoch, Donnerstag, Sauftag, Sauftag, Sauftag, Sauftag, und am Dienstag hat man Durchfall.

Ich trinke den letzten Schluck aus meiner Skol-Dose und versuche vergeblich, sie an meiner Stirn zu zerdrücken. Die Leute machen sich gar keine Vorstellung davon, wie viel Kraft und Willen es braucht, eine Dose der Länge nach zusammenzuquetschen. Noch gelingt es mir nicht, aber eines Tages werde ich erwachsen sein. Eines Tages bin ich eine richtige Frau. Dann exe ich das Bier in einem Zug, dann rülpse ich meinen vollständigen Namen; und ich zerdrücke die Dose an meinem stahlharten Kopf, bis sie so platt ist, dass ich sie dem Souvenirshop als Teetassenuntersetzer für Touristen verkaufen kann.

Wie aus dem Nichts taucht ein Kamikaze-Maikäfer auf und schießt auf den Punkt zwischen meinen Augen zu. Ich versuche ihm auszuweichen, stolpere über meine eigenen Füße, die Bierdose fällt auf den kuhschissverfladeten Asphalt und ich auf meinen Arsch.

»Bist du wahnsinnig?«, rufe ich und wedle dem Käfer mit der Faust hinterher.

Wenigstens ist heuer kein Plagejahr. Erst nächstes Jahr ist es im Tal wieder so weit, aber die Bauern fürchten sich schon jetzt. Alle vier Jahre fressen die Maikäfer und ihre Larven das Leben aus dem Land heraus. Unter dem Gewicht ihrer Riesen-Crowds biegen sich die Äste der Obstbäume, und wenn man mit dem Mofa durch ein Feld fährt, fühlt es sich an wie in einem Kugelhagel: Alle paar Sekunden ein Treffer. Auch sonst fliegt einem fast täglich so ein Käfer in den Kragen oder versteckt sich unter der Bettdecke. Und deswegen ist traditionell das erste, was in einem Plagejahr geerntet wird, die Maikäfer selbst.

Für die Ernte breitet man Decken unter den Bäumen aus – und dann wird geschüttelt. Die Schüttler erkennt man Wochen später noch an den gepunkteten Strichen, die die Widerhaken der Käferbeine auf den Nasenrücken und Wangen hinterlassen. Mit Hilfe der Decke schüttelt man die Käfer zu einem Haufen und füllt sie in einen Kübel, den man im Rathaus abgeben muss. Dort wartet ein eigens dafür abgestellter Gemeindearbeiter und macht ein Häkchen auf einer Liste mit allen Taler Namen. Wer nichts abgibt, muss Strafe zahlen. Der volle Kübel wird irgendwohin geschleppt und dafür erhält man einen anderen, einen fremden, inzwischen wieder leeren. Die Decken bleiben voller kleiner Widerhakenbeine zurück. Verwenden kann man sie für nichts anderes mehr. Nur aufheben, in der Garage, wo sie sich vier Jahre lang mit Benzingeruch vollsaugen und auf ihren nächsten Einsatz warten.

»Die Wuchtl hot's am Boden g'haut«, sagt jemand, und ein anderer lacht. Ich drehe mich langsam in ihre Richtung, das Hirn treibt im Kopf nur träge hinterher. Immerhin ist heute der vierte Sauftag, da geht alles schon ein bisschen zäher. Ich sehe ihre Lederhosen und das Licht der Straßenlaterne in den Silberschnallen ihrer Schuhe gespiegelt. Mich wundert, dass Chucky sich in diesem Aufzug nicht schämt. Neben ihm stehen zwei andere Männer, beide mit nur den Daumen in ihren Lederhosentaschen, weil die ganze Hand neben so großen Penissen nicht mehr hineinpassen würde. Daneben sehe ich zwei Busenpaare, gegen die Schwerkraft angeschnürt. Die zu den Männern passenden Frauen haben die Tracht in der Mitte wie einen Festtagsschinken verschnürt, sodass es rundherum das Fleisch herausdrückt. Die Haare sind ebenfalls zu so strammen Frisuren gezurrt, dass man denken könnte, der Herrgott selbst würde die Frauen an den Haaren ziehen. Dirndl heißt im Tal nicht nur das Kleid, Dirndl heißt im Tal die ganze Frau.

»Wo sind deine Kanaken?«, fragt Chucky, und ich weiß, er spricht von der Crew.

»Halt's Maul«, sag ich.

»Wart, ich helf dir«, sagt einer der Lederhosenträger, er streckt mir die Hand hin und ich nehme sie. Als ich halb stehe, lässt er los. Ich knalle noch einmal auf den Boden und die Truppe lacht. Ich nicke nur, weil ich nichts anderes erwartet habe. Das passiert einem halt in freier Wildbahn, wenn das Rudel einen nicht beschützt. Wenn die einen längst in der Latino Bar sind und die anderen mit einem kaputten Bein daheim, dann ist man dem Tal schutzlos ausgeliefert.

»Wo ist denn der Baum?«, frage ich.

Es interessiert mich wirklich. Woher der Maibaum kommt, wird jedes Jahr heiß diskutiert. Von Birken halten wir im Tal nichts, eine Fichte muss es sein. Dieses Jahr ist sie sogar 25 Meter hoch, hat der Taler Bote geschrieben, und auch die Presse in der Schule hat das bestätigt. Wie hoch der Baum sein muss, ist nicht festgelegt. Idealerweise nur höher als der aus Hinterfeld. Aufgestellt wird er in der Nacht zum ersten

Mai. Auf dem ansonsten kahlgeschabten Stamm ist oben noch der Wipfel dran. In der Mitte hängt ein Kranz mit bunten Bändern, aber wichtig ist der Wipfel, denn der bedeutet Krieg. Der Maibaum steht einen Monat da, aber nur die ersten drei Tage sind kritisch, nur dann darf nämlich der Wipfel gestohlen werden. Man muss ihn beschützen, vor den Dieben aus den Nachbardörfern. Jeder Schnitt in den Baum wäre ein Schnitt in die Seele des Ortes, deswegen stehen Chucky und seine Freunde heute Nacht Wache. Deswegen ist in den ersten drei Mainächten das ganze Tal alarmiert.

»Bist blind?«, fragt mich ein Dirndl und zeigt auf den Maibaum, der selbst jetzt in der Dämmerung unübersehbar über dem Marktplatz aufragt. Ich hieve mich hoch und stelle mich zu ihnen.

»Hübsch«, sag ich, »mit den Bändern.«

»Danke«, sagt das zweite Dirndl und Chucky nickt. »Gemma, Burschen«, sagt er.

Sie gehen über den Rasen auf den Marktplatz zu, und erst jetzt bemerke ich die Gestalt, die die ganze Zeit unbemerkt abseits gestanden haben muss. Andreas schaut mich an, die Hände in den Taschen der Lederhose. Ohne ein Wort dreht er sich um und folgt ihnen. Ich schaue den Engeln nach, bis sie beim Parkplatz sind. Ein Maikäfer knallt mir gegen die Schläfe. Ich jaule auf, er schlägt mir seine Widerhaken in die Haut und ich ziehe.

2

»Was tun die Dodln?«, fragt der Mann neben mir. Es ist der Kinnbremser, der vor ein paar Wochen noch mit meinem Bruder im Krankenhaus gelegen ist und jetzt jedes Wochenende in der Latino Bar am Tresen sitzt. Der Kinnbremser trägt immer einen kratzigen Wollpullover, trinkt immer eine Halbe Bier und gehört zur Grundausstattung der Bar, genau wie die nicht funktionierenden Spielgeräte im Nebenraum, zu dem der Mann gerade deutet. Dort trommeln Tick, Trick und Track auf dem kaputten *Knight Rider*-Flipper herum und treten gegen seine Beine. Bringen tut das alles nichts: Der Flipper ist kaputt, wie die Jukebox daneben kaputt ist. Beide Geräte bleiben stumm, egal was die Leute probieren. Am Schluss landen die meisten am Billardtisch.

Ich zucke mit den Schultern und nehme einen Schluck Wodka Bull. Die Maama hat mir heute eine der eingeschweißten Getränkekarten hingehalten und gesagt, zur Feier des Tages darf ich mir was aussuchen. Eigentlich wollte ich ein Bacardi Cola, aber sie hat sich vertan und mir ein Wodka Bull gemacht, das widerlichste Getränk der Welt; widerlicher noch als Fertigcappuccino. Ich reiße mich zusammen und trinke es trotzdem, gratis ist gratis.

»Hallo, Punschkrapferl«, höre ich eine Stimme von der Seite und ziehe instinktiv das Kopf ein.

Ja, der Kinnbremser in seinem Strickpullover ist ein harmloser Mensch, er ist ein friedlicher Blauwal, der den Tresen bewacht. Aber eine schlechte Eigenschaft hat er trotzdem: Er ist nämlich der beste Freund von Feuerzunge, der jetzt in seinem Rollstuhl hinter mir vorbeirollt. Seine scharfen Kommentare haben sich über die letzten Wochen in meine Seele gebrannt und deswegen rutsche ich nun unauffällig von meinem Barhocker.

Mit meinem Getränk gehe ich zu Bene und Tarek auf die Tanzfläche. Heute hat Tarek seinen Breakdance-Mix in die Stereoanlage gelegt. Von all dem Tanzen ist er schon ganz nassgeschwitzt.

Intergalactic, kommt es aus der Box, und Tarek hebt den rechten Arm und lehnt sich nach links.

Planetary, sagt dieselbe Stimme, und Tarek hebt den linken Arm und lehnt sich nach rechts.

Bene und ich verfolgen mit unseren Köpfen Tareks Armbewegungen.

Rechter Arm, linker Arm, linker Arm, rechter Arm.

Linker Arm, rechter Arm, rechter Arm, linker Arm.

Bene nimmt einen Schluck aus der Bierflasche und sagt: »Morgen?«

»Morgen?«, wiederhole ich.

»Kommst du morgen zum Lernen?«, fragt Bene und schiebt sich eine Locke aus der Stirn.

»Was?«, rufe ich erschrocken.

Tarek beginnt erst mit dem Kopf zu kreisen und dann den ganzen Körper um sich selbst zu drehen.

»Das ist das letzte Schuljahr, Julia«, sagt Bene. »Ich hab mit Melli gesprochen, du musst jetzt mal weitertun.«

»Mit Melli?«, rufe ich in die bunt blinkenden Diskolichter hinein.

Another Dimension.

Another Dimension.

Another Dimension.

Das Gerappe geht los, und Tareks Körper bricht auf der Tanzfläche aus. Hände halten, was eigentlich Füße tragen sollten, Kniescheiben rotieren in Ohrläppchenhöhe herum, und als ich den Bewegungen doppelt im Spiegel folge, wird mir schlecht.

Deswegen fixiere ich jetzt beim Sprechen die silberne Go-go-Stange: »Was hat die denn damit zu tun?«

»Sie hilft dir beim Referat«, sagt Bene, »und ich lern mit dir Mathe und Physik.«

»Was«, sag ich entgeistert, »was geht euch das an?« Ich exe meinen Wodka Bull und verschlucke mich fast, als ich weiterrede: »Die Nadja wird mir mit Geschichte helfen! Und morgen hab ich frei!«

»Julia«, sagt Bene mit seiner Ärgerstimme, die klingt, als wäre er erwachsen. Aber das ist er nicht, also soll er das Maul halten.

»Lass mich in Ruhe«, sag ich.

Der Morgen graut, die Maikäfer hängen reifüberzogen in den Ästen. Über meine zurückgelassene Skol-Dose kriecht eine Nacktschnecke und hinter einem großen Fliederstrauch sitzt ein Dirndl auf einem Lederhosenmann. Sie hält seine Hände an ihren Brüsten fest, weil er es selbst nicht mehr kann, weil das Bier und die Kälte und die Nacht auch einem jungen Menschen die Kraft herausziehen. Ein paar Meter weiter schläft Andreas in der Wiese, Rücken an Rücken mit Chucky, als hätte er keinen eigenen Bruder.

Ein paar Schritte den Weg hinunter lehne ich mich an die Laterne und krame mein Zigarettenpäckchen heraus. Ich höre ein Knacksen. Eine Frau ist auf einen Ast getreten. Sie zuckt zusammen, als sie mich sieht. Ihre Begleiter tun dasselbe, die

Gänsehaut steht ihnen auf den blanken Waden. Sie starren mich an wie von einem Scheinwerfer überraschte Füchse. Die Angst lähmt jeden, zumindest für einen Moment.

Ganz langsam zünde ich die Tschick an und blase Rauch in die Morgenluft. Dann drehe ich den Kopf weg, und die Hinterfelder wissen Bescheid. Flink rennen sie den Abhang hinunter und ein paar Sekunden später schon geduckt zwischen den vereinzelten Autos am Parkplatz entlang. Die Frau wickelt ein Seil um sich und den Maibaum. Mit den Füßen hievt sie sich hoch, Meter für Meter. Meine halbe Tschick ist noch da, als schon die Musik beginnt. Das Sägeblatt am Holz macht einen ganz eigenen Beat. Ritsch ratsch, ritsch ratsch und der Wipfel ist ab. Der Aufschlag am Boden ist laut, Holz ist schwerer, als man denkt. Die Frau am Stamm schaut ihm nach und dann zu mir herüber. Ein breites Grinsen in der Morgensonne. Ich lasse meine Zigarette auf den Boden fallen und lächle zurück.

3

»Entschuldigung, Julia.«

Zwei Mädchen aus der Sport, die ich aus dem Englischunterricht kenne, fangen mich vor der ersten Stunde ab. In ihren glänzenden Leggings lehnen sie neben der Restmülltür. Die eine hält einen Teller mit einem Reindling und macht damit einen Schritt auf mich zu.

»Kannst du das dem Flüchtling geben?« Sie drückt mir den Reindling in die Hand. »Meine Mama hat den gebacken«, sagt die Sport-Tussi, »für den armen Jugo.«

Ich schaue zwischen dem Kuchen und den beiden Mädchen hin und her und setze mich dann in Bewegung. Ich überbringe den Reindling und zeige auf die Tussis im Türrahmen. Sie winken dem Flüchtling, der Flüchtling winkt zurück und dann gehen sie. Auf seinem Tisch liegt mittlerweile allerhand. Verschiedene Stifte und bunte Lineale zum Beispiel, die die Leute aus der Schule nicht mehr wollten und ihm gegeben haben. In der Pause stellen sie sich fast an, um ihm Geschenke von ihren Eltern oder von sich selbst zu überreichen. Etwas dem Flüchtling zu schenken, was man normalerweise in den Mistkübel hauen würde, ist eine gute Tat. Es ist Wegschmeißen mit Einschleimen beim lieben Gott, und der Flüchtling muss sich über alles freuen, weil er hat ja nichts.

»Magst du was?«, fragt er mich von seinem Platz aus.

»Ich?«, antworte ich überrascht und zeige auf mich selbst.

Er nickt und ich lasse den Blick über seinen Gabentisch schweifen.

»Darf ich die?«, frage ich und zeige auf eine von mehreren Zitronen-Radlberger-Flaschen. Obwohl es noch früh ist, hat es heute schon eine Hitze, und da ist eine gute Limo genau das Richtige.

»Klar«, sagt der Flüchtling, reicht mir die Flasche und ich nehme gleich einen Schluck.

»Julia, hör auf zu trinken.« Brandstätter hat die Klasse betreten. Melli und Tarek lachen, ich zeige ihnen den Mittelfinger und gehe zu meinem Platz.

»Julia«, sagt jetzt auch Nadja. »Gib mir hundertfünfunddreißig Schilling.«

»Was?«, sag ich und bleibe stehen.

»Julia«, sagt Brandstätter genervt. »Setz dich hin und gib der Nadja die einhundertfünfunddreißig Schilling, die sammelt das ein.«

Verblüfft nehme ich meinen Rucksack ab.

»Ich hab aber keine hundertfünfunddreißig Schilling«, sag ich.

Brandstätter atmet angestrengt aus. Er weist mich mit ausladenden Handbewegungen auf meinen Platz ein, als müsste er mir beim Rückwärtseinparken helfen.

Mein Hintern hat kaum die Sitzfläche berührt, da klappt die Presse schon ihren Diddl-Maus-Block auf.

»GANZ schlimm«, sagt sie und steht für ihren nächsten Satz sogar auf.

»Nach dem Homosexuellenparagrafen hat diese unfähige Regierung jetzt auch noch einen Journalistenparagrafen erlassen«, sagt sie völlig entrüstet, wiederholt das Wort noch einmal silbenweise und bewegt die Hand dazu mit: »Journa-lis-ten-pa-ra-graf.«

Sie macht eine dramatische Pause, nickt ernst und setzt

sich wieder. Sie senkt den Blick auf ihren Block: »Und wir müssen über die Bluthochzeit von Israel reden.«

»Die Juden …«, höre ich Andreas' Stimme als etwas mittlerweile Unbekanntes aufflackern. Seit Ostern habe ich ihn nicht mehr sprechen hören und auch kaum noch in der Schule gesehen.

»Andreas!«, warnt Brandstätter ihn sofort. Aber dass die Ermahnung eines Lehrers den Andreas jetzt nicht mehr erreichen kann, sieht man schon allein an der Weise, wie er auf seinem Platz lümmelt.

»Zecke«, sagt Andreas zu Katja, »Zeckenfotze.«

Von hinten höre ich ein »Alter« aus den Crew-Mündern.

Andreas hat von seinen neuen Freunden, scheint es, mittlerweile eine ganz neue Sprache gelernt.

»Andreas!«, mahnt Brandstätter, aber Andreas hört nicht hin. Mit glühendem Blick nimmt er den Flüchtling auf der anderen Seite des Raums ins Visier und öffnet noch einmal den Mund.

»Na, na, na, Junge, reiß dich zusammen«, unterbricht ihn Schröder, bevor er überhaupt womit auch immer anfangen kann. Andreas versucht trotzdem weiterzusprechen. Aber jedes Mal, wenn ein Ton aus seinem Mund kommt, sagt Schröder »Na, na« oder »Junge«; oder er lacht einfach so laut, dass man ansonsten nichts mehr hört.

»Ruhe«, sagt Brandstätter vor der Tafel. Und als ich mich zu ihm drehe, begreife ich, dass er gar nicht Andreas, sondern Schröder damit meint.

Schröder selbst bemerkt es aber nicht und spricht einfach weiter. Mit zunehmender Unruhe verfolgen wir anderen das Theater, und mit jedem Lacher, der aus Schröder kommt, steigt auch der Lärmpegel in der Klasse.

»Es reicht!«, brüllt Brandstätter und lässt das Notenheft auf sein Pult krachen. Die Wut, die jetzt in den Augen unseres Klassenvorstandes steht, muss dieselbe sein, die zu Beginn des Semesters Bene abbekommen hat. Brandstätters Ausbruch hat mittlerweile die restliche Klasse inklusive Andreas zum Verstummen gebracht. Nur Schröder steht noch ein Grinsen im Gesicht. Man sieht ihm an, dass gleich der nächste Spruch aus ihm plumpsen wird. Da streckt Nadja die Hand aus und legt sie ihm auf den Arm.

»Gerhard. Der Herr Brandstätter wollt was sagen«, sagt sie mit butterweicher Stimme. Butterflockenweich.

Schröder hält tatsächlich inne. Er schaut unseren Klassenvorstand an.

»Tja, hier ist halt niemand«, sagt er.

»Was soll das heißen, niemand ist hier?«, fährt ihn Brandstätter an.

Und dann ist es mit dem Schröder seinem Zusammenreißen auch schon wieder vorbei. »Na, Herr Brandstätter, mein Lieber«, beginnt er. »Das mit der Aufteilung, die Auswahl dieser *Akteure,* das haben Sie schon ein bisschen versaut. Das muss man nicht schönreden, ne?« Schröder zieht glucksend die Hände auseinander.

»Wie bitte?«, sagt Brandstätter und stemmt die Arme auf Nadjas und mein Pult. Er beugt sich vor, um Schröder hinter uns mit wildem Blick zu fixieren.

»Nichts für ungut, mein Lieber, aber ich hätt das schon besser gemacht, ne? Da haben Sie die ganzen Bösewichte sitzen«, Gerhard zeigt mit dem Daumen in der Klasse herum: »Den George, den Arafat, den Rechten da hinten.«

»Hey!«, rufen Melli und die kleine Oberländerin wie aus einem Mund.

»Und zum Dagegenhalten«, spricht Schröder weiter, »haben Sie einen sexsüchtigen Tennisspieler und eine UNO, die überhaupt nichts mitkriegt.«

Ich zucke zusammen, weniger, weil Schröder mich beleidigt hat, sondern weil Brandstätters Blick mir langsam ein bisschen Angst macht.

Aber Schröder merkt es nicht, weil er nicht richtig hinschaut, oder weil seelisch etwas falsch läuft bei ihm. Er redet einfach weiter und setzt sogar noch einen drauf:

»Dieses Experiment funktioniert nicht, das muss man nicht zerreden.«

»Der Herr Brandstätter wollt, dass sich das natürlich entwickelt. Das ist ja das Experiment«, schaltet sich jetzt wieder Nadja ein.

Brandstätter nickt und will noch etwas Garstiges zu Schröder sagen, das erkenne ich am Flattern seiner Nasenflügel. Aber Nadja streckt die Hand aus und legt sie ihm auf den Arm.

Ich beginne vor lauter Anspannung, den Deckel meiner Limoflasche auf- und zuzudrehen. Unfassbar, wie Nadja einfach die Hand auf einen Lehrerarm legt, als wäre das ganz normal. Und weil sie die andere Hand gar nie von Gerhards Arm genommen hat, hält sie sie für einen Moment sogar beide gleichzeitig fest.

»Aber eigentlich«, sagt sie und schaut erst dem einen und dann dem anderen ins Gesicht, »geht es ja darum, dass die Julia hundertfünfunddreißig Schilling zahlen soll.«

»Was?«, sag ich und quetsche die Flasche so fest, dass es den Deckel wegschießt und mir die Limo über die Oberschenkel rinnt.

Brandstätter springt zurück: »Geh, Julia.«

»Ich hab mich halt erschreckt«, sag ich. »Und ich hab kein Geld.«

Brandstätter versucht mich wieder mit rudernden Armbewegungen zum Ausparken zu bewegen. Ich gehe zum Waschbecken und drehe den Wasserhahn auf.

»Wofür denn überhaupt?«, sag ich und drehe mich um. Ich wische mir die nassen Hände an der limofeuchten Hose ab und sie werden wieder klebrig.

»Herrgott, Julia Hofer«, sagt Brandstätter und hält sich seine Nasenwurzel. »Seit Wochen reden wir über Innsbruck.«

»Innsbruck?«, sag ich und freue mich. Das ist ja eine richtige Stadt.

»Die Berufsinformationsmesse«, sagt Brandstätter und schüttelt den Kopf. »Ich renne euch seit März um das Geld für den Eintritt und den Bus hinterher.«

»Ja, Entschuldigung, hat mir keiner gesagt«, sag ich.

Brandstätter schaut mich mit offenem Mund an. Er stellt sich vor mich, streckt den Zeigefinger aus und tippt mir einmal so kräftig gegen die Stirn, dass es wehtut.

»Julia Hofer«, sagt er, »das Wort, das in diesen Kopf hineingeht, muss erst erfunden werden.«

4

»Diese Fotze«, sag ich zu Melli und drehe die Videokassette in der Hand.

Es ist gar nicht mehr so einfach, in der Videothek die neueren Filme auf Kassetten zu finden, jetzt wo alle ihre Wohnzimmer nach und nach mit DVD-Playern aufrüsten. Zumindest *Scary Movie* gibt es noch, ich lege die Kassette in das Plastikkörbchen, das auf dem muffigen blauen Teppichboden steht, nach dem die ganze Videothek riecht.

»Hab ich dir doch gesagt«, sagt Melli und zuckt mit den Schultern, »mit der stimmt was nicht. Man wird nicht von einem Tag auf den anderen ein netter Mensch, nur weil man den Namen vom Papst aus einem Schuhkarton zieht.«

Seit Ende der Unterrichtsstunde rege ich mich über Nadja auf. Weil sie ein Geld, das ich nicht habe, von mir eingefordert hat, vor der ganzen Klasse.

Melli stellt *Ich weiß, was du letzten Sommer getan hast* ins Regal zurück und streift mit dem Finger die Videohüllen entlang.

»Wir könnten uns noch einmal *Scream* anschauen oder *The Sixth Sense*«, sagt sie.

»Ich sehe tote Menschen«, krächze ich und reiße die Augen auf.

»Ich sehe dumme Menschen«, höre ich Schröder sagen. Er scheint für das Wochenende denselben Plan zu haben wie wir, unter der Achsel klemmt ihm schon *Matrix*. Gerade, als ich auch ein Filmzitat bringen will, pfeift Melli durch die Zähne.

»Wenn man vom Teufel spricht.«

Mich trifft fast der Schlag, als ich Nadja und Fritz händchenhaltend das Regal mit den Komödien ansteuern sehe. Drehen jetzt alle durch, oder was?

»Verhalt dich unauffällig …«, beginnt Melli.

»Hey!«, rufe ich und stürme auf die beiden zu.

Sie drehen sich zu mir. Fritz zieht sofort seine Hand zurück und schaut Nadja vorwurfsvoll an; als wäre er nur zufällig in der Videothek herumgestanden und sie hätte seine Hand einfach gegen seinen Willen genommen.

»Was war das für ein Scheiß heute?«, fahre ich sie an.

»Psst!« Ein Mitarbeiter in einem T-Shirt im selben Blauton, in dem auch der Teppich gehalten ist, schaut uns böse an und tritt dann mit seinem Putzkörbchen durch den Vorhang in die Porno-Abteilung.

Im Gänsemarsch laufen wir ein paar Meter den Gang hinunter und bleiben neben einem Lara-Croft-Aufsteller stehen.

»Schnackselt's ihr?«, fragt Melli Fritz, und er wird knallrot.

»Der heutigen Geschichtsstunde nach zu schließen, läuft da eher was mit dem Brandstätter«, wirft Schröder ein. Melli und er beginnen dreckig zu lachen.

»Leute, Leute«, sagt Nadja und breitet beschwichtigend die Arme aus. »Ich bin ja auf eurer Seite, okay? Ich finde auch, dass der Brandstätter ein Trottel ist. Aber genau deswegen hab ich mir einen Plan für uns überlegt.«

»Das ist ja lustig«, unterbricht Melli sie. »Wie das Glubschauge sich anpassen kann. In der Schule der Speichellecker und jetzt will sie eine von uns sein. Wie ein Chamäleon.«

Nadja mustert Melli einen Moment lang, dann bekommt sie einen traurigen Gesichtsausdruck.

»Okay, Melanie, wenn du meinst«, mit diesen Worten wendet sie sich ab und geht auf den Ausgang zu.

Ich erinnere mich wieder, wie ich Nadja im Winter vor der Schule habe weinen sehen, und bekomme ein schlechtes Gewissen. Die Typen und ich schauen uns an, und wie auf ein geheimes Kommando hin setzen wir uns in Bewegung und laufen ihr hinterher. Sogar Melli folgt uns widerwillig.

»Na, na, wer wird denn gleich wegrennen«, trötet Schröder, legt den Arm freundschaftlich um Nadjas Schultern und dirigiert sie zu den Heimatfilmen.

»Wir haben ja nur Spaß gemacht. Wir sind eh alle gespannt auf deinen Plan, oder?«

Fritz und ich nicken. Nadja wirkt erleichtert, beginnt sogar ein wenig zu lächeln. Dann nimmt sie plötzlich meine Hand. Irritiert schaue ich auf ihre Finger. Obwohl wir jetzt schon so lange nebeneinandersitzen, haben sich unsere Hände noch nie berührt.

»Entschuldigung wegen vorhin, Julia«, sagt sie und schaut mir fest in die Augen. »Ich versteh, dass du dich aufregst. Wirklich! Aber das ist alles Teil meiner Idee, wie ich der Klasse helfen kann. Außerdem: Das mit der Messe, das würde ja vor allem dir selbst zugutekommen.«

»Ja, ja«, fällt Melli Nadja schon wieder mit ihrer Ätzstimme ins Wort, »erst stellst du sie vor der ganzen Klasse bloß und jetzt machst du einen auf Mutter Teresa, oder was?«

Sie wendet sich an uns anderen: »Kommt's, gemma ein Eis essen.«

Und dann passiert etwas, was ich noch nicht erlebt habe, seit ich Melli kenne, und ganz besonders habe ich es noch nicht erlebt bei Burschen oder Männern. Sie hören ihr nicht zu. Sie sehen Melli auch nicht an. Es interessiert sie nicht, was sie zu sagen hat. Auch Melli selbst scheint von Fritz' und Schröders Nicht-Reaktion überrumpelt zu sein. Sie schaut aus der Wäsche wie ein Einzelkind am ersten Kindergartentag. In meinem Bauch breitet sich ein warmes Gefühl aus und ein Mundwinkel zuckt mir hoch. Ganz unfreiwillig. Aber sie soll es ruhig einmal spüren, diese Melli. Melli mit ihrem Nabelpiercing und der Mutter, die ihr das Mittagessen zum Aufwärmen auf einem Teller vorbereitet. Sie soll ruhig einmal spüren, wie sich das Leben so anfühlt, für den Rest von uns.

Auch Nadja ignoriert Mellis Spruch einfach und drückt mir die Hand: »Ich will dir wirklich nur helfen, Julia. Verstehst du das nicht? Manchmal braucht man halt ein bisschen, um zu merken, wer die richtigen Freunde sind.«

Bei ihren letzten Worten keucht Melli auf. Sie reißt mir das Körbchen mit den Kassetten aus der Hand.

»Ich hör mir den Scheiß nicht länger an. Du kannst ja dann nachkommen.«

»Melli …«, beginne ich. Ich bin hin- und hergerissen, ob ich ihr nachlaufen soll.

»Geh ruhig«, sagt Nadja, als sie meinen Blick bemerkt, »wenn sie dir sonst Stress macht.«

»Die beleidigte Prinzessin«, macht Schröder sich über die davonstürmende Melli lustig. »Was war denn deine Idee?«, wechselt er dann das Thema.

»Ah so«, sagt Nadja und entzieht mir die Hand, um sich verlegen die Haare hinter die Ohren zu streichen. »Nicht so wichtig.«

»Erzähl jetzt.« Auch Fritz hat seine Stimme wiedergefunden.

»Na gut. Ich hab mir überlegt,« beginnt Nadja, »dass man den Brandstätter nur mit seinen eigenen Waffen schlagen kann. Wie gesagt: Er ist ein Trottel. Aber er hat halt auch das Notenheft. Das bringt ja nichts, wenn wir den jetzt so offensichtlich attackieren. Da schneiden wir uns nur ins eigene Fleisch. Das muss man mit Hirn angehen.«

»Sehr gut!«, ruft Schröder und stößt den Zeigefinger in die Luft. »Mein Vater sagt auch immer: Mit Hirn muss man's machen.«

Nadja nickt heftig: »In diesem Experiment geht es in Wirklichkeit doch gar nicht darum, dass wir einen eigenen Standpunkt entwickeln oder irgendetwas lernen. Wir dürfen ja nicht einmal kritische Fragen stellen.«

»Der Bene darf auch nix sagen!«, werfe ich aufgeregt ein.

Nadja schaut mich ernst an: »Genau, Julia, das ist eine kluge Beobachtung. Der Brandstätter lässt keine anderen Meinungen zu.«

Ich nicke und straffe die Schultern.

»Für ihn«, spricht Nadja weiter, und für einen Moment verhärtet sich ihr ganzes Gesicht, »sind wir eine Horde dummer Hauptschüler, unraffiniert halt, die für einen Einser alles mit sich machen lassen. Im Grunde sind wir dem Brandstätter egal. Wir sind einfach nur Marionetten in seinem Kasperltheater, das er aufführt, damit er der nächste Direktor werden kann.«

Ich atme durch, weil ich das alles erst einmal begreifen muss. Über solche Sachen reden wir in der Crew nicht. Eigentlich fand ich den Brandstätter immer ganz okay, aber ich bin halt auch nicht die hellste Kerze am Adventskranz, wie Michael manchmal sagt.

»Und was willst jetzt machen?«, frage ich. »Er ist ja der Chef.«

Nadja reibt sich das Kinn. »Na ja. Ich dachte, wir tun vielleicht erst mal einfach, was er sagt.«

Schröder stemmt die Hände in die Hüften und schnaubt: »Super Plan.«

»Vorerst«, sagt Nadja schnell. »Im Moment nervt er auf der einen Seite zwar, aber er lässt uns auf der anderen halt auch machen, was wir wollen. Keine Jahreszahlen auswendig lernen, nur ein kleines Referat und ein bisschen diskutieren. Eigentlich haben wir doch das entspannteste Leben, wenn wir erst mal einfach mitschwingen und machen, was der Brandstätter will. Bis zum Wendepunkt, mein ich.«

Jetzt lehnt sich Nadja vor und schaut uns nacheinander in die Augen: »Der Brandstätter hat etwas Entscheidendes vergessen: Er droht uns dauernd mit schlechten Noten, bedenkt dabei aber nicht seine eigene Benotung. Wenn die Schanovsky ihm am Ende nämlich nicht bescheinigt, dass sein Experiment geklappt hat, kann der seine Beförderung vergessen. Dann wird das nix mit dem Direktorenposten.«

Nadja hält kurz inne, um zu überprüfen, ob wir ihr noch folgen können: »Versteht ihr? Wenn wir lange genug bei seinem blöden Experiment mitziehen, kann er es irgendwann nicht mehr abbrechen. Er hat ja keine andere Benotungsgrundlage. Und dann ist er auf einmal auf unsere Kooperation angewiesen. Und das«, jetzt lehnt Nadja sich zurück und lächelt, »ist der Wendepunkt. Ab da muss *er* tun, was *wir* ihm sagen. Dann befehlen *wir* dem Brandstätter, welche Noten er uns eintragen soll.«

Sie schaut uns abwartend an. Erst reagiert niemand. Dann streckt Schröder die Hand aus.

»Meine Damen und Herren«, trötet er. »Papst Johannes Paul der Zweite: Retter des Restmülls.«

Fritz beginnt so laut zu klatschen, dass der Videotheksmitarbeiter noch einmal den Kopf durch den Vorhang streckt und uns ermahnt.

Ich merke, dass ich selbst angefangen habe zu grinsen. Auch wenn ich Nadjas Plan noch nicht ganz durchblicke, fühlt sich der Gedanke gut an, auch einmal etwas zu sagen zu haben. Einmal nicht die zu sein, die die Scheiße fressen muss.

Sie hakt sich bei mir unter. Erst jahrelang keine Berührung zwischen uns, und dann gleich zwei Streicheleinheiten in zehn Minuten.

»Wenn es läuft, wie ich es mir vorstelle, Julia«, flüstert sie mir ins Ohr, »musst du wahrscheinlich nicht mal ein Referat halten.«

»Echt?«, rufe ich ungläubig und begeistert zugleich. »Das wär ja genial!«

»Das Wichtigste ist«, strahlt Nadja uns jetzt alle an, »dass wir aufeinander aufpassen und zusammenhalten.«

»Nein, das Wichtigste ist«, sagt Schröder und schiebt seine Hand unter meinen anderen Arm, »dass wir jetzt ein Erdbeereis essen.«

5

Die Kuh ist der schönste Mensch, den ich je gesehen habe. Sie hat die braunsten Augen und die schwärzesten Wimpern. Fellflaum zieht sich zart über ihr Gesicht, bis zur feuchten Nase, von der weiße Tasthärchen abstehen. Sie hat eine helle Brust und am Kopf trägt sie eine Blumenkrone. Eigentlich ist sie eine Braut. Jemand schlägt ihr mit einem Stock auf den Arsch. Die Kuh blinzelt und geht weiter.

»Gemma, Burschen!«, schreit der Schläger sie und ihre Schwestern an. Die Herde bewegt sich als ein großer, warmer Leib an mir vorbei. Ein Gewimmel aus abgesäbelten Hörnern. Kurze Beine, lange Beine und ein großes Bimmeln von den Glocken, die die Kühe um die Hälse tragen, damit der Hirte sie auf der Alm noch findet.

Ich setze die Kopfhörer auf und entferne mich von der Prozession. Vor dem Musikstadel hängt ein Texta-Poster. Lang ist es nicht mehr bis zum Konzert. Am Marktplatz räumt der Zirbenschnitzer sein Geschäft in den Kombi. Die Duftkissen drücken sich von innen gegen die Scheiben. Wenn der Laden leer ist, gibt er den Schlüssel dem Sohn der Sennerin weiter. Ab nächster Woche wird es hier schon frische Almbutter geben, in der danach den ersten Weichkäse.

Ich überquere die Brücke und erreiche Benes Haus am Ende der Straße. Davor steht sein Vater und poliert die Vespa: »Ah Julia, come stai?«

»Gut«, sag ich. »Die Küh' gehen auf die Alm.«

Ich deute auf die umliegenden Berge, deren Baumbewuchs aus der Ferne wirkt wie weiches Moos.

»Formaggio«, antwortet Benes Vater.

Wenn er in Österreich leben, aber nicht Deutsch lernen will, denke ich, soll er halt Fußballtrainer werden, einfach *maximale* durchziehen wie Otto Barić.

Ich klingle und Bene öffnet die Haustür. Im Hintergrund läuft Reggae. Ich ziehe die Schuhe aus und folge ihm in die Küche. Auf dem Tisch stehen Teller und ich sehe sogar Servietten. Und wie ich um die Ecke biege, sitzt da Melli.

»Oh«, sag ich und bleibe stehen. Melli zupft sich ihr bauchfreies Top zurecht und legt ihr 3310er auf den Tisch.

»Hey Girl«, sagt sie. Sie stemmt die sonnengebräunten Hände auf den Tisch und beugt sich zu mir. Seit dem Vorfall in der Videothek haben wir nicht mehr geredet, eine Woche ist es schon her. Ich will mir nichts anmerken lassen, mache einen Schritt auf den Küchentisch zu und gebe Melli ein Bussi. An ihrem Hals schimmert eine neue Kette.

»Warst shoppen?«, frage ich.

»Aus Innsbruck«, sagt Melli und rollt die Kette mit der flachen Hand über ihr Schlüsselbein.

»Ah«, sag ich.

»Wo warst du überhaupt?«, fragt Bene und fährt mit einer Toastpackung in der Hand herum.

»Urlaub«, sag ich und beginne am Etikett der Ananasdose zu kletzeln.

»Wir hätten dir das Geld schon geliehen«, sagt Bene.

»Ja …«, sag ich genervt, und Bene hebt abwehrend die Hände.

Der Toaster hat sich aufgeheizt, das Licht springt von Rot auf Grün. Bene platziert Schinken und Ananas auf einem Toast. Er zieht die Folie von einer Schmelzkäsescheibe und legt sie darüber.

Melli sagt: »In Innsbruck gibt's den Sillpark. Die Theresa und ich wollten einen Hut, so einen schiefen, wie die J. Lo hat. Weißt schon.«

»Mhm«, sag ich. Ich beobachte den Toaster, der Klicklaute von sich gibt, und Benes lange Finger, die mit einem Buttermesser fein säuberlich die dunkle Rinde von den Weißbrotscheiben trennen.

»Wer ist die Theresa?«, frage ich.

»Geh bitte«, sagt Melli, »die Freundin vom Nermin.«

»Julia«, ruft sie, als sie meinen fragenden Blick sieht, »der Nermin! Der Flüchtling halt!«

»Ah«, sag ich und lehne mich zurück, »die schöne Oberländerin meinst du.«

»Was?«, sagt Melli.

»Na, nicht die Kleine«, sag ich, »und nicht die Große. Die Schöne halt.«

Neben mir presst Bene Luft durch die Nase und verschluckt sich.

»Ist was?«, sag ich.

Kurz bebt ihm der Mund, dann sagt er: »Nix ist. Die erste Ladung ist fertig.«

Bene legt die zwei fertigen Toasts auf Mellis und meinen Teller. Sie sehen jetzt aus wie gemütliche Kissen. Melli nimmt ihres und beißt hinein.

»Je-hen-fa-hlls«, hechelt sie mit offenem Mund. Sie bläst gleichzeitig die Hitze aus ihrem Hawaii-Bissen und wedelt sich Luft in den Rachen.

»Je-hen-fa-hlls«, spricht sie weiter, »waren wir im Sillpark und haben das J.-Lo-Kapperl gesehen. Waren wir schon kurz vorm Shoppen, sagt die Theresa: Aber da gibt's das DEZ auch noch. Und Julia, der Sillpark ist ja schon …«

Melli zieht die Hände vor der Brust auseinander, als würde sie einen unsichtbaren Laib Brot halten. Dann zieht sie die Hände noch ein weiteres Stück auseinander.

»Aber das DEZ! Julia, das DEZ! Oder, Bene?«

»Ja«, sagt Bene, »muss man schon sagen.«

»Fahren wir also ins DEZ«, redet Melli weiter, »gibt's da auch allerhand. Flip-Flops, Kajal: alles. Sagt die Theresa auf einmal: Du, ich hätt doch lieber das J.-Lo-Kapperl.« Melli beginnt zu lachen, so sehr, dass sie sich den nackten Bauch halten muss. »Aber wie wir wieder beim ersten Einkaufszentrum ankommen, ist das Kapperl plötzlich ausverkauft. Dann haben wir halt Schmuck geshoppt.«

»Wahnsinn«, sag ich und tunke die harte Kante, zu der der Toaster die weichen Weißbrotscheiben versiegelt hat, ins Ketchup, »ist ja unfassbar.«

Ich versuche, Flat Eric in seinem Terrarium mit Toastbrot zu füttern. Aber den Gecko interessiert es nicht. Auch Melli liegt flach atmend auf Benes Kinderzimmerbett hier im Dachgeschoss. Sie hat sich derart vollgestopft, dass ich mir einbilde sehen zu können, wie sich die Toast-Dreiecke von innen gegen ihre Bauchdecke drücken.

Bene tut an seinem Computer herum, an seinem ICQ oder MSN. Von unten regt sich sein Vater auf:

»Benedetto! Devo fare una telefonata!«

»Va bene«, schreit Bene. Er gräbt die Zehen in den bunten Flickenteppich, dann stellt er sich unschlüssig vor seine Posterwand. Einen Kopf über seinem eigenen schaut mir Michael Jordan entgegen, die Arme waagrecht von sich gestreckt. *Wings* steht auf dem Poster.

»Hast du einen Plan?«, fragt mich Michael Jordan, und

ich justiere meinen Blick ein paar Zentimeter nach unten und schaue Bene in die Augen.

»Was ist der Plan, Julia, wenn du nicht lernen willst?«

»Alter«, ruf ich, »lasst mich endlich in Ruhe damit!«

»Schon gut«, sagt Bene, »wir wollen ja nur wissen, ob du was vorhast. Dein Bruder wird ja bald nicht mehr in Tal …«

»Hallo!«, sag ich. »Ich komm schon zurecht.«

Bene und Melli werfen sich einen Blick zu. Ich werde wütend und sage: »Na gut, ich habe einen Plan, okay?«

»Was für einen denn?«, fragt Melli, und ich schaue lieber Bene an. Wenn Melli etwas sagt, bin ich in letzter Zeit so schnell genervt.

Ich hole tief Luft und stelle mich vor die beiden.

»Es ist so: Beim Texta-Konzert werde ich entdeckt.«

»Entdeckt als was?«, fragt Melli.

Jetzt lache ich auf: »Als Rapper, was sonst?«

»Du willst Rapperin werden?«, fragt Bene, als hätte er mich nicht richtig verstanden.

»Ich bin Rapper«, sag ich mit ausgestrecktem Zeigefinger. »Nur entdeckt muss ich noch werden. Ich arbeite an einem Mixtape, ich hab schon fünf Songs.«

»Au weh«, sagt Melli und macht große Augen.

»Was?«, fahre ich sie an.

»Nix«, sagt sie und zuckt mit den Schultern, »ist eh super, wenn du einen Plan hast, Julia.«

Sie lehnt sich zurück und zieht ihr Handy aus der Tasche. Eine Minute sagt keiner etwas.

»Zeig mal«, sagt Bene dann in die Stille hinein.

»Was?«, sag ich erschrocken, damit habe ich nicht gerechnet.

»Ich kann dir ja helfen«, sagt Bene und hat auf einmal einen ganz anderen Gesichtsausdruck. »Wenn du Rapperin wirst, dann machen wir das ordentlich. Ich hab ein Mikrofon da, und im Internet gibt es jeden Beat.«

Ich nicke langsam. »Aber die muss gehen«, sag ich und zeige auf Melli.

»Was?«, sagt sie. »Wieso?«

»Du glaubst eh nicht an mich«, sag ich. »Die Nadja hat recht. Du willst immer im Mittelpunkt stehen und hältst es nicht aus, wenn es mal um mich geht.«

»Die Nadja?«, sagt Melli und legt die Stirn in Falten. »Hängst du jetzt mit der ab, oder was?«

»Vielleicht«, sag ich und verschränke die Arme. »Kannst du jetzt bitte gehen?«

»Pff«, macht Melli und wälzt sich vom Bett. »Mir doch egal. Hab eh Besseres zu tun, als mit einem Loser wie dir rumzuhängen.«

»Selber Loser«, sag ich, »Schlampe.«

Melli zieht scharf Luft ein. Sie mustert mich von oben bis unten und greift sich ihren Rucksack.

Bene steht auf: »Melli, wart.«

»Hasta la vista«, sagt sie und wirft die Tür hinter sich zu.

Stumm schaut Bene mich an und schüttelt den Kopf. Ich zucke mit den Schultern, was kann ich dafür?

Eine halbe Stunde später sitzt Bene auf dem Bett und umarmt seinen Kopfpolster. Aus den Boxen kommt der Beat von *Gangsta's Paradise*. Ich stehe vor ihm und gestikuliere beim Rappen mit:

»Zeig mir einen,
der was ich mach, schafft,

ich senke den Meeresspiegel
mit meinem Muschisaft.
Du sagst,
ich bin ein geiler MC – hey,
doch ich bekomm
von deiner Stimm' nur Diarr-hey.«

Ich höre auf zu rappen: »Die zweite Strophe hab ich noch nicht.«

Bene sitzt da. Er öffnet den Mund, schließt ihn wieder, öffnet ihn wieder und schließt ihn wieder.

»Ist das alles?«, fragt er nach einer Weile.

»Nein«, sag ich und lache. Immerhin überlege ich mir schon seit fast einem Monat in jeder freien Minute Texte für mein Mixtape. Am Computer schalte ich den alten Beat aus und suche einen neuen. Bene war richtig beeindruckt, wie schnell ich das Programm verstanden habe.

»Bei diesem Lied«, sag ich, »bin ich mir mit dem Titel noch nicht sicher.«

»Okay«, sagt Bene und stützt das Kinn auf die Faust, »lass mal hören.«

Ich schließe die Augen, warte, bis der Beat durch meine Adern fließt, und lege los:

»Tal City.
Tal Tal City.
Crew.
Mei – ne
Crew.«

Es ist zwar eine echte Überwindung, das erste Mal vor Publikum aufzutreten – wenn man Bene und seinen Gecko überhaupt so nennen kann –, aber wenn ich ein berühmter Rapper werden will, kann ich mir Lampenfieber sowieso nicht leisten. Als ich die Augen wieder öffne, steht Bene das Entsetzen ins Gesicht geschrieben.

»Julia ...«, sagt er.

Ich lasse die Hände sinken. Schlagartig wird mir schlecht.

»Findest du«, beginne ich einen Satz, aber die Stimme versagt mir, solche Angst habe ich vor der Antwort. »Findest du«, setze ich noch einmal an, »dass ich kein Talent habe?«

Als Antwort fährt sich Bene mit der Hand über den Mund. Mir schießen Tränen in die Augen. Was, denke ich, soll ich denn tun, wenn nicht Rapper werden? Was soll ich anderes machen, als entdeckt zu werden und dann im Fernsehen aufzutreten, in einem Musikvideo auf VIVA oder MTV? Ich bekomme Probleme mit der Luft, atme zu schnell und zu flach. *Das passiert, wenn du dich aufregst,* höre ich die Stimme meines Bruders im Kopf, *dann musst du zählen.* Aber heute schaffe ich es nicht. Mein Hals schnürt sich zu. Ich verziehe den Mund und sage: »Ich schaffe es nicht. Bene, ich schaffe das alles nicht.«

Bene springt auf und kommt zu mir. Sein Gesicht verschwimmt hinter einem Tränenvorhang. Er packt mich an den Oberarmen und sagt etwas zu mir, aber ich verstehe es nicht. Erst als er den Satz zum dritten Mal wiederholt, sickert er in mein Bewusstsein.

»Wir machen ein Tape«, sagt Bene und umarmt mich. »Wir machen ein Mixtape, Julia«, sagt er, »und dann wirst du entdeckt.«

Ich spüre es, wie ich am Abend heimgehe. Wie ich auf die Kreppbänder trete, die nach dem Almauftrieb auf den Straßen zurückgeblieben sind. Der Schmerz fühlt sich an wie eine Baggerkralle, die sich um meine Eingeweide schließt, der rechte Oberschenkel wird schon taub. Daheim schlurfe ich ins Bad und versperre die Tür. Aus dem Wohnzimmer kommt gedämpftes Geschrei von irgendeinem Film. Ich öffne den Schrank, mit dem ich normalerweise nichts zu tun haben will, und finde die in rosa Blümchenpapier eingeschlagenen Binden. Wenn man sie in die Unterhose tut, fühlt es sich an, als würde man eine Windel tragen. Bisher habe ich erst ein paar Mal richtig geblutet und dann bin ich nicht in die Schule gegangen. Weil, was tun, wenn so eine Binde aus dem Hosenbein fällt, und die anderen lachen?

Mädchen, die wirklich die Regel haben, schwänzen den Turnunterricht kaum. Man erkennt sie an der gekrümmten Haltung, an den blassen Lippen. An ihrem verzweifelten Blick, wenn der Turnlehrer sie zwingt, im Kreis zu laufen, obwohl tief in ihrer Mitte der Schmerz explodiert.

6

Das Licht fällt beim Fenster herein und Tarek aufs Gesicht. Ein anderes kommt vom Computerbildschirm und bestrahlt ihn von unten. Tarek ist völlig ausgeleuchtet und sieht unglaublich schön aus, fast wie Ivica Vastić.

Nicht schön ist Addy, der glatzköpfige Zeichentrick-Elf mit den Riesenohren, der vor mir im Schneidersitz am Bildschirm herumsitzt und sagt: »Hallo, Julia.«

Ich klicke auf das »X«, um den Alien zum Schweigen zu bringen, und daneben auf ein Kästchen mit »Übung«.

»Wenn ein Apfel früher 13,7603 Schilling gekostet hat«, schreibt Addy, »wie viel kostet er dann in Euro?«

Antwort A: Einen Euro

Antwort B: Zwei Euro

Antwort C: Drei Euro

Als ob es noch nicht genug wäre, dass wir in Geschichte das ganze Theater mit diesem Experiment durchziehen müssen, hat der Brandstätter heute zusätzlich noch bestimmt, dass der Unterricht im EDV-Raum stattfindet. *Wir erarbeiten uns die Weltgeschichte und lernen gleichzeitig die neue Währung kennen. Das ist Multitasking,* hat er gesagt, *das müssen wir jetzt alle lernen.* Obwohl es noch nicht einmal Mittag ist, habe ich schon Kopfweh von dem ganzen Blödsinn. Langsam komme ich mir vor wie so ein Laboraffe. Warum muss man eigentlich dauernd etwas Neues lernen, wenn es so viel Altes gibt, was man noch nicht verstanden hat?

Im Brandstättergesicht randaliert heute wieder einmal die Freude über sich selbst. Er hat uns die CD-ROM, die es offiziell noch nicht gibt, unter der Hand organisiert. *Das ist alles unter der Hand,* hat er gesagt, *das bleibt unter uns,* wenn es rauskäme, wäre das ein Fopa.

»Das Arschgesicht kann sich verzupfen«, sagt Melli, die an einem Computer in der ersten Reihe sitzt. Sie trägt ein rückenfreies Top, und wenn sie tippt, bewegen sich die Schulterblätter unter ihrer Haut.

»Kannst du ein bisschen schöner sprechen, Melanie?«, sagt der Brandstätter.

»Das ehrenwerte Arschgesicht kommt nicht rein in unser Land«, sagt Melli jetzt. Man würde gar nicht glauben, dass Melli sich in der Volksschule vor Nervosität manchmal angekotzt hat, so kaltschnäuzig, wie sie jetzt geworden ist.

Der Restmüll kichert. Die Schüler werden frecher und frecher und minütlich wird es lauter. So geht es seit einer halben Stunde dahin.

Kurz war die Rede von Formel 1, vom Großen Preis von Österreich, der gestern in Spielberg stattgefunden hat; aber jetzt streiten sich seit Minuten alle wieder wegen dem Waldheim. Der österreichische Ex-Präsident wollte nämlich nach Amerika einreisen, und der Bush hat ihn nicht gelassen, wie auch der Clinton davor den Waldheim schon nicht hineingelassen hat; bemerkenswert daran ist, dass es anscheinend nicht einmal jemandem wie dem Bush gelingt, immer alles falsch zu machen. Jedenfalls bekommt man die einzelnen Aussagen der Akteure gar nicht mehr mit, weil alle durcheinanderschreien. Der Lärmpegel ist ein Wahnsinn, kein Wunder, dass ich Kopfweh habe.

»Der Herr Brandstätter hat was gesagt«, schreitet Nadja

jetzt ein. Auf einen Schlag wird es tatsächlich etwas leiser und der Druck in meinen Schläfen lässt nach. *Danke,* denke ich. Nadja, das habe ich in den letzten Tagen mitbekommen, hat sich mittlerweile mit der ganzen Klasse angefreundet. Sie versucht, sich um uns alle zu kümmern, und das danken wir ihr mit Respekt. Warum, frage ich mich, ist eigentlich nicht jemand wie sie unser Klassenvorstand?

»Hin und wieder muss man halt diplomatisch sein«, sagt Brandstätter in den jetzt stilleren Raum hinein. »Was haltet ihr denn davon, dass die USA so radikal *Nein* sagen? In einer modernen Weltpolitik muss ja Platz für verschiedenste Standpunkte sein, oder nicht?«

»Mein lieber Herr Brandstätter«, sagt Schröder und verschränkt die Hände über dem Bauch: »Nichts halten wir in Deutschland von solchen ›Standpunkten‹. Deswegen habe ich mich bei meinem Österreich-Besuch ja auch dafür entschieden, mich nicht mit Ihrer freiheitlichen Partei zu treffen.«

Bene nickt seine Zustimmung.

»Was soll das bedeuten, meine freiheitliche Partei?«, sagt Brandstätter. »Ich bin Sozialdemokrat der ersten Stunde! Und überhaupt spiele ich bei dem Experiment keine Rolle.«

Schröder lacht und ich schaue aus dem Fenster. Wenn man den Akteuren im EDV-Raum so zuhört, wird klar, dass am Wochenende viel passiert ist auf dieser Welt. Und in meiner eigenen ein bisschen weniger.

Die Parkplätze vor den Wirtshäusern sind übergequollen gestern, das Tal hat gewuselt, vor Kindern in Sonntagskleidung mit Maiglöckchensträußen in der Hand. Helle Stimmen aus gekippten Wohnzimmerfenstern: *Einen Tag im Monat Mai, freudig wir erwarten.*

Gestern bin ich mit einem Skol in der Hand neben einer Tasse Fertigcappuccino vorm Fernseher gesessen und habe ihn mir angeschaut, diesen großen Preis vom großen Österreich. Einundsiebzig Runden lang Motorengeheul und dazwischen Heinz Prüllers verrauschte Stimme:

Coulthard, Barrichello, Mercedes.
Schumacher, Häkkinen, Honda.
Coulthard, Coulthard, Coulthard!

Ein Sonntag voller Rauschen, ohne Musik. Kein Ton aus meinem Alcatel, keine Nachricht von niemandem. Mein Bruder irgendwo mit Hannes unterwegs und erst am Abend auf den Treppen seine Krücken. Und vorm Einschlafen wieder Benes Stimme im Ohr: *Was ist dein Plan, Julia? Hast du echt überhaupt keinen Plan?*

Mittlerweile schreien Brandstätter und Schröder sich an. Nadja steht daneben und vermittelt. Andreas fehlt schon wieder. Er ist seit Tagen nicht mehr in die Schule gekommen. Aber wir fragen nicht nach, auch der Brandstätter nicht. Die Wahrheit ist, dass es angenehmer ist ohne ihn.

An Gestank gewöhnt man sich schnell. Den eigenen Gestank bemerkt man normalerweise nicht, bis ein Fremder mit verzogenem Gesicht den Raum betritt und das Fenster aufreißt. Aber heute fällt es mir auf. Die pickeligen Nacken meiner Mitschüler, der Tanz ihrer abgekauten Fingernägel auf den vergilbten Computertastaturen: Merken sie denn nicht, wie sehr sie stinken?

Die Presse packt ein Stück Sachertorte aus. Ich erkenne den Rest eines Marzipan-Schriftzugs, der an Elisabeth T. Spiras *Liebesg'schichten und Heiratssachen*-Sendung erinnert: »rohen Mutte« steht darauf.

Mellis Schulterblätter. Die Sonne auf Tareks Nasenrücken. Und dieser unfassbare Gestank.

»Ich mag nicht mehr«, sag ich und stehe auf.

Zwanzig seitlich vom Computer beschienene Restmüllgesichter drehen sich gleichzeitig zu mir. Das Bild erinnert mich an diesen Horrorfilm: *Das Dorf der Verdammten.*

Mit zittrigen Händen nehme ich meinen Rucksack und gehe durch die Reihen zu unserem verdutzten Klassenvorstand.

»Entschuldigung, Brandstätter«, sag ich. »Ich mag heute nicht mehr. Es stinkt so.«

Bene reißt die Hand vor den Mund und beginnt zu lachen. Tarek steigt ein und dann der Rest der Klasse. Unter dem Applaus meiner Mitschüler gehe ich hinaus, halte im Gang nicht an und auch auf der Treppe nicht. Erst als das Eingangstor hinter mir zufällt, kann ich wieder atmen.

»Brandstätter, es stinkt!«, brüllen Bene und Tarek gleichzeitig, als ich am Nachmittag die Lounge betrete. Tarek hält mir die Hand hin und ich klatsche ab. Melli sonnt sich mit geschlossenen Augen auf der Bank.

»Alter, Julia«, sagt Bene, schüttelt den Kopf und lacht gleichzeitig, »das war schon ein Auftritt.«

Ich bin erleichtert, dass Bene meinen Weinkrampf in seinem Zimmer nicht erwähnt und stattdessen wieder scherzt.

»Sorry wegen Samstag«, sag ich zu Melli.

»Passt schon«, antwortet sie, schaut mich dabei aber nicht an.

»Bei der Hofer Julia ist Hopfen und Malz verloren«, imitiert Tarek Brandstätters Reaktion nach meinem heutigen Abgang, und wir lachen laut.

»Kannst du noch mal drüberlesen?«, fragt Melli Bene. Sie holt aus ihrem Rucksack eine dünne Mappe und reicht sie ihm. Durch die violette Plastikhülle erkenne ich ein Passfoto von Melli und das Wort *Bewerbung*.

»Wo bewirbst du dich denn?«, frage ich.

»Beim Friseur«, sagt Melli. »Bei der Berufsinformationsmesse hab ich einer Puppe Strähnen gefärbt.«

Ich stelle mir vor, wie sie mit der schönen Oberländerin durch Innsbruck spaziert. Wie die beiden einem Plastikpuppenkopf ohne Körper die Haare kämmen.

»Für ein Praktikum?«, frage ich.

»Nein«, sagt Melli. »Für die Lehre.«

»Lehre«, wiederhole ich und spüre, wie Bene mich beobachtet. Ich schaue auf Mellis glänzende Haare und ihre tänzelnden Daumen auf der Handytastatur.

»Super«, sag ich und zünde mir eine Zigarette an.

7

»Michael, du musst aufstehen, du bist der Skero.«

Mein Bruder nimmt einen Zug von seiner Tschick und sagt: »Nein.«

»Na gut«, sag ich, »Hannes, komm. Du bist der DJ Dan.«

»Was bringt denn das? Der DJ hat ja gar keinen Text.«, fragt Melli, die mit den anderen neben dem Mäuerchen vor unserem Block steht. Heute sind sie extra alle zu uns gekommen, damit auch mein Bruder wieder mal dabei sein kann.

Nächsten Monat beim Texta-Konzert wird mir meine Crew dankbar sein, wenn sie alle Lieder mitrappen können. Aber jetzt sträuben sie sich noch, die Texte zu lernen.

»Stimmt«, sag ich, »aber den DJ brauchen wir trotzdem fürs Feeling.«

Und weil ich gerade dabei bin, greife ich Melli am Handgelenk und stelle sie neben Hannes: »Du bist der Laima.«

»Tarek«, sag ich, »geh her da.«

Alles über zwanzig Grad heißt bei Tarek Oben-ohne-Zeit, vom guten Wetter haben wir alle was. Er rutscht von seinem Roller und stellt sich neben Melli. Die Ellenbogen der beiden berühren sich und Tarek weicht derart heftig zurück, dass ich mir ein Grinsen verkneifen muss.

»Ich bin der Flip«, sagt er und ich nicke. Wenigstens einer denkt mit.

Ich schaue zu Bene, der neben meinem Bruder auf dem Mäuerchen sitzt und die langen Beine ausstreckt.

»Ernsthaft?«, sagt er.

»Reg dich nicht auf, Huckey.«

Bene seufzt und stellt sich neben Hannes.

»Steh auf«, sag ich zu meinem Bruder.

»Nein«, sagt er und zeigt auf sein Bein: »Ich kann nicht mitmachen. Ich habe Schmerzen.«

Gleichzeitig mit seinem Oberschenkelknochen hat es ihm irgendwie auch den Willen zerbrochen. Michael verhält sich jetzt immer öfter so, als ginge ihn die Crew gar nichts an. Und ich mache mir Sorgen, wo das hinführen soll. Was passiert denn in den Wäldern mit so einem Rudel, wenn der Leitwolf es im Stich lässt?

»Also gut«, sag ich besonders laut, um meine eigenen Gedanken zu übertönen. »Machen wir weiter, so viel Zeit haben wir ja nicht mehr für die Vorbereitung.«

»Julia«, sagt Hannes, »wir schreiben keine Prüfung, wir gehen auf ein Konzert.«

»Wenn du dich auf die Prüfungen gleich vorbereiten tätest«, beginnt Bene, aber Melli rammt ihm einen Ellenbogen in die Seite und er verstummt. Es sind mächtige Ellenbogen, die Melli bei sich trägt, richtige Waffen.

Verteilt auf die verschiedenen Rollen sprechen wir gemeinsam den *Neinsager*-Song durch. Am Anfang hapert es noch ein bisschen mit der Textsicherheit, aber spätestens bei *Linzer Torte* haben wir uns langsam warmgerappt, und als wir zu *Sprachbarrieren* kommen, habe ich die Crew längst mit meiner Vorfreude angesteckt.

»Sauber«, rufe ich und mache übermütig einen kleinen Sprung.

»Das wird so geil«, sagt Melli.

Wir nehmen uns an den Händen und grinsen uns an. Hinter mir höre ich ein Rumpeln. Die Haustür ist ins Schloss gefallen. Mein Bruder ist gegangen.

8

Heute war Christi Himmelfahrt, behauptet ein Moderator, und dass sie da in Deutschland Vatertag feiern. Es ist 23 Uhr und auf ORF 2 zeigen sie eine alte Folge von *Willkommen Österreich.* Wolfram Pirchner und Elisabeth Engstler sitzen auf einer gestreiften Couch und kündigen eine Musikkapelle an. Ich schalte um, sehe Britt und Oliver Geissen mit besorgten Eltern über die Teenager-Schwangerschaften ihrer Kinder diskutieren. Ich schalte wieder zum ORF, wo bei der *Barbara Karlich Show* gerade ein als Michael Jackson verkleideter Mann an einer Kochinsel ein Schnitzel herausbrät. Danach kommt eine alte Folge *Phettbergs Nette Leit Show.*

Ich schalte den Fernseher aus und gehe in die Küche. Ich lege die *Fugees*-Scheibe in den CD-Player.

Ready or not, singt Lauryn Hill und ich setze Wasser auf.

Quasimodo schlägt draußen sein Köpfchen gegen die Scheibe. Die Katze hat ein Spaghetti-Bolognese-Frühwarnsystem, sie hat einen Nudelultraschallsensor in der Nase verbaut.

Ready or not, kommt es aus den Boxen, und plötzlich hat die CD einen Sprung. Sie steckt an einer Stelle fest und Lauryn sagt *not, not, not.*

Ich höre ein Geräusch aus dem Wohnzimmer und hetze zum CD-Player. Ich ziehe den Stecker und stelle mich zum Fenster. Ich öffne es einen Spaltbreit und strecke die Hand hinaus. Quasimodos Knochenköpfchen zu kraulen beruhigt mich. Ich horche in die Wohnung hinein: ein Rumpeln. Ein helles Klackern, ein dumpfer Schlag; helles Klackern, dumpfer Schlag. Auf eine Krücke gestützt kommt mein Bruder aus dem Keller herauf.

»Magst du auch was?«, frage ich erleichtert.

Michael schüttelt den Kopf. In seiner grauen Jogginghose humpelt er in der Küche herum, er schaut auf den Boden und in die Ecken, als gäbe es dort etwas Bestimmtes zu finden.

Ich kraule das Köpfchen in meiner Hand.

»Das war super heute«, sag ich leise. »Hätt ich gar nicht gedacht, dass der Tarek das ganze Lied auswendig kann. Das hättest du sehen sollen.«

Der Mund meines Bruders faltet sich zusammen.

»Scheiß auf die«, sagt er mit dünner Stimme. »Scheiß auf die alle.«

»Wieso«, sag ich, »was ist los?«

»Sag mal, bist du wirklich so blöd?«, fährt er mich an. Quasimodo entzieht sich meinem Griff und flüchtet über den Hof.

»Oder tust du nur so?«, schreit Michael.

Ich stehe da und lasse die Worte meines Bruders über mich hinwegspülen. Ich stelle mir vor, wie es wäre, Quasimodo zu folgen. Einfach in Socken aus dem Fenster springen und laufen, bis ich ein Nest gefunden habe. Stattdessen lege ich den Kopf schief und lache, als hätte er einen Scherz gemacht. Mit dem Handrücken schleudert mein Bruder die Spaghettipackung über die Arbeitsfläche.

»Die Scheiße kann ich auch nicht mehr sehen«, sagt er, mit der Krücke zeigt er auf die Küche, mich und alles, was dahinterliegt, »dieses scheiß Tal!«

»Magst du ein Emmentalerbrot?«, frage ich vorsichtig.

Mein Bruder fährt herum, den Unterkiefer vorgeschoben. »Immer machst du die Platten kaputt«, sagt er. »Wie oft muss ich dir noch sagen, dass man die in der CD-Tasche transportiert? Wie blöd kann man sein?«, schreit er jetzt wieder. Mit der Faust schlägt er auf den CD-Player, dass man drinnen die Platte knacken hört. Er verlagert sein Gewicht auf den rechten Fuß, dreht sich darauf herum und verlässt das Zimmer.

Ich höre seine schweren Schritte auf der Treppe und die Zimmertür zufallen. Dann ist es wieder ruhig, nur das Wasser im Topf beginnt sich allmählich zu bewegen.

JUNI

1

Die Baseline des Juni ist der Rasenmäher-Sound. Die Mäher rütteln an den Fäusten der Männer, sie rattern in allen Gärten entlang des Weges, und über das abwechselnd höhere und tiefere Brummen ihrer Motoren legt sich das Quietschen der Scotty-Mountainbike-Pedale. Während ich die Straße hinunterradle, vereinen sich immer wieder neue Gerüche, Bilder und Töne zu Akkorden. Der Duft frisch gekochter Marillenmarmelade, ein böser Blick aus einem Fenster, eine Radiomoderatorenstimme. Der stechende Gestank der Hundepissemarkierungen und eine Zeitung mit der Schlagzeile *Friday Night Fever* am knisternden Strommast. Die sonntäglich bimmelnden Kirchenglocken, das blinkende Schild vorm geschlossenen Supermarkt und über allem der Geruch von frisch geschnittenem Gras, wummernd wie ein tiefer Bass.

In die Rasenausdünstungen hinein murmle ich meine Rhymes. Ich rappe die Verse, von denen mein Bruder sagt, dass sie nichts taugen. Er behauptet, dass es besser wäre, die Musik im Herzen zu lieben und mich dafür im Tal um einen Ausbildungsplatz zu bemühen. Er sagt, dass der *Fame* nicht mein Weg ist und ich in der Realität ankommen muss. Ich biege in den Flussweg ab, wo der Juni-Rasenmäher-Sound jäh endet, denn welche Melodie soll es neben dem Tosen des Wassers noch geben.

Ich war noch nicht oft bei Tareks Haus. Normalerweise kommt die Crew von selbst, normalerweise muss man nur die Haustür aufmachen und jemand steht davor. Aber dieses

Jahr ist alles anders. Dieses Jahr funktioniert das Gewohnte nicht und man muss es erzwingen.

Ich stelle das Scotty am Gartenzaun ab und sage: »Grüß Gott.«

Tareks Großmutter trägt ein Kopftuch und auf dem Schoß hat sie eine Schüssel Kirschen, aus denen sie mit einem kleinen Messer und dem Daumen die Kerne herausdrückt. Neben ihr, über der Bank, hängt eine dünne Strickweste, die mir bekannt vorkommt. Die Großmutter nickt mir zu, wir sprechen die Sprache der jeweils anderen nicht. Ich gehe zum Haus und drücke die Klingel. Oben geht ein Fenster auf und der immernackte Tarek-Oberkörper schaut heraus.

»Ich komm runter«, ruft er und schließt das Fenster wieder.

Ich lehne mich an das Haus und spüre die Körnchen der aufgerauten Oberfläche auf den Armen. Tarek kommt heraus.

»Seas«, sag ich.

»Seas, Julia«, sagt er. Er gibt mir ein Bussi.

Ich sauge meine Unterlippe ein und stelle mir vor, dass so ein Bussi etwas zu bedeuten hätte. Dass es nicht einfach die übliche Begrüßung wäre, sondern ein echter Kuss.

»Was tust du?«, sag ich und lasse den Blick über den Garten schweifen. Auf der kurzgeschorenen Wiese steht ein Rasensprenger, der das Wasser in Fächerform ausspeit und damit abwechselnd links und rechts die Grasstummel peitscht.

»Nichts«, sagt Tarek, »bisschen Dreamcast spielen.«

Er steckt die Hände in die Taschen seiner Badehose und lehnt sich neben mich an die Wand. Ich greife nach meinen Zigaretten, aber Tarek schnalzt mit der Zunge. Er schaut zur

Großmutter, die in regelmäßigen Abständen Kirschkerne in einen Kübel am Boden fallen lässt.

»Sollen wir raufgehen und Musik hören?«, frage ich mit klopfendem Herzen.

Tarek gähnt: »Heute ist nicht gut.«

»Okay«, sag ich. »Kann ich was zu trinken haben?«

Tarek nickt und dreht sich zur Haustür. Ich stoße mich ebenfalls von der Wand ab.

»Warte hier«, sagt er. Seine Fußsohlen schmatzen auf den Fliesen. Ich lehne mich wieder ans Haus. Eine Hummel fliegt gutmütig auf den Rasensprenger zu, bis ein Wasserstrahl sie attackiert. Sie macht einen hektischen Salto und wird von einem zweiten Wasserstrahl erfasst. Sie flattert aufgebracht hin und her und surrt dann in Zickzackbewegungen davon, als würde sie schimpfen.

»Da.« Tarek hält mir ein Glas mit blassrosa Skiwasser hin.

»Danke«, sag ich und nehme einen großen Schluck. Die Mischung ist zu süß, aber Liebe geht durch den Magen. Deswegen genieße ich jeden Tropfen. Ich trinke und Tarek wartet mit den Händen in den Hosentaschen neben mir.

»Sollen wir in die Stadt fahren?«, frage ich.

»Heute nicht«, sagt Tarek und schaut auf meine Füße in den Etnies-Schuhen.

»Okay«, sag ich und trinke aus. Ich gebe Tarek das leere Glas zurück. »Dann bis nächste Woche«, sag ich.

»Bis nächste Woche«, sagt er und geht hinein.

Die Haustür fällt zu und ich bleibe in der Einfahrt zurück, mit dem Klackern der Kerne im Kübel, mit dem Murmeln der Großmutter in einer fremden Sprache, mit einer Strickweste neben der Großmutter, die den ganzen Sound stört.

2

Ich hatte vergessen, dass heute Pfingstsonntag ist. Bräute in Tüllwolken strömen aus Kapellen und Touris in Funktionswandershirts machen Fotos davon. Ein und dieselbe Szene wiederholt sich während meiner Heimfahrt immer wieder; wie in einer Zeitschleife.

Kurz vorm Lackner-Haus steht plötzlich Quasimodo auf der Straße.

»Alter!«, schreie ich und weiche gerade noch rechtzeitig aus.

Das Vorderrad stellt sich quer. Ich fliege über den Lenker und pralle seitlich auf den Asphalt. Die vom Winter übriggebliebenen Splittsteine bohren sich mir in die Handballen und Knie. Das Scotty schlittert ein paar Meter über den Boden.

»Quasi«, schimpfe ich und rolle mich auf den Rücken. »Du dummes Viech.«

»Mii.« Die Katze tapst heran und leckt mir einmal über das aufgeschürfte Knie, aus dem sich die ersten Blutstropfen drücken. Sie erschreckt sich vor dem Geschmack und galoppiert zu dem Rad, das jetzt an der Seite eine ähnliche Schürfwunde hat wie ich selbst.

»Alter.«

Michael steht im Schatten einer Kastanie auf dem Gehsteig. Auf eine Krücke gestützt kommt er zu mir gehumpelt. Er verscheucht die Katze und stellt mit einer Hand das Rad auf. Der Vorderreifen hat einen Achter.

»Entschuldigung«, sag ich. Die Silhouette meines Bruders schiebt sich vor die Sonne.

»Hast du dir wehgetan?«, fragt er.

Ich schüttle den Kopf. Michael stützt sich mit der einen Hand auf das Mountainbike und streckt mir mit der anderen die Krücke entgegen. Er zieht mich hoch.

»Wo warst du?«, fragt er.

Ich schiebe das Rad und er humpelt neben mir dahin. Ich denke an Tarek, an die Großmutter, an das Skiwasser und die Strickweste.

»Nirgends«, sag ich und bleibe stehen.

»Michael«, sag ich: »Vor mir musst du eh nicht so tun.«

Er zieht die Brauen zusammen und tut, als wüsste er nicht, wovon ich rede.

»Hör auf!«, rufe ich und erschrecke mich über die Wut in meiner Stimme. »Hör auf«, sag ich noch einmal und versuche sie diesmal sanfter klingen zu lassen. »Ich weiß, dass du schon lange wieder gehen kannst. Ich verpetz dich eh nicht bei der Crew. Aber lüg halt mich nicht an.«

Mein Bruder lässt den Blick über das Feld neben unserem Block gleiten, atmet langsam aus und nickt. Er reicht mir die Krücke und beugt sich vor. Dann streckt er gleichzeitig die Arme und das linke Bein in die Luft und balanciert für einen Moment sein gesamtes Körpergewicht auf dem rechten Fuß. Er stellt sich wieder hin und wir nicken uns zu.

»Es tut mir echt leid wegen dem Scotty«, sag ich, als wir weitergehen.

»Macht nichts«, sagt Michael. »Du kannst es behalten. Jetzt«, sagt er und schaut noch einmal die Straße hinunter zur Unfallstelle, »kannst du es eh schon behalten.«

Daheim lasse ich mir kaltes Wasser über die Hände laufen und schaue aus dem Küchenfenster. Im Hof stellt mein Bruder das Rad auf den Sattel und rüttelt am Vorderreifen herum. Neben der Abwasch liegt die Zeitung, die ich vorhin am Strommast habe hängen sehen.

Friday Night Fever, steht da und: *Schreckensnacht in israelischer Disko*.

Das Schwarz-Weiß-Bild darunter ein Gewusel, das immer wieder von den hellen Leuchtstreifen auf Uniformen durchzogen wird. Kleidung mit dunklen Flecken. Ein Mann, dem das Grauen das Gesicht verzieht. Ein Jugendlicher mit Turnschuhen und Bauchtasche, seine Locken hängen ihm ins Gesicht. Er hält eine Infusion, die zum Arm einer am Boden liegenden Frau führt. Neben ihr der Körper eines Mädchens. Ihr Gesicht ist der Kamera abgewandt, sie ist schon ganz still. Eine der Sandalen ist ihr vom Fuß gerutscht. Ihre Arme hat jemand übereinandergelegt, darunter ist ein Telefon geklemmt. Es ist das Nokia 3310, Mellis Handy.

Ich schiebe die Zeitung über die Anrichte von mir weg. Draußen hält mein Bruder einen Hammer in den bewölkten Himmel und lässt ihn aufs Rad sausen. Ich schaue meine Hand an. Die Steine haben kleine Kerben im Fleisch hinterlassen. In einer Stunde werden sie nicht mehr da sein.

3

Das Tal versinkt im Regen. Seit Tagen ist alles, was man anfasst, nass. Autotüren sind nass, Fahrradschlösser sind nass, man kann sich auf keine Bank setzen, weil dort fette Tropfen liegen oder einem auf den Kopf knallen, und wenn man trotz allem versucht, mit dem Rad durch die Auen zu fahren, rutscht man auf einer unter dem Reifen zerplatzenden Nacktschnecke aus.

Die Urlauber sind enttäuscht. Sie sitzen im Billardcafé an der B 100 oder gehen ins Museum am Berg droben, aber dazwischen gibt es nicht viel Ablenkung im Sommer, wenn die Wolken das Tal versiegeln und die Luft unten so tut, als wäre hier der Amazonas.

Die Menschen verstehen ihre eigene Kleidung nicht, sie ziehen Herbstmäntel an, deren grobe Stoffe die von den Mücken zerstochene Haut nur noch zusätzlich reizen. Sie ziehen Sommerkleider an, weil der Kalender verspricht, was die Natur nicht hält, und frieren. Oder sie ziehen mitten im Sommer klobige UGG-Boots mit Schaffellfutter an, weil sie einfach nur dumm sind. Dumm ist Nadja nicht, sie hat verstanden, wie man sich im Schlechtwetter-Sommer in Tal kleidet. Als eine Zwiebel mit vielen Schichten, die oberste wasserabweisend. Die neuerdings zu einem Kurzhaarschnitt getrimmten Haare hat sich Nadja mit Gel aus der Stirn gestrichen, und wenn sie spricht, hören ihr die Leute jetzt zu. In der Pause, im Schulhof, kann sie sich zu jeder Gruppe stellen. Ganz egal, zu welcher.

In der Klasse herrscht eine ungewohnte Ordnung, im Restmüll ist es still geworden. Die Schüler sitzen aufrecht hintereinander wie in der Kirchenbank, und daneben tropfen ihre Knirpse unterschiedlich große Lachen auf den Boden.

»Nadja«, flüstere ich. Sie rückt heran.

»Wegen dem Referat«, sag ich. »Muss ich das jetzt machen, oder nicht?«

»Mach dir keine Gedanken«, flüstert sie und drückt mir aufmunternd die Hand. »Ich werde mich um alles kümmern.«

Brandstätter steht vor der Tafel mit einem alten Bekannten: dem Graceland-Schuhkarton. Er räuspert sich.

»Erstens«, sagt er, »sind wir jetzt, glaube ich, an einem Punkt angelangt, an dem ich euch einmal von Herzen danken muss. Danke, dass ihr so tolle Referate haltet, dass ihr eure Akteure derart konsequent verkörpert. Das ist wirklich super. So super sogar, dass man in der Landeshauptstadt überlegt, ein Experiment, wie wir es machen, zukünftig auch an anderen Schulen anzustoßen.« Breit lächelnd schaut der Brandstätter an die Decke. »Vielleicht können wir im Tal ja tatsächlich ein Vorbild für andere werden.«

Er faltet die Hände vor der Brust, bevor er weiterspricht: »Ich kann und möchte allerdings nicht ignorieren, dass es in den letzten Monaten zu Unstimmigkeiten zwischen uns gekommen ist. Dass ich manchmal viel verlangt habe von euch und nicht immer … ganz fair war. Aber den Respekt, den ich für euch als Menschen habe, den möchte ich jetzt unter Beweis stellen. Ich will euch als würdiges Vorbild vorangehen, wenn es darum geht, Demokratie zu leben. Und deshalb, liebe 4c, werde ich heute auf den Vorschlag eingehen, den manche von euch in der letzten Woche an mich herangetragen haben. Nämlich, dass es einen Schüler geben sollte, der mich berät, bei der Notengebung, der was zu sagen hat. Der eine

Stimme hat. Und das«, Brandstätter breitet die Arme aus, »das bedeutet, dass ihr alle eine Stimme habt. Wir werden heute nachträglich einen Klassensprecher wählen. Das ist euer selbstgewählter Vertreter! Jeder schreibt jetzt den Namen eines Mitschülers auf, den er für kompetent erachtet, diesen Posten zu bekleiden. Und dann«, er hält den Schuhkarton in die Höhe, »waltet die Gerechtigkeit.«

Ohne nachzufragen, leisten reihum alle dem Brandstätter seiner Anweisung Folge, und er bedankt sich freundlich für jeden einzelnen Zettel, den wir in seinen Karton schmeißen.

»So ist das«, sagt Schröder eine Viertelstunde später am Ende seines Referats. »Und deswegen sind wir Deutschen das einfühlsamste Volk. Wer mehr erfahren will, kann mir ja eine Nachricht schreiben auf ICQ über meinen Nick *Euer_Papa.*«

»Sehr gut, danke«, sagt Brandstätter. Während des Zuhörens hat er die Wahlzettel auf dem Pult entknüllt und mit seinem Tal Milch-Kugelschreiber Striche auf einem Blatt gemacht.

Die Klasse applaudiert und Schröder setzt sich. Aber nicht auf seinen angestammten Platz hinter mir. Er ist mittlerweile ins Territorium der Oberländerinnen in der Türreihe vorgedrungen und sitzt jetzt neben der Chirac-Oberländerin, die einen Kopf größer ist als er. Die Flammen der Leidenschaft, hat Schröder gemeint, haben sich bei einem gemeinsamen Radler am Maibaum entfacht.

Dafür sitzt Jassi Arafat vor den beiden jetzt alleine da. Die schöne Oberländerin ist nämlich inzwischen quer durch den Raum zu Nermin übergesiedelt. An seine Hand auf ihrem Oberschenkel habe ich mich längst gewöhnt.

Noch im Winter wäre es undenkbar gewesen, dass sich jemand selbst seinen Platz aussucht. Aber jetzt, wo der Brandstätter gemeinsam mit uns alles gestalten und nach innen und außen hin ein lässiger Lehrer sein will, ist es auf einmal möglich. Im Winter, denke ich, hätte ich mich noch von Nadja weggesetzt.

»Ah ja genau, was ich vergessen habe«, ergreift Schröder noch einmal das Wort und legt den Arm um seine Freundin. »Ich wollt abschließend, endgültig und ein für alle Mal noch einmal etwas sagen zum Balkan-Syndrom. Ich entschuldige mich hiermit offiziell bei unseren französischen Freunden.«

»Entschuldig dich mal lieber bei Italien, Gerd«, ruft die Presse vom anderen Ende des Raumes herüber.

Schröder ignoriert sie und wendet sich stattdessen seiner Oberländerin zu.

»Wir hätten diese depperte Uranmunition nicht lagern sollen. Aber geschossen haben wir eh nix«, er lehnt sich zu ihr und sagt leise: »Der Clinton war's.«

»Was?«, ruft Melli aus der letzten Reihe.

Schröder lacht ein bisschen und tätschelt seiner Freundin die Hand. »Tut mir jedenfalls schrecklich leid, Schatzi, gell. Wir wollten wirklich nur die Jugos treffen.«

Chirac nickt und küsst ihn auf die Wange.

»Pah!«, sagt die schöne Oberländerin in der Fensterreihe, dreht sich zu ihrem eigenen Freund und beginnt auf ihn einzuflüstern.

Das entgeht dem Brandstätter natürlich nicht, dem sein neu gewonnenes Reih und Glied so wichtig ist.

»Ruhe bitte«, sagt er. Aber sie hört ihn nicht, sondern redet nur noch aufgeregter auf ihren Freund ein.

»Theresa!«, brüllt Brandstätter durch den Raum. Ziemlich laut, wenn man bedenkt, dass er sich zu Beginn der Stunde noch für seine früheren Ausfälligkeiten entschuldigt hat.

Die schöne Oberländerin dreht sich nach vorne.

»Ausgerechnet du«, fährt er sie an, »musst jetzt die Ruhe stören. Im ganzen Semester hast du noch kein einziges Wort beigetragen zu unserem Experiment. Dir keine Mühe geben, aber frech durch die Gegend schnattern, wenn sich deine Kollegen bemühen: Das kannst du.«

»Entschuldigung«, sagt Theresa leise.

»Es sind ja nicht mehr viele ausstehende Referate«, sagt Brandstätter mit beißender Stimme und geht ein paar Schritte auf sie zu. »Bald bist du an der Reihe. Und wenn du dich weiterhin weigerst, hier etwas zum produktiven Lernklima beizutragen, dann werden wir ja sehen, ob du es schaffst, das Schuljahr positiv abzuschließen. Bald, das sage ich dir, trennt sich die Spreu vom Weizen.«

Ganz hinten beginnt Fritz zu kichern. Nadja dreht sich in seine Richtung und bewegt ganz leicht den Kopf. Mehr braucht es nicht. Fritz verstummt augenblicklich. Ich atme meine Anspannung aus. Wir können froh sein, dass Nadja jetzt aufpasst. Sie ist nicht nur ein guter Papst, sondern auch ein gescheiter Mensch, der mitdenkt und sich kümmert. Vielleicht, denke ich, kann sie sich ja sogar für Rapmusik begeistern. Vielleicht will sie ja mit aufs Texta-Konzert kommen. Dann könnten wir im Publikum nebeneinanderstehen und uns ein Weizen teilen.

Die schöne Oberländerin schaut verunsichert in der Gegend herum. Früher, vor dem ganzen Experimentszeug, hatte sie ja in Geschichte immer einen Einser. Sie ist eine der wenigen, die in den Fünf-Minuten-Pausen zwischen den Unterrichtsstunden ihre Hüftjeans hochzieht und dann immer die Treppen in den oberen Stock erklimmt. Die schöne Oberländerin hat bisher alles richtig gemacht im Leben. Sie weiß nicht, wie sie mit einem garstigen Lehrer umgehen soll. Sie weiß nicht, was es bedeutet, eine öffentliche Demütigung vor zwanzig anderen Jugendlichen auszusitzen.

»Gibt es sonst noch etwas aus der Welt zu berichten? Augenzeuge? Presse?« Während er spricht, kehrt Brandstätter zu seinem Pult zurück, um die letzten verbleibenden Papierkügelchen aus dem Schuhkarton zu entfalten.

Katja klappt ihren Block auf: »Am Wochenende war die Madonna ja im KZ. Sie hat gebetet in Sachsenhausen. Und mit dabei war auch die Gwyneth Paltrow. Die ist Vegetarierin und isst überhaupt kein Schweinefleisch. Hast du gehört?«, ruft sie über die Schulter zurück. »Kein Schweinefleisch! Das musst du doch gesehen haben?«

»Nein«, sagt der Fritz und verschränkt die Arme. »Das hab ich nicht gesehen. Da gibt es keinen Beweis, dass das stattgefunden hat.«

»Was?«, höre ich Bene rufen, aber Brandstätter hält mahnend das Notenheft in die Höhe und bringt ihn damit wieder zum Schweigen.

»Du siehst seit Wochen eh nur mehr, was die *Krone* oder die *Bild* druckt, Fritzi«, Katja gluckst vor sich hin.

»Das genügt für heute, Frau Kolumna.« Brandstätter lächelt. Er stellt sich vor die Tafel. »Wichtiger ist: Wir haben einen Klassensprecher. Die 4c hat am heutigen Tage, wenn man so will, die Säkularisierung wieder aufgehoben. Ein Erdrutschsieg. Gratulation.«

Er hält Nadja die Hand hin. Ihre zarten Finger versinken in seiner Pranke, dann steht sie auf. Ein Applaus bricht los, wie ihn der Restmüll noch nicht gehört hat. Brandstätter schaut erst erstaunt drein, zuckt dann mit den Schultern und reißt ihren Arm in die Höhe.

Ich stimme in den Applaus ein. Nadja zwinkert mir zu. In ihren Ohrläppchen, es ist mir vorher nicht aufgefallen, funkeln ganz unscheinbar zwei kleine Swarovski-Kristalle.

Nach der Schule bekomme ich mein Fahrradschloss nicht auf. Der Code will mir einfach nicht einfallen. Schuld daran ist der Brandstätter mit seinem blöden Experiment und der blöde Bene, der mich ständig zum Lernen zwingen will. Gemeinsam haben sie mein ganzes Hirnbenzin aufgebraucht.

»Katja«, höre ich bei der Hofausfahrt jemanden sagen.

Jassi Arafat hat auf die Presse gewartet. Ihren Schal, den sie so oft getragen hat, dass er grau geworden ist, hat sie abgenommen und umklammert ihn vor dem Bauch mit beiden Händen.

Katja bleibt stehen. Seit Beginn des Experiments habe ich die beiden nicht mehr miteinander sprechen gesehen, ohne dass ein Streit losgebrochen wäre.

»Kannst du mir noch einmal genauer erzählen«, höre ich die kleine Oberländerin auf der anderen Seite des Schulhofes sagen, »was für ein Ort das war, den die Madonna sich angeschaut hat?«

4

Ich treffe Michael vorm Optiker. Obwohl es ein heißer Tag ist, hat er sich ein Hemd über das T-Shirt gezogen, das groß genug ist, um trotzdem noch locker über seiner Obelix-Wampe zu liegen. Ein Bimmeln geht durch den Raum, als wir das Geschäft betreten.

»Wir haben einen Termin für die Julia Hofer«, sagt Michael. Er legt die zerknitterte Überweisung der Schulärztin auf den Tresen neben den Zimmerbrunnen. Die Verkäuferin trägt passend zu ihren roten Haaren eine rote Brille.

»Das ist aber schon sehr lange her«, sagt sie, als sie den Zettel überfliegt.

»Ich absolviere gerade am Gymnasium die Matura«, sagt Michael entschuldigend. »Wir konnten vorher leider keine Zeit finden.«

Ich schaue ihn von der Seite an. Es ist seltsam, meinen Bruder so offiziell sprechen zu hören. »Es wäre schön, wenn Sie eine Ausnahme machen würden«, sagt Michael und lächelt die Verkäuferin an. *Wäre* und *würde,* das sind also Wörter, die mein Bruder in seinem geheimen Leben verwendet, drüben, überm Fluss.

»Die ist doch sehr hübsch«, sagt die Verkäuferin eine Viertelstunde später.

»Finde ich auch«, sagt Michael.

»Ich weiß nicht«, sag ich und drehe das Gesicht im Spiegel hin und her. Die Brille hat einen schwarzen Rahmen und dicke gelbe Bügel. Ich nehme sie ab und lege sie neben die zwei anderen Modelle, die die Verkäuferin mir hingelegt hat. *Das müsste sich mit dem Selbstbehalt ausgehen,* hat sie lächelnd zu meinem Bruder gesagt.

Ich schaue mich im Geschäft um und zeige auf ein Regal mit zarten schmalen Brillengestellen, deren Gläser überhaupt keine Ränder haben.

»Ich hätt gern so eine«, sag ich.

Die Frau folgt meinem Blick, legt den Kopf in den Nacken und lacht.

»Der Nächste«, ruft ein dünner Mann mit weißen Haaren. Er steht in der Tür zu einem Hinterraum, in dem ich einen wuchtigen schwarzen Sessel sehe, und Gerätschaften, die von der Decke hängen, wie in einem Raumschiff.

»Ich warte hier«, sagt Michael, legt mir eine Hand auf den Rücken und schiebt mich dem Mann entgegen.

5

»Gut«, sagt der Brandstätter und stützt eine Hand auf seiner Hüfte ab, auf dem blauen Hemd, das er normalerweise nur zur Zeugnisvergabe trägt. »Ich geh jetzt die Frau Schanovsky holen, und wenn wir hier reinkommen, hoffe ich, dass jeder sein bestes Benehmen an den Tag legt. Und eure Rollen spielt ihr heute am besten so richtig mit Herzblut.«

Er reicht Nadja ein Blatt.

»Während meiner Abwesenheit wird die Klassensprecherin einen jeden notieren, der die Ruhe stört.«

Die Tür fällt hinter Brandstätter zu, für fünf Sekunden ist es still. Dann steht Nadja auf und reißt das Blatt in zwei Stücke. Die Klasse jubelt. Um uns herum Stühlerücken. Es wuselt im Restmüll. Fritz und Boris Becker setzen sich in die freie Bank hinter uns.

»Also wegen der Sabrina Setlur ihrer Brust-OP«, beginnt Boris. Kurz schaue ich in die letzte Reihe zu meiner Crew. Bene mustert mich mit verschränkten Armen. Weil ich nicht strebere oder im Experiment tue, was er mir befiehlt, ist er immer öfter von mir genervt. Im Englischunterricht hat er sich jetzt sogar weggesetzt, weil ich ihn angeblich ablenke. Was sind das eigentlich für Freunde, die einen nur mögen, wenn man macht, was sie sagen? Hätte Nadja mich nicht darauf hingewiesen, wie scheiße die Crew mich eigentlich behandelt, ich wäre von selbst wahrscheinlich nie draufgekommen.

Die Tür öffnet sich wieder und der Restmüll verstummt auf einen Schlag. Synchron werden zwanzig Stühle nach hinten gerückt, stemmen sich vierzig Hände auf vollgekritzelte Tischplatten, ziehen sich vierzig Schulterblätter zusammen. Es ist mir schon beim Unterricht in ihrem Dachkämmerchen aufgefallen: Schanovsky hat abgebaut, sie geht jetzt mit einem Stock und bewegt sich in ihrem lila Kostüm mehr hin und her als vorwärts. Als sie nach einer gefühlten Ewigkeit endlich auf dem Stuhl mit dem Polster sitzt, reicht Brandstätter ihr eine Flasche *Vöslauer* mit einem Strohhalm.

»Das Experiment hat sich in den letzten Wochen ganz außerordentlich entwickelt«, erklärt er und lässt sich neben der Direktorin nieder. »Die Implementation hat nicht nur hervorragend funktioniert, nein, es hat sogar eine bemerkenswerte Weiterentwicklung gegeben.«

Brandstätter deutet auf den Restmüll: »Die Schüler selbst haben sich dafür engagiert, dass ein Klassensprecher gewählt wird, der die Lehrkraft bei der Benotung unterstützt. Ist das nicht ganz wunderbar? Ein richtig basisdemokratischer Prozess!«

»Klassensprecher? Die Julia vielleicht?« Schanovsky strahlt mich an und ich sie.

In der Klasse bricht ein derartiges Gelächter über die Bemerkung der Direktorin los, dass der Brandstätter es mit einem Drohblick unterbinden muss. Aber ganz kann er ein Grinsen selbst nicht zurückhalten.

»Nein, nein«, sagt er. »Die Hofer Julia bringt jetzt nicht unbedingt diese speziellen Qualitäten mit. Aber wir haben da jemand anderen besonders tollen. Eine Schülerin, die sich gerade zum Ende der Schulzeit hin ganz wunderbar entwickelt hat: Nadja Mayr.«

Nadja lehnt sich neben mir vor und winkt der Schanovsky zu.

»Dann beginnen wir einmal«, sagt Brandstätter und schlägt die Beine übereinander.

Der erste Teil der Stunde verläuft mit der üblichen Diskussion, nur dass sich manche ein bisschen mehr Mühe geben und andere noch weniger als sonst, wie zum Beispiel Melli, die die Hinrichtung des Oklahoma-Shooters verkündet, indem sie sich einmal mit dem Lineal über die Kehle fährt, während sie auf zwei Stuhlbeinen ranzt. »Null Toleranz für Terrorismus«, sagt Melli gelangweilt und formt aus Zeigefinger und Daumen einen Kreis: »Zero.«

Das Wohl der Klasse, wird mir klar, liegt ihr überhaupt nicht am Herzen. Melli geht es nur um sich selbst. Sie ist nicht wie Nadja, die wirklich was verändern möchte, für alle hier. Für mich.

Ich lehne mich zu meiner Banknachbarin.

»Du«, flüstere ich, »wegens dem Referat.« Langsam werde ich nervös, das Datum rückt ja immer näher. Und in den Pausen und nach Unterrichtsende kommt man an Nadja nicht mehr heran. Es gibt ja auch immer so viele andere, die ihre Hilfe brauchen oder sich einfach nur in ihrer Nähe aufhalten wollen.

»Pscht«, sagt Nadja, legt sich einen Finger an die Lippen und schaut zur Schanovsky. Ich nicke entschuldigend.

Im zweiten Teil der Vorführungsstunde hält Tarek sein Referat. Normalerweise hätte heute die schöne Theresa ihren Auftritt gehabt, aber Brandstätter hat es in die allerletzte Stunde vor der Notenkonferenz geschoben – der Tag, an dem auch Nadja ihr Papstreferat halten wird – und stattdessen Tarek vorgezogen. Auf den Keskin kann man sich verlassen, hat der Brandstätter gemeint, der Keskin ist berechenbar.

»Ah, der Herr Keskin«, sagt jetzt auch Schanovsky wissend, als Tarek mit einer Tasche in der Hand nach vorne kommt. Er und Schanovsky kennen sich gut, immerhin war sie es ja, die ihm damals dabei geholfen hat, ein Formular nach dem anderen auszufüllen, in ihrem Kämmerchen droben. Tarek nickt mir zu und stellt sich vor die Tafel, er trägt ein rotes T-Shirt über der sonnengebräunten Haut, das Goldkettchen schimmert im Halsausschnitt. Der Sommer steht ihm wirklich gut.

Jetzt holt er zwei Glasflaschen mit blauen Etiketten aus der Tasche und stellt sie vorne auf Nadjas und mein Pult. Brandstätter erkennt als erster, dass es sich um Wodka handelt, atmet laut aus und legt sich eine Hand an die Stirn. Ganz deutlich kann man seine Gedanken lesen: Nicht einmal auf den Keskin ist mehr Verlass.

»Ich, als der russische Präsident Vladimir Putin«, beginnt Tarek jetzt zwar mit tieferer Stimme zu sprechen als sonst, im Vergleich zu anderen Akteuren verzichtet er aber darauf, einen bestimmten Akzent zu imitieren. Vielleicht, weil er seit Jahren damit beschäftigt ist, seinen wirklichen verschwinden zu lassen. »Ich möchte euch heute was über die russische Geschichte erzählen.«

Tarek nimmt die Kreide und schreibt *7. November 1917* an die Tafel. »Alles beginnt mit der Oktoberrevolution«, sagt er, »flächenmäßig waren wir einmal Teil des größten Staates der ganzen Welt.«

Brandstätter hebt den Kopf, und in seinem Blick erkenne ich so etwas wie Hoffnung. Tarek erzählt vom Zweiten Weltkrieg, vom Kampf gegen die Nazis und von einem nur in den Köpfen und Herzen stattgefundenen Kampf gegen Amerika. Als er die flache Hand auf die originalverschlossene Wodka-

Gorbatschow-Flasche legt und »Perestroika und Glasnost« sagt, nicken sowohl Brandstätter und Schanovsky als auch der Restmüll interessiert. Auf den Jelzin-Wodka deutend, beendet Tarek zehn Minuten später sein Referat: »Und während Gerüchten zufolge mein Vorgänger schon hin und wieder gerne ein Stamperl Hochprozentiges getrunken hat, bevorzuge ich eine gute Tasse Tee.«

Mit diesen Worten holt Tarek eine Thermoskanne und zwei Plastikbecher aus seiner Tasche. Den einen drückt er Schanovsky in die Hand und nimmt sich selbst den zweiten. »Na sdorowje!«, rufen sich die beiden zu und stoßen mit ihrem Schwarztee an. Der Brandstätter grinst daneben, dass man die einzelnen Zähne abzählen könnte.

Nach der Stunde wird Schanovsky aus dem Raum geleitet. Brandstätter geht voran, während Nadja die Direktorin stützt und den Gehstock für sie trägt.

»… und der Keskin«, schwärmt Schanovsky, als sie an meinem Platz vorbeigehen, »der ist ja ein ganz geschickter. Ganz geschickt hat er das gemacht, oder?«

Nadja lächelt: »Ja, wirklich gut gemacht. Also für einen, dessen Muttersprache gar nicht Deutsch ist.«

6

»Es geht halt nicht«, sagt Michael am Telefon.

Ich stehe unter einem Baum gegenüber vom Optiker und beobachte die überdimensionale Brille mit den blauen Gläsern, die über dem Eingang hängt. Eigentlich wollte ich mich hier mit meinem Bruder treffen, aber dann war er nicht da. Michael sagt, er hat keine Zeit. Michael hat jetzt immer keine Zeit. Vor allem seit die heiße Phase mit seinen Prüfungen angebrochen ist.

»Alter, Julia«, regt er sich jetzt am anderen Ende der Leitung auf, »du bist alt genug, um dich um so etwas alleine zu kümmern.«

»Aber …«, protestiere ich.

»Sprich mir nach«, sagt er. »Hallo, ich bin die Hofer Julia. Ich hole meine Brille ab.«

»Alter, ich bin ja nicht behindert«, rege ich mich auf.

»Dann sag es.«

Ich atme genervt aus: »Hallo, ich bin die Hofer Julia. Ich hole meine Brille ab.«

»Sauber!«, ruft mein Bruder. »Bis am Abend.«

Ein Klicken und er hat aufgelegt.

Ich trete durch die Schiebetüren des Optikers und halte gleich wieder an. Nadja steht mit dem Rücken zu mir am Verkaufstresen und bezahlt gerade mit ihrer *Spark* 7-Card.

»Viel Spaß damit«, sagt die Verkäuferin mit den roten Haaren und schiebt ein Päckchen Kontaktlinsen über den Tresen. Nadja verabschiedet sich und wendet sich zum Gehen.

»Ah, Julia«, sagt sie, als sie mich sieht. In einem Ton, als hätte sie gewusst, dass ich hinter ihr stehe. Als würde ich jeden Tag beim Optiker abhängen.

»Bis morgen«, sagt sie und geht einfach an mir vorbei. Ich laufe ihr hinterher und erwische sie am Ärmel.

»Aber da wär ja schon mein Referat«, sag ich, »das muss ich nicht machen, oder? Was hast du mit dem Brandstätter ausgemacht?«

Nadja schaut sich um, reißt dann den Arm nach unten, sodass ich plötzlich ins Leere greife.

»Nichts habe ich mit ihm ausgemacht«, sagt sie und schaut mich mit großen Augen an. »Du musst ganz normal ein Referat halten wie alle anderen auch.«

»Aber«, setze ich an.

»Schau, Julia«, sagt Nadja etwas lauter und zieht die Brauen zusammen, »wir können dich in der Benotung nicht einfach bevorzugen, nur weil du meine Banknachbarin bist. Das wäre doch unfair.«

»Du hast es aber versprochen«, rufe ich.

»Hallo …«, weist mich die Frau hinter der Verkaufstheke genervt zurecht.

Mein Magen krampft sich zusammen und ich mache einen Schritt auf Nadja zu.

»Du hast gesagt, dass du mir hilfst!«, flüstere ich.

»Na und?«, sagt Nadja mit leiser Stimme. »Hab ich einen Vertrag unterschrieben?«

Sie klopft mir auf die Schulter, nickt noch einmal der Verkäuferin zu und verlässt das Geschäft.

7

Es ist etwas, was der Brandstätter anpreist, seit Jahren schon. *Nutzt den EDV-Raum,* sagt er, *es kommt ein anderes Zeitalter auf uns zu. Die neue Welt ist digital.* Ich mache ein paar zaghafte Schritte in das schlauchförmige Zimmer hinein. Zwei Schülerinnen aus der Italienischklasse heben kurz den Blick und senken ihn dann wieder, um sich in den Ö3-Chat zu vertiefen.

Ich gehe zum letzten Computer. Die Tischplatte ist klebrig, neben dem Laufwerk liegt ein zerdrückter Sunkist-Karton. Ich warte, bis das Internet bereit ist, und starte AltaVista. Ich hole meinen Block aus dem Rucksack und schlage eine neue Seite auf. *Referat,* schreibe ich, mit grünem Fineliner.

Die Computertasten sind klobig und schwergängig, sie scheinen mir mein Vorhaben zusätzlich erschweren zu wollen. *UNO,* tippe ich ins Suchfeld, lösche es und schreibe stattdessen: *Was macht die UNO?*

Etwas packt mich am Genick. Es ist wie ein dumpfer Schmerz, ein Widerstand, der sich gegen mein ganzes Wollen richtet und mir die Tränen in die Augen treiben will. Es ist immer so, wenn ich zu lernen versuche. Wenn ich mich hinsetze, an einen Tisch, wenn ich die Berge an Wörtern, Zetteln und Büchern sehe, dann verlässt mich tief in mir drinnen etwas. Ich verlasse mich selbst. Dann gebe ich auf. Ich habe einmal versucht, es Michael zu erklären. *Lernen tut nicht weh,* hat mein Bruder gesagt, *stell dich nicht so an.*

Ich stoße auf einen Eintrag über Kofi Annans Körpergröße. Er soll ein kleiner Mensch sein. Dann haben wir etwas gemeinsam. Endlich finde ich die offizielle UNO-Webseite mit allerhand blauen Kästchen und Bildern.

Sicherheitsrat schreibe ich aufs karierte Papier und dahinter: China, England, Frankreich, Russland, USA. *Rechtsprechung* ist ein anderes Feld, das mir ins Auge springt. Ich klicke es an. Das Gesicht eines Mannes erscheint. Ich erkenne es wieder. Es ist der Mann, den ich vor ein paar Wochen schon einmal im Fernsehen gesehen habe. Weiße Haare stehen von seinen Schläfen ab. Unter dem Bild steht ein Text, in dem ein Wort rot ist. Ich erinnere mich wieder an etwas, das der Brandstätter einmal gesagt hat: *Wenn ein bestimmtes Wort eine andere Farbe hat als der Rest,* dann weil sich hinter ihm etwas verbirgt, eine Information, eine andere Seite. *Ein hervorgehobenes Wort im Text,* hat er gesagt, *ist das Tor in eine andere Welt.*

Die Adern auf meinem Handrücken leuchten blau im Schein des Bildschirms, als ich das Wort anklicke: Srebrenica.

8

Das Komische, wenn man auf einmal eine Brille hat, ist, dass man vorher glaubt: Es ist alles okay. Man denkt, ein Baum schaut auf eine gewisse Weise aus, ein Stuhl hat eine bestimmte Form und das eigene Gesicht ist so und so. Und wenn man dann eines Tages durch die Brillengläser schaut, merkt man, dass alles eine Lüge war: Der Baum hat Blätter, an der Stuhllehne steht ein Splitter heraus, der nur darauf wartet, sich einem in den Rücken zu bohren, und wenn man in den Spiegel blickt, gibt es im Gesicht auf einmal nur mehr die Augen, und ansonsten besteht man größtenteils aus Mitessern.

Heute werde ich mir die Sonnenfinsternis anschauen und Dragee Keksi essen. Wenn sich die Sonne hinter dem Mond versteckt, wird die Natur sich erst einmal nicht auskennen. Die Blumen werden verzweifeln, weil sie nicht wissen, wohin sie die Köpfe strecken sollen, und die Nachttiere wachen auf. Kleine ineinander verwickelte Füchse im Nest, die die Schnäuzchen in die plötzlich kalt gewordene Luft strecken und sich fragen, ob sie auf die Jagd gehen müssen, dabei verklebt der Schlaf ihnen noch die Augen, dabei haben sie sich noch gar nicht richtig ausgeruht.

Und in ihrer Mitte werde ich sein. Ich werde mich auf die Erde legen, die zu diesem Zeitpunkt das Einzige sein wird, was noch warm ist, und Dragee Keksi essen. Die halbkreisförmigen buckeligen Keksi, stelle ich mir vor, sind die Gehirne von kleineren, klügeren Menschen; und wenn ich die ganze Packung aufesse, werde ich endlich gescheit. Wenn der Mond sich dann wieder verpisst und die Blumen ihre Tränen trocknen, kehre ich in die Schule zurück. Ich gehe zum Kelomat, rechne ihm etwas vor und sage: Da! Ich gehe zum Physiklehrer und sage: Da! Ich gehe ins Lehrerzimmer, ziehe jeden Test aus den dämlichen Ledertaschen und löse jede einzelne Aufgabe. Nie wieder soll mir jemand eine Frage stellen können, auf die ich keine Antwort habe. Antworten werden meine Panzer sein vor der ganzen Welt.

»Aua.«

Ich bleibe mitten in den Auen stehen und schaue auf meine Füße. Die Etnies machen es nicht mehr lange, die Etnies haben langsam genug. Wir alle schlüpfen immer nur in unsere Schuhe hinein, ich kenne keinen, der bindet. Dadurch gehen sie aber schnell kaputt und schneiden einem bei jedem Schritt in die Ferse.

Genau jetzt sollte ich in der Klasse sein und mein Referat halten. Ich sollte vorne stehen und den anderen etwas über die UNO erzählen, warum sie gegründet wurde ist und …

Ich stocke im Gedanken. *Einen Bildschirmschoner,* hat der Brandstätter uns bei einer seiner EDV-Maßnahmen erklärt, *kann man personalisieren. Er bewegt sich, damit sich die Inhalte nicht einbrennen.* So einen Schoner wünschte ich mir für meinen Kopf, weil die Bilder nicht verschwinden. Die uniformierten Männer, die den Männern in den bunten Pullovern ins Gesicht lachen und den Kindern die Wangen tätscheln, verschwinden nicht. *Alle, die gehen möchten, können gehen. Alle, die bleiben wollen, können bleiben.* Die ratlosen Blicke der Soldaten mit den blauen Helmen verschwinden nicht. Das Gesicht von dem Burschen in meinem Alter, der vorher noch einmal in die Kamera schaut, verschwindet nicht. Und obwohl ich mir in meinem ganzen Leben noch keine Zahl gemerkt habe, will mir ausgerechnet diese eine nicht aus dem Kopf gehen: 8000.

Trag die Gläser am Anfang nicht den ganzen Tag, hat der Optiker gesagt, *wenn man es nicht gewohnt ist, tut das Schauen erst mal weh*. Ich nehme die Brille ab, klemme sie mit dem Bügel in den Halsausschnitt und wische mir den Schweiß vom Nasenrücken.

Ich erreiche das Flussufer und lasse mich auf den Arsch fallen. Als ich die Schuhe abstreife, haben die Socken an den Fersen verschieden große Blutflecken, manche eingetrocknet, manche frisch. Ich ziehe sie aus und halte die Füße ins eiskalte Wasser.

Um zwölf Uhr vier soll die Sonnenfinsternis sein. Die erste totale im neuen Jahrtausend. Dass ich sie würdige, bin ich ihr schuldig. Verpasst habe ich ja schon die letzte vor zwei Jahren. Ich habe mich geärgert, als ich später überall in den Mistkübeln die Papierbrillen herumliegen gesehen habe. So etwas passiert mir nicht noch einmal. Für irgendein Referat ein solches Ereignis zu verpassen, wäre Blödsinn. Der Restmüll kommt gut ohne mich zurecht.

Ich stecke mir ein Dragee Keksi in den Mund und lasse es auf der Zunge schmelzen. Mein Bruder darf nichts davon erfahren. Man muss mit seinen Ressourcen haushalten, und am besten haushalten kann man eben mit Bolognese und Emmentalerbrot. Auf dem Nachhauseweg muss ich shoppen gehen. Wenn ich mich nicht rechtzeitig um die Ressourcen kümmere, gibt es am Abend nur Stress.

Die Füße im Wasser schließe ich die Augen und warte ab. Die Sonne knallt mir auf die Haut, die Sonne weiß nicht, was ihr bevorsteht. Ich warte auf die Kälte. Fünf Minuten sind vorbei, aber die Sonne brennt und brennt. Ich setze mich auf, überprüfe die Uhrzeit am Handy und lege mich wieder hin. Ich warte, aber nichts passiert. Irgendwann beginnt mein Gesicht zu spannen. Nicht einmal auf eine Sonnenfinsternis ist Verlass.

9

»Ich bin eine Freundin vom Bene«, sag ich durch die Plexiglasscheibe und reibe mir die brennenden Wangen.

Bene mit seinem Napster bringt im Tal ja die Musik unter die Leute, an die sie sonst nicht kommen. Die Studentin mit den Dreadlocks im Verkaufshäuschen hat zum Beispiel eine Reggae-Sucht und der Bene besorgt ihr den Stoff. Deswegen ist sie der Crew etwas schuldig. Sie schaut sich um und drückt einen Knopf, worauf die Anzeige am Drehkreuz grün aufblinkt. Ich gehe über die nierenförmigen Ziegelsteine in den Eingangsbereich des Schwimmbades. Irgendwo das dumpfe Wummern des Dreimeterbrettes und dann platschendes Wasser. Nackte Kinder auf einer Elefantenrutsche, alte Frauen in Badeanzügen auf ausgeblichenen Holzbänken.

Ich folge dem Rhythmus von *Dickes B* wie einer Fährte durchs Schwimmbad. Mehrere verlassene Handtücher liegen auf dem Asphaltstreifen zwischen den Becken, nur Melli ist am Platz und sonnt sich im Bikini.

»Hey«, sagt sie überrascht, als sie mich sieht, »wo warst du heute? Du weißt schon, dass du mit dem Referat dran gewesen wärst?«

»Ich wollte die Sonnenfinsternis anschauen«, antworte ich, kremple mir die Jeans zu einer kurzen Hose zusammen und lege mich neben sie auf den Bauch.

Melli prustet los: »Da warst du wohl am falschen Kontinent.«

Sie erzählt, dass der Brandstätter gesagt hat, dass ich sitzenbleibe. Und dass Nadja daraufhin gemeint hat, er solle mir noch eine Chance geben; dass Fritz anstelle meines Referats eine Zeitreise gemacht und mit eigenen Augen die Heuschreckenplage von 1930 gesehen hätte.

»Überall diese ekligen Viecher«, erzählt sie, »dass nicht einmal die ÖBB mehr fahren konnte.«

Ich nicke und erinnere mich an letzten Monat, als Fritz schon einmal eine Zeitreise in den Tauerntunnel gemacht hat. Zwar nur zwei Jahre zurück, aber danach war uns allen schlecht.

Hinter uns platscht es, ich spüre einen Schatten. Tarek packt mich mit seinen nassen Händen an der Hüfte. Ich quietsche und setze mich auf. Er lacht, schüttelt seine Haare über Melli aus.

»Spinnst du?«, ruft sie und springt auf. Tarek rast davon, und sie ihm hinterher.

Jetzt kommt auch Bene aus dem Wasser, er setzt sich mit dem Rücken zu mir auf den Beckenrand und lässt die Füße im Wasser. Ich beobachte einen Wassertropfen, der ihm das Rückgrat hinunterrollt.

»Ich hätte nicht gedacht«, sagt er, »dass du so ein Feigling bist.«

Ich tue, als hätte ich ihn nicht gehört, lege mich wieder auf den warmen Boden und schließe die Augen. Ich konzentriere mich auf das Kindergeschrei und den Frittierölgestank in der Luft. Als ich ein paar Minuten später noch einmal schaue, ist er fort.

10

Obwohl es der längste Tag im Jahr ist, hat Bene keine Geduld.

»Onzahn«, ruft er über die Schulter nach hinten. Onzahn sollen vor allem ich und Hannes, der sich, ebenfalls etwas außer Atem, gerade eine feuchtgeschwitzte Strähne hinter das Ohr schiebt. Weil ich zu ihm schaue, sehe ich den Stein nicht. Ich stolpere und falle auf die Knie.

»Die Schuhe kannst du weghauen«, regt sich Bene auf, der mich nun zum ersten Mal direkt anspricht. Seit letzter Woche schon geht er mir aus dem Weg, und jetzt wird er auch noch garstig.

Hannes reicht mir die Hand. Er zieht mich auf die Beine und schlägt mir den Staub von der Hose, als wäre er die Mutter, die er selber nicht hat.

Melli schaut genervt von ihrem 3310 auf: »Gemma weiter oder brauchen wir die Caritas?«

Weil heute das Sonnwendfeuer stattfindet und morgen traditionell die Herz-Jesu-Feuer angezündet werden, ist das ganze Wochenende sozusagen ein einziges Zündler-Fest. Als wir die Anhöhe mit dem Parkplatz und der Lichtung erreichen, zurren die Bergsteiger schon die Fackeln an ihren Rucksäcken fest. Später werden sie auf den Berghängen Symbole legen, christliche Buchstabenabfolgen, die ich noch nie verstanden, aber trotzdem immer schön gefunden habe. Unter all den Menschen, die in Grüppchen zusammenstehen, entdecke ich Tarek neben seinem Roller und meinen Bruder, auf seine Lügen-Krücke gestützt. Die beiden rauchen still und blicken in unterschiedliche Richtungen.

Als wir schnaufend bei ihnen ankommen, geht Michael einen Schritt zur Seite, damit sich Hannes neben ihn stellen kann. Generell scheint Hannes der einzige zu sein, den mein Bruder jetzt noch erträgt. Manchmal habe ich das Gefühl, dass er selbst mit mir nichts mehr anfangen kann.

Ein kleiner grüner Traktor kommt die Anhöhe heraufgetuckert, er zieht den Anhänger mit der Strohpuppe. Sie steht für alles Schlechte, das heute beim Sonnwendfeuer verheizt werden soll; für das Schlechte ist kein Platz im Tal. Die Puppe wird über dem großen Lagerfeuer platziert, und dann gehen die Feierlichkeiten los. Überall stehen Leute, die grillen. Jemand verkauft Selbstgebackenes. Aus den Getränkebuden kommt Schlagermusik. Bene geht zum Bierzelt und ich laufe ihm nach. An der Theke gibt er seine Bestellung auf und wartet.

»Traust du dich heute, übers Feuer zu springen?«, frage ich hinter ihm und Benes Schultern zucken.

»Weißt du noch vor zwei Jahren«, sag ich zu seinem Rücken, »wie der Messner gesprungen und an dem Holzscheit hängen geblieben ist?« Bei der Erinnerung daran gluckse ich leise vor mich hin, aber Bene reagiert nicht.

Der Verkäufer stellt ihm sechs große Plastikbecher mit Gösser-Logo auf den Tisch und Bene versucht, sie alle auf einmal mit den Händen zu fassen.

»Ich helf dir«, sag ich und beuge mich an ihm vorbei zu den Bechern. Als ich ihn dabei leicht streife, tut Bene etwas, was er noch nie gemacht hat. Er dreht sich um und schubst mich. Nicht kräftig, aber ich erschrecke mich trotzdem. »Was ist mit dir, Alter?«

»Lass mich in Ruhe«, sagt Bene mit einem Blick, dass mir kalt wird. »Glaubst du, ich schau dir weiterhin einfach zu? Glaubst du, das macht Spaß, einem Freund dabei zuzusehen, wie er sich selber in den Mistkübel wirft?« Er tut, als würde er auf den Boden spucken. »Dass du nicht einmal mehr zum Unterricht gehst. Dass du nicht einmal mehr hingehst«, sagt er. »Du bist ein richtiger Loser.«

»Alter«, sag ich, »fick dich.«

Bene nickt langsam. »Fick du dich«, sagt er, ganz leise. Er schiebt die Biere am Tresen zusammen und lässt mich am Bierzelt stehen.

Ich schaue ihm hinterher, schaue meine Freunde an, wie sie um den Roller herumstehen und irgendwie keine Crew mehr sind. Ich nehme den Becher, den Bene für mich stehen lassen hat, und gehe in die andere Richtung davon.

In der Dämmerung jagen die Tourikinder Junikäfer über die Lichtung. Das Tal säuft in Eintracht miteinander. An den Bierbänken sehe ich Chucky und ein paar Engel mit dem Trachtenverein zusammenhocken. Mit dem Rücken zu mir sitzt jemand mit rasiertem Kopf. Ich habe seine Körperhaltung lange genug studiert, um zu wissen, dass es Andreas ist.

»Trinkst du Kübel mit die Strohhalm?«, höre ich in der Menge Maama's Stimme. Auch sie hat eine provisorische Verkaufstheke auf der Lichtung errichtet: ein Holzbrett, das auf der einen Seite auf einem Klappstuhl liegt und auf der anderen auf dem Rollstuhl, in dem Feuerzunge sitzt. Er hebt einen Finger zum Gruß.

»Julia, komm her«, rufen auch der Kinnbremser und die Tochter.

»Ein Kübel sechzig Schilling«, schreit die Maama einen vorbeigehenden Touri an. Still trinke ich mein Bier neben ihnen und beobachte das immer größer werdende Feuer, bis der erste Scheit laut knackt.

»Hallo, ich bin kein Möbelstück«, sagt Feuerzunge und schlägt mir mit der Hand auf die Hüfte, die ich gerade unauffällig auf der Lehne seines Rollstuhls platzieren wollte.

Die Flammen erfassen die Füße der Strohpuppe und kriechen langsam nach oben, die ersten Leute stehen auf und schauen sich das Spektakel von nahem an.

»Alles, was wir jetzt tun, ist von Bedeutung«, sagt Feuerzunge. Ich schaue in sein orange erleuchtetes, schnauzbärtiges Gesicht und denke mir zum ersten Mal, dass auch er ein Alter hat. Dass auch er zu einem bestimmten Zeitpunkt geboren und vielleicht als Kind barfuß über eine Wiese gegangen ist.

»Weil der Christus bei null geboren ist«, spricht er weiter, »ist jetzt das erste Jahr im neuen Jahrtausend. Der Ton, den wir heute anschlagen, hallt tausend Jahre lang nach.«

Die Strohpuppe brennt lichterloh, und wenige Momente später kracht sie unter dem Gejubel der Leute in sich zusammen. Rundherum flattern Feuerschnipsel in die Nacht und verglimmen in der Wiese. Und dann springt schon der erste über die Flammen.

11

Stunden sind vergangen, der Rausch hat mich zur Crew zurückgespült. Tarek springt zum dritten Mal übers Feuer. Er ist oben ohne, der Gegenwind drückt ihm sein Kettchen als goldenen Streifen ans Kinn. Er landet in der Wiese, lacht und läuft zu mir.

»Traust dich jetzt endlich?«, fragt er. Ich balle die Fäuste und sage: »Vielleicht.«

Heute ist sogar schon Hannes gesprungen, und viele andere. Mein Bruder sitzt auf Tareks Roller und nippt lange schon am selben Bier. Ich habe keine Ahnung, wo Bene sich herumtreibt, aber es ist mir auch egal.

»Hey!«, Theresa und Nermin kommen händchenhaltend auf uns zugeschlendert. Melli gibt Theresa ein Bussi und die beiden beginnen zu reden. Nermin und Tarek machen den Männereinschlag mit der Schulter.

»Was geht, Homos?«, sagt Nermin und wir anderen lachen. Er erzählt, dass er keinen einzigen Fünfer im Zeugnis hat.

»Keinen Fünfer?«, ruft Tarek überrascht und zeigt mit dem Daumen auf mich. »Vielleicht schenkt dir die Julia einen von sich?«

Wieder lachen wir alle.

Dann passiert alles ganz schnell. Eine Gestalt springt übers Feuer. Nicht in die Richtung wie alle anderen, sondern direkt auf uns zu. Ihre Füße streifen einen Holzscheit. Glutfetzen wirbeln auf uns zu. Instinktiv reiße ich den Arm vors Gesicht. Neben mir höre ich einen dumpfen Aufprall und einen

Schrei. Er kommt von Theresa, die Gestalt hat Nermin umgerissen. Gelähmt vom Schock liegt er mit aufgerissenen Augen auf dem Boden. Über ihm kniet Chucky. Der Hass steht ihm ins Gesicht geschrieben.

»Das ist unser Feuer!«, brüllt er. »Wegen solchen wie dir ist die Fabrik zu! Wegen euch Parasiten geht unser Land vor die Hunde!« Nermin will die Arme hochreißen, aber Chucky drückt sie mit seinen Knien nach unten. Seine Faust fliegt in die Luft und im nächsten Augenblick höre ich ein Geräusch, als hätte jemand eine Weintraube zertreten. Von irgendwoher kommt Bene angelaufen. Andreas schneidet ihm den Weg ab. Mein Bruder holt mit der Krücke aus und will sie Chucky überziehen, aber ein Engel reißt sie ihm aus der Hand.

»Was ist da los?«, schreit jemand. Die Musik geht aus und man hört Getrampel.

»Das ist unser Tal!«, brüllt Chucky und fährt Nermin noch einmal mit der Faust ins Gesicht. Vergeblich versucht Theresa, ihn von ihrem Freund runterzustoßen. Ich stehe komplett nutzlos da, wie eingefroren. Die schweren Schritte kommen jetzt näher. Der Trachten-Obmann taucht auf und zerrt Chucky mit einem Ruck von Nermin herunter.

»Ja, bist du denn wahnsinnig?«, brüllt er ihn an. Mit der flachen Hand holt er im Bud-Spencer-Modus aus und gibt Chucky eine Ohrfeige, dass man das Klatschen auf der ganzen Lichtung hört.

»Nestbeschmutzer«, schreit Chucky. Der Obmann stößt ihn um, und Chucky landet auf seinem Arsch. Ein paar Umstehende lachen. Ein Engel und ein Dirndl eilen herbei und helfen ihm auf.

»Das werdet ihr noch bereuen«, ruft Chucky und zieht mit seiner Truppe ab. Ein paar der Feiernden kommen und helfen Nermin auf. Blut rinnt ihm aus der Nase, er hat eine Platzwunde an der Braue.

»Alles okay«, sagt Nermin.

Dabei ist überhaupt nichts mehr in Ordnung. Melli legt ihre Strickweste um die vor Schluchzen zuckende Theresa. Bene sitzt auf dem Boden und umarmt sich selbst. Michael hält die Hand vor den Mund und schüttelt langsam den Kopf.

Jetzt haben wir verloren, denke ich, jetzt haben wir Taler es uns endgültig mit meinem Bruder verscherzt.

12

Seit einer Stunde stehe ich vor dem Spiegel. Heute sollen die Zöpfchen auf meinem Kopf perfekt daliegen hinter dem Edelweißtuch. Aus dem Radio kommt das Lied, das sie schon den ganzen Tag spielen. Im Fernsehen und sogar in den Zeitungsschlagzeilen haben sie sich als Überschrift die Songzeile geborgt: *If You Wanna Be My Lover* und darunter ein Foto von Camilla und Charles bei ihrem ersten öffentlichen Kuss auf einer Cocktailparty. Nachdem alle sowieso seit Jahren wussten, dass die beiden ein Paar sind, wahrscheinlich schon lange, bevor Lady Di in Frankreich nicht mehr aus dem Tunnel gekommen ist, haben sie jetzt endlich öffentlich geschmust, und zur Strafe müssen wir anderen tagelang Spice Girls hören.

Ich schließe den obersten Knopf des karierten Hemds. Ich atme die Aufregung aus, sage »Puh« und nicke mir selbst im Spiegel zu. Es klingelt an der Haustür und ich trete aus dem Bad. Im Keller ist es dunkel, mein Bruder wird schon vorgegangen sein. Ich schalte auch hier oben alle Lichter aus und dann das im Wohnzimmer doch wieder ein.

»Seas«, begrüßt mich Melli und gibt mir ein Bussi.

»Wird dir nicht kalt?«, sag ich.

»Ich hab meine Weste mit«, antwortet Melli und klatscht sich mit der flachen Hand auf die Haut zwischen Minirock und Army-Top.

Auf dem Mäuerchen vor dem Wohnblock sitzt Quasimodo.

»Bis bald, Bro«, verabschiede ich mich und strecke ihm

meine Faust hin. Die Katze stellt sich auf die Hinterbeine und gibt meiner Hand eine Kopfnuss.

Synchron öffnen Melli und ich eine Skol-Dose und gehen in die Stadt. Mir fällt nichts ein, was ich sagen kann, und jedes Mal, wenn mir auffällt, dass wir nicht reden, nehme ich einen Schluck. Ich fühle die selbstgebrannte CD in meiner Hosentasche, das *Mixtape*, das ich noch letzten Monat vor unserem Streit an Benes Computer zusammengestellt habe. Auf dem Bildschirm war meine Stimme eine Tonspur. Ein geschwungener roter Faden über dem Beat. Im Grunde ist es, als würde man so ein Lied am Computer stricken. Es kam mir alles ganz einfach vor, und sogar Bene hat gesagt: Das kannst du gut.

Wir betreten den Musikstadel. Ich war vorher noch nie hier, weil es vorher nie ein anständiges Konzert gab. An der Bar steht Bene. Er nickt Melli knapp zu und verschwindet dann in einen anderen Raum.

»Seas«, kommt es von dem Podest gegenüber der Bühne. Hannes und mein Bruder lehnen am Geländer und heben die Hand.

»Seas«, ruft jetzt auch Tarek. Er kommt angelaufen, boxt Melli in die Schulter. »Super schaust du aus«, begrüßt er mich und gibt mir ein Bussi. Ich spüre meine Wangen heiß werden.

An der Bar holen wir uns einen Pfiff, ein aus dem Hahn gezapftes Miniaturbier als erfrischende Pause zwischen dem ernsthaften Saufen. Allmählich füllt sich der Saal, fast das ganze Tal scheint gekommen zu sein.

»Die Schwarze Hand!«, hallt es durch den Raum. Jemand hat Feuerzunge auf einen Barhocker vor ein Bier gesetzt. Ich schaue hin und er zeigt mit dem Finger auf mich: »Sarajevo«, ruft er.

Ich hole tief Luft. Ich habe heute ganz andere Probleme. Nach dem Konzert will ich zu Texta gehen und ihnen mein Mixtape geben. Ich bin jetzt schon so aufgeregt, dass mir fast schlecht ist.

»Ich geh noch mal aufs Klo«, sag ich und lasse die anderen stehen.

In der Toilette hängt kalter Zigarettenrauch, an den Kabinentüren kleben Poster von Musikern in Trachtenjankern mit Trompeten in den Händen. Ich spritze mir kaltes Wasser ins Gesicht und schaue in den Spiegel.

»Hallo, ich bin die Julia«, probe ich meine Ansprache. »Ich bin auch Rapperin.«

»Alter«, sag ich und schüttle über mich selbst den Kopf. Ich lehne mich mit den Händen aufs nassgespritzte Waschbecken, lege die Stirn in Falten und sage mit amerikanischem Akzent: »Ich bin ein Rap-Superstar.«

Jemand drückt die Klospülung und hinter mir öffnet sich eine Kabinentür. Zuerst ist es mir nur ein bisschen unangenehm, dass jemand mitgehört hat, aber wie ich den Typen erkenne, der da aus dem Klo kommt, sterbe ich innerlich vor Scham.

»Hallo, Rap-Superstar«, sagt Huckey.

Er stellt sich neben mich. Mit offenem Mund beobachte ich den Rapper, der gar nicht viel größer ist als ich selbst. Er trägt ein Käppi und eine blaue Iriedaily-Trainingsjacke mit einem roten Streifen über der Brust und wäscht sich die Hände am Waschbecken, als wäre das normal. Als wäre es normal, dass der Texta-Chef einfach in Tal herumsteht und sich die Hände wäscht.

Ich zwinge mich, die Fassung zu bewahren, und ziehe die CD-Hülle aus der Hosentasche. Zitternd halte ich sie ihm hin. Huckey hält die nassen Finger unter den Handfön und schaut skeptisch zwischen mir und der CD hin und her.

»Das ist mein Mixtape«, sag ich.

Huckey lacht.

»Texta ist schon komplett«, sagt er. »Sorry.«

»Aber«, sag ich, »wegens dem Entdecken.«

»Das geht nicht, leider«, sagt er. »Wir hören solche Tapes gar nicht an.«

»Ah so«, sag ich mit einer dünnen Mädchenstimme. Ich piepse das Wort fast und stecke die CD wieder ein. Ich schaue Huckey an und höre die Energiesparlampe, jetzt fällt mir auch auf, dass der Wasserhahn tropft.

»Entschuldigung«, sag ich und drehe ihn zu. Ich schlucke und gehe zum Ausgang.

»Fünf Minuten«, höre ich Huckeys Stimme hinter mir. Er lehnt mit verschränkten Armen an der gefliesten Wand. »Zeig, was du kannst, Rap-Superstar.«

Fünf Minuten später beende ich meinen letzten Song.

»Tal Tal, Crew Crew Crew«, rappe ich und gestikuliere dazu. Ich habe meinen ganzen Mut zusammengenommen und ein Medley gerappt, ein bisschen von Texta selbst, ein bisschen Gangsta Rap und am Schluss noch einen eigenen Song.

Huckey hat gelächelt und mitgenickt, hat sich jede Silbe aus meinem Mund angehört und jetzt schaut er mich an, dass man denken könnte, er ist stolz. Mein Magen flattert und ich grinse zurück. Aber dann wird das Lächeln ein bisschen zu breit und in seinen Blick sickert Mitleid.

»Also«, sagt er, »der Flow ist gut. Am Flow ist nix auszusetzen.«

Ich nicke und trete nervös von einem Fuß auf den anderen.

»Und das Herz«, sagt Huckey und klopft sich mit der Hand auf die Brust, »ist am rechten Fleck.« Er hebt den Zeigefinger und sagt: »Das ist das Wichtigste.«

»Das Wichtigste«, sag ich. Ich bin fasziniert, wie die Wörter in einem Takt aus ihm herauskommen, als wäre sein Sprechen schon ein Song.

»Aber Rap-Superstar ...«, sagt Huckey und zieht wieder bedauernd die Mundwinkel auseinander. Er schüttelt den Kopf. »Nicht in diesem Leben«, sagt er und seufzt.

Ich schüttle ebenfalls den Kopf.

»Nicht dieses Leben«, sag ich und nicke. »Danke«, sag ich, schaue auf den Boden und Huckey klopft mir auf die Schulter.

»Aber mach weiter so«, sagt er. »So generell. Wenn du etwas willst. Oder dir was wichtig ist. Man muss sich trauen. Man muss sich einfach nur im richtigen Moment trauen. Das ist alles.«

»Einfach trauen«, sag ich und nicke.

»Sarajevo!«, höre ich einen gedämpften Schrei.

Die Klotür fliegt auf und der Kinnbremser kommt mit Feuerzunge unterm Arm herein. Offensichtlich hatte dieser schon ein paar Bier zu viel. Der kleine Körper hat kein Problem damit, die gesamte Toilettenlandschaft mit seinem Gebrüll einzunehmen.

Der Kinnbremser trägt ihn an uns vorbei und Feuerzunge streckt seine Hand nach mir aus. Er packt mich am Kragen und zieht mich an sein Gesicht. Er mustert mich mit zitterndem Mund und glasigem Blick an. Wahrscheinlich ist der Mann so randvoll mit Bier, dass es ihm schon in den Augen steht.

»Der Franz Ferdinand«, flüstert er, »und die Sophie.«

»Ist schon gut«, sag ich und entferne jeden einzelnen Schraubstockfinger von meinem Kragen. Der Kinnbremser nickt mir zu und trägt Feuerzunge in eine Kabine. Und wie ich mich umdrehe, ist Huckey fort.

13

Ich wundere mich selbst, dass ich nicht traurig bin, als ich wieder in den Konzertsaal zurückkehre.

»Michael!«, rufe ich zu der Tribüne. Der Aufgang ist mittlerweile mit Leuten verstopft. Mein Bruder bemerkt mich nicht. Er und Hannes sitzen mit verschränkten Armen oben und haben beide ihr Kinn auf dem Geländer abgelegt. Den Rest der Crew sehe ich nicht.

»Hallo, Tal«, höre ich es in diesem Moment hinter mir, und tatsächlich, der leibhaftige Laima betritt die Bühne, die Glatze poliert, dass sich darin die Lichter des Musikstadels spiegeln.

»Tal, Tal!«, ruft jetzt Flip und drückt, während er eineinhalb Meter über mir auf die Bühne geht, die Handflächen in die Luft, als wäre das Wort etwas, das es zu stemmen gilt. In einem unsichtbaren Wind wiegt sich Skeros Haupthaar, als er nach vorne kommt, gefolgt von Huckey und Dan, der einmal kurz ins Publikum winkt und dann hinter seinem Plattendeck verschwindet.

Lauter, als ich es je gehört habe, kommt die Anfangsmelodie von *Millionen Personen* aus den Boxen. DJ Dan scratcht und Flip beginnt zu rappen.

Neben mir steht ein mittelaltes Paar und schunkelt. Ich bin entsetzt. Ein Hip-Hop-Gig ist schließlich kein Platzmusikkonzert. Und direkt vor der Bühne steht eine Gruppe HAK-Schüler, die ich vom Sehen aus der Latino Bar kenne, mit den Händen in den Hosentaschen. Bewegungslos in der ersten Reihe, eine Beleidigung. Ich dränge mich durch die Menge und zeige ihnen den Vogel. Dann hebe ich die Hand und bewege sie im Takt. Die HAK-Schüler schauen mich erst verständnislos an, dann imitiert der erste meine Bewegung. Ich nicke zufrieden und steuere zwei Goldhaubenfrauen an. So erziehe ich nach und nach das Publikum, bis das ganze Tal mit Texta flowt.

Und dann vergesse ich alles um mich herum und lasse mich ins Konzert fallen wie in einen Rausch. Nur bei *Neinsager* schaue ich mich noch einmal nach der Crew um. Es ist der Song, den wir mit Rollenverteilung komplett auswendig gelernt haben, aber ich entdecke keinen von ihnen. Eineinhalb Stunden fühlen sich an wie eineinhalb Minuten, und durchgeschwitzt wie ich selbst sagt Laima am Ende der Show: »Danke, Linz«, lacht, als sich die Leute aufregen, und sagt: »Witz. Danke, Tal.«

Die Band winkt und geht.

»Zugabe!«, rufe ich und springe auf der Stelle. Neben mir protestieren die HAK-Schüler noch viel wilder.

Die Menge jubelt und die ersten Band-Mitglieder tauchen wieder auf. Einer nach dem anderen kehren sie mit ihren Mikrofonen zurück.

»Der Kleine fehlt«, höre ich jemanden rufen.

Es stimmt, Huckey ist nicht mit den anderen zurück auf die Bühne gekommen.

»Wir singen euch jetzt noch ein Lied«, sagt Flip. »Ich glaub, ihr wisst schon, welches. Aber wir haben ein Problem: der Huckey fehlt. Kann vielleicht jemand von euch dem Huckey seinen Part rappen?«

Mein Herz beginnt zu rasen. Ich drehe mich zur Tribüne. Michael könnte sicher Huckeys Part übernehmen. Oder vielleicht Tarek.

»Kann wirklich keiner den Text?«, höre ich es hinter mir. Langsam drehe ich mich wieder um, und erst jetzt fällt mir auf, dass ein paar Umstehende mich anschauen. Von der Stage herunter nickt Flip mir zu.

»Geht schon. Trau dich«, sagt eine Goldhaubenfrau. Sie legt mir die Hand ins Kreuz und schiebt mich nach vorn. Das ist nicht wahr, denke ich, das passiert nicht wirklich. Meine Füße fühlen sich taub an, als ich die Bühne über die paar Stufen erklimme.

»Kannst du den Text?«, fragt Flip mich, mit der flachen Hand das Mic abdeckend.

Ich schaue in die Menge. Von hier oben wirkt das Publikum furchteinflößend. Ich merke, wie ich erstarre, wie das Atmen schwerer wird. Da höre ich ein Klatschen. Auf der Tribüne steht mein Bruder fest auf beiden Beinen.

»Julia!«, schreit er und klatscht die Hände noch einmal über dem Kopf zusammen: »Geht schon!«

»Geht schon«, ruft jetzt auch Hannes neben ihm.

Mein Bruder ballt oben die Fäuste und schaut mir so fest in die Augen, wie er es noch nie getan hat. Ich sehe sogar von hier, wie sein Mund bebt. Es geht ihm um etwas, das mit mehr zu tun hat als dem Texta-Konzert. Man muss sich einfach trauen, denke ich und greife nach dem Mic. Es wird still im Raum, und in diese Stille hinein sage ich:

»Wenns da die Schuach ausziagt.«

Die Goldhaubenfrauen jubeln auf. Mein Bruder stößt die Faust in die Luft. Die Menschen in der ersten Reihe nicken im Beat. Und dieser Beat fährt jetzt auch in mich. Abwechselnd mit den anderen Band-Mitgliedern rappe ich die erste Strophe. Die Hände der Menge werden zu einem Meer und die Musik schlägt die Wellen und ich kippe hinein.

14

Benommen setze ich einen Fuß vor den anderen und tauche durch die Menge. Obwohl ich die Bühne schon vor Minuten verlassen habe, fühlt es sich noch immer an, als würde ich schweben. Fremde Hände klopfen mir auf die Schultern. An der Bar drückt mir jemand einen Marillenobstler in die Hand.

Ich verstehe selbst noch nicht, was passiert ist. Mein Kopf ist leer, bis auf einen Gedanken: Wo ist meine Crew?

Auf der Tribüne ist keiner mehr, also steuere ich den Ausgang an und trete in die warme Abendluft. Keine Nachrichten auf meinem Handy. Ich gehe ein paar Schritte an der Hauswand entlang. Ich versuche, Tarek anzurufen, aber sein Handy ist aus. Ich tippe *Wo bist du Homo?* in mein Handy, schicke es an Melli, und auf einmal piept es ganz in der Nähe.

Ich gehe in die Richtung, aus der das Geräusch gekommen ist, und schaue in den Spalt zwischen dem Konzertsaal und dem nächsten Gebäude. Erst sehe ich nichts, so dunkel ist es dort. Dann erkenne ich Melli. Sie sitzt auf dem Boden. Ihr Minirock ist über den Hintern hochgeschoben und vor ihr hockt Tarek, den Kopf in ihrem Schoß versenkt. Melli hat eine Hand in Tareks Haare gekrallt und fährt herum, als sie mich bemerkt.

»Julia«, ruft sie, und mir fällt das Glas aus der Hand.

»Alter, hau ab!«, brüllt Tarek, der jetzt zwischen Mellis Schenkeln auftaucht.

Entschuldigung, will ich sagen, aber aus meinem Rachen kommt nur ein Krächzen. Ich drehe mich um und marschiere die Gasse zurück und am Musikstadel vorbei. Das Wummern des Basses aus dem Gebäude hört sich an wie unter Wasser abgespielt. Taubheit hat sich in meinem ganzen Körper ausgebreitet. Es fühlt sich an, als würde ihn ein anderer bewegen.

Ein langgezogenes Hupen, aufblendendes Licht. Ein roter Polo bleibt mit quietschenden Reifen vor mir stehen. Drinnen tobt der Fahrer und schreit etwas, das ich nicht verstehe. Ich habe nicht einmal bemerkt, dass ich auf die Straße gelaufen bin. Ich schlucke und mache einen Schritt auf den Gehsteig zurück. Mit herunterhängenden Armen sehe ich, wie der Mann den Kopf über mich schüttelt und weiterfährt. Ich schaue dem Wagen nach. Hinter mir raschelt es. Neben einer unbeleuchteten Bank sitzt Feuerzunge in seinem Rollstuhl. Wie einen Säugling wiegt er eine Bierflasche in seinem verbliebenen Arm, den Blick hat er geistesabwesend auf den Boden gerichtet.

»Und dann«, sagt er mit belegter Stimme, »war Weltkrieg.«

JULI

1

Wer Anfang Juli Einwohner eines österreichischen Urlaubsortes ist, kann gut nachfühlen, wie das damals bei so einer Heuschreckenplage gewesen ist. Ich stelle mir vor, dass in Deutschland der erste Direktor kaum *Schöne Sommerferien* gewünscht hat, da verstopfen die wartenden Eltern dort schon die Schuleinfahrten als kilometerlange Kombi-Karawanen mit Landkarten auf den Armaturenbrettern und Fahrradträgern auf den Dächern. Oft gibt es noch einen zusätzlichen Lastenanhänger; das Wichtigste am Urlaub in einem fremden Land ist nämlich, dass man sich dort so schnell wie möglich daheim fühlt. Die Lehrer selbst verwandeln sich zu Ferienbeginn in *Biker* und begeben sich auf die Suche nach *malerischen Trails* und *kurvenreichen Hochalpenstraßen*.

Über diese Straßen und Wege drängen sie jetzt alle wieder aus ihren stinkenden Städten ins Tal herein. Sie übernachten in riesenhaften Sporthotels und speisen in Panoramarestaurants. Sie besetzen stundenlang die Terrasse eines jeden Cafés und beobachten uns Einheimische dabei, wie wir von einer Wirtschaft zur anderen pilgern, um endlich einen Sitzplatz zu finden. Sie bekommen Wadenkrämpfe im zu kalten Bergsee und kaufen sich funktionale Sportbekleidung. Sie kaufen Erlebnispässe für Attraktionen, die selbst reduziert noch unerschwinglich sind. Schnell ist alles gesehen und es bleibt nur noch das Wandern. Sie latschen durch die Innenstadt, sie gehen am Fluss dahin. Sie marschieren über ausgetretene Bergpfade, bis im Panorama ein Bunker auftaucht. Ein mit moderner Kunst verzierter Überrest einer Verteidigungsanlage. *Optischer Höhepunkt*, heißt so etwas im Wanderreiseführer.

Der Stoff des T-Shirts saugt meinen Schweiß nicht auf. Selbst die Fasern meiner Kleidung weigern sich, zu mir zu halten. Auch die Brille stürzt mir ständig auf dem Nasenrücken ab, ein paar Millimeter nach unten und ich schiebe sie wieder mit dem Finger zurück.

»Julia«, sagt der Brandstätter. Er reckt den Kopf vor und zieht die Arme auseinander.

Es ist das erste Mal, dass ich seit dem geschwänzten Referat wieder im Unterricht bin. Ich stoße Luft aus und zucke mit den Schultern: Mir doch egal. Seit gestern Abend: alles egal. Texta egal, Rapmusik egal, Crew vorbei.

»Wo ist Nadja?«, sagt Brandstätter mehr zu sich als zu mir. Erst jetzt bemerke ich ihr Fehlen, obwohl ich schon minutenlang hier sitze. Aber Tarek und Melli im hinteren Teil des Raumes zu ignorieren, ist schwer genug.

Die Klingel kündigt den Beginn der Stunde an. Brandstätter wirft einen Blick auf seine Armbanduhr.

»Na gut«, sagt er, »dann hält die Nadja halt erst am Schluss ihr Referat. Es gibt ja genug andere Akteure hier, die noch was für ihre Note tun müssen.«

Er nimmt ein Stück Kreide und zielt damit in die Menge, als wäre sie eine Waffe, was sie genau genommen ja auch ist.

»Das Schuljahr ist noch nicht vorbei«, sagt er, »die Noten vergebe ich heute Nachmittag.«

Die finale Debatte mit wirr in den Raum gerufenen Fakten beginnt. Es sind doch recht viele, die in diese letzte Gelegenheit auf einen Einser noch einmal quetschen, was geht. Zwar hat der Brandstätter zu Beginn des Semesters behauptet, dass wir alle gleich benotet werden, wenn wir uns bemühen, aber mittlerweile hat sich gezeigt, dass einige halt doch ein bisschen gleicher sind.

Was wohl im Andreas seinem Zeugnis drinstehen wird? Immerhin ist er überhaupt nicht mehr aufgetaucht. In der Crew nicht, und im Klassenzimmer sowieso nicht.

Jetzt du, oder *Na, was ist?,* sagt Brandstätter abwechselnd zu bisher stummen Schülern.

»Hast du gar nichts gelernt, Julia?«, sagt er auch einmal zu mir. Er schaut mich aufmunternd an. Brandstätter will mir helfen. Mich mag er ja. Ich bin schließlich nicht gescheiter, reicher oder schöner als er. Aber mein ganzer Kopf fühlt sich seit gestern Abend taub an. Es ist, als würde Brandstätter durch eine unsichtbare Wand mit mir sprechen. Ich denke an die blauen Helme und den Jungen in meinem Alter, der noch ein letztes Mal in die Kamera schaut.

»Nein«, sag ich. Ich verschränke die Arme und lege den Kopf darauf. Lasst mich doch alle in Ruhe. Was geht sie mich an, eure Welt?

»Familienzusammenführungen sind kein Menschenrecht«, höre ich Fritz sagen.

»Du hast wohl die Aufgaben deiner Rolle vergessen«, antwortet Katja mit ärgerlicher Stimme.

»Und du nimmst deine zu wichtig«, bellt Fritz zurück.

So schreien sie alle durcheinander, und der Brandstätter marschiert mit seinem Notenheft durch die Reihen. Immer öfter muss er die Leute zu Ruhe und Ordnung ermahnen, und der ansteigende Lärmpegel fährt mir als Vibration über die Tischplatte in den Kopf.

»Contenance«, sagt Brandstätter, ein Wort, für das ihm eigentlich eins in die Fresse gehört. Mittlerweile muss ihm selbst aufgefallen sein, dass etwas nicht funktioniert mit dem Reih und Glied, ohne seine kleine Helferin, die für ihn die Menge dressiert.

»Und du!«, brüllt er auf einmal so laut, dass ich von meinem Platz hochschrecke und mich umdrehe.

Brandstätter steht vor dem Pult der schönen Oberländerin in der Fensterreihe. Auch die Presse und der Augenzeuge, die gerade aufgestanden sein müssen, um sich besser anzugiften, wirken perplex.

»Du leistest jetzt mal was!«, geht Brandstätter auf Theresa los: »Was ist mit deinem Referat?«

»Ich hab alternativ was vorbereitet«, antwortet sie mit sehr leiser Stimme. Sie schiebt sich eine Haarsträhne hinter ihre Creolen. »Ich hab im Lehrbuch nachgeschaut, was eigentlich der Stoff wäre, für das letzte Schuljahr, und das habe ich in einem Referat zusammen ...«

»Du hast was?«, fährt sie der Brandstätter an. »Ich glaub, ich spinn«, sagt er und hält sein Notenheft in die Höhe. Er lacht ein bitteres Lachen. »Wo kommen wir denn da hin, wenn sich ein jeder sein Prüfungsthema selbst aussuchen darf? Das hast du dir so gedacht, Fräulein.«

Dann zeigt Brandstätter ihr tatsächlich den Vogel. Und ich bin überrascht, in mir einen Zorn über diese Geste zu spüren, den ich jetzt auch in Nermins Gesicht entdecke.

»Du sagst jetzt was«, ätzt der Gartenzwerg weiter. »Du verwandelst dich noch in dieser Sekunde in deinen Akteur oder du fällst durch.«

Theresa sinkt ein bisschen auf ihrem Platz zusammen. Nermin legt den Arm um seine Freundin. Er ist immer noch von Chuckys Attacke lädiert. Die Flecken am Kiefer werden zwar langsam gelb, aber von der genähten Augenbraue stehen noch blaue Fäden ab. Plötzlich geht ein unheimliches Zucken durch Theresa. Sie streift Nermins Hand ab und zieht Rotz zurück.

»Wir haben nur unsere Freiheit verteidigt«, sagt sie und starrt gequält auf den Boden. »Ich hätte sie alle umbringen sollen, als ich noch Gelegenheit dazu hatte.«

Theresa schluchzt, eine Träne rinnt ihr über die Wange. Sie schaut den Brandstätter mit einem Blick an, aus dem der pure Hass spricht, und sagt: »Ich erkenne dieses Tribunal nicht an. Ich bin unschuldig.«

Vor ihr plumpst die Presse mit einem einzigen Wort auf ihren Stuhl: »Slobodan.«

Ein Krächzen geht durch den Raum, als Nermin seinen Stuhl zurückschiebt und aufsteht. Theresa will nach ihm greifen, aber er schlägt ihre Hand weg.

»Nermin«, versucht Brandstätter ihn zurechtzuweisen, aber Nermin ist es egal. Er drängt sich an ihm vorbei, geht den Mittelgang entlang, langsam. Dann schaut er sich noch einmal um, schaut seine weinende Freundin an, schaut mich an und ich senke den Blick. Ohne ein Wort gesagt zu haben, verlässt er die Klasse.

Der Brandstätter ruft ihm hinterher: »So geht das aber nicht! So bekommst du keine gute Note. Nermin! Zurückkommen!«

»Fickt's euch alle«, schallt es durch den Raum. Bene ist aufgestanden.

»Setz dich gefälligst«, beginnt Brandstätter.

»Fick dich«, antwortet Bene. »Fick du dich am allermeisten.«

Es ist ein seltsames Geräusch, wenn zwanzig Münder gleichzeitig aufklappen.

2

Ich denke mir, dass es jetzt vorbei ist. Dass jetzt der Zeitpunkt gekommen ist, den die Zeugin im Park und alle anderen Weltuntergangsspezialisten schon seit Silvester 1999 voraussagen. Im neuen Jahrtausend, behaupten sie, drehen alle Schrauben in sämtlichen Köpfen durch, und das Innerste stülpt sich nach außen. Seit gestern ist die Crew kaputt, der Restmüll ist jetzt an der Reihe, und dann kann es nicht mehr lange dauern, bis es vorbei ist mit der ganzen Welt.

»Was denkst du eigentlich, wer du bist?«, sagt Bene. Er steht mit einem Ruck auf und stellt sich vor Brandstätter in den Gang. »Glaubst du, du kannst uns alles befehlen, mit deinem scheiß Notenheft? Fick dich!«

Und jetzt, ich fasse es kaum, holt Bene aus und schlägt es ihm aus der Hand.

»Wir sind nicht in Amerika!«, brüllt Bene und das Heft klatscht auf den Boden. »Wir sind nicht in einem Hollywoodfilm.« Bene ist über das Schuljahr noch einmal ein Stück gewachsen. Das wird jetzt deutlich, wo er Brandstätter gegenübersteht und ihn plötzlich um eine Handbreit überragt.

»Sie sind nicht Robin Williams«, schreit er Brandstätter an, und insgeheim muss ich – trotz allem – ein bisschen lächeln, weil Bene tief drinnen ein so höflicher Mensch ist, dass er es, selbst wenn er einmal einen Lehrer zur Sau macht, nicht schafft, ihn durchgehend zu duzen.

»Und das ist nicht *Die Welle* oder *Der Club der toten Dichter*!« Bene macht einen Schritt auf Brandstätter zu und dieser einen zurück, sodass er mit seiner Hinterseite an Theresas Pult stößt.

»Wir sind im Tal«, ruft Bene und breitet die Arme aus. »Was wir sind, ist im Tal! Unser Tal, mit dieser scheiß Fabrik, von der alle reden, obwohl sie schon seit Jahren kein Geld mehr abgeworfen hat. Mit diesen scheiß Gasthäusern, die am selben Abend Rechtsrock und Après-Ski-Hits spielen. Und überall Engel«, Bene macht Flatterbewegungen, »am Samstag Ausländer verprügeln und sich am Sonntag in der Kirche Nächstenliebe predigen lassen. Pittoresk«, sagt Bene und lacht kurz auf wie ein Verrückter. »Pittoresk nennen die Touris das Tal. Fahren uns mit ihren Skiern die Berghänge kaputt und erzählen uns was von Europa und Zukunft.«

Brandstätter stößt den Zeigefinger empört dem Boden entgegen. »Das wird Konsequenzen haben, Marino. Von Anfang an hast du es darauf angelegt, den Unterricht zu sabotieren. Von Anfang an! Und jetzt versuchst du in der allerletzten Stunde, mein Experiment zu ruinieren. Aber das lasse ich nicht zu ...«

»*Ihr* Experiment, ja«, unterbricht Bene ihn. »Jetzt sprechen Sie es wenigstens einmal selbst aus. Um Sie geht es hier, nicht um uns. Glauben Sie wirklich, Sie haben Großes vollbracht, wenn Sie sich hier umschauen?«

Bene streckt die Hände aus und zeigt gleichzeitig auf Andreas' und Nermins leere Plätze. Und obwohl Brandstätter jetzt Gelegenheit hätte weiterzusprechen, tut er es nicht.

»Wie, Brandstätter? Wie können Sie sich selbst einreden, dass das, was Sie hier aufführen, richtig oder sogar gut wäre? Wie kann man denn seine eigenen egoistischen Motive derart maskieren, dass man sie am Ende selbst nicht mehr erkennt. Ich mein, wie scheinheilig kann man sein? Sie Würstel, Sie!«

In der Türreihe lachen ein paar. Brandstätter schaut dafür umso ernster aus der Wäsche. Er hebt die Hände abwehrend vor die Brust, als würde Bene ihn körperlich attackieren. Dabei steht der jetzt mit herunterhängenden Armen einen Meter von ihm entfernt im Gang.

»Beruhige dich, Benedikt«, versucht er es. Aber seine Worte dringen nicht mehr zu Bene durch. In ihm läuft nur noch ein Programm ab: Eskalation. Aus ihm brechen jetzt alle Gedanken heraus, die er sich das ganze Semester über gemacht haben muss, aber nie aussprechen durfte.

Bene schaut mit glasigem Blick aus dem Fenster. »Wenn es hart auf hart kommt«, spricht er weiter, »sind wir doch alle Wölfe. Die Juden, die Moslems, die Palästinenser, die Amerikaner. Die Frauen oder die Homos: Jede Zeit hat ihren anderen, der zerfleischt werden muss. Angeblich, um sich selbst zu schützen. Ein Feind muss her, dann kann jeder Angriff als Notwehr verkauft werden. Nur so schafft man es, ohne Gewissensbisse ein Schwein zu sein.

Wir haben einen scheiß Umgang miteinander, der auf einer scheiß Sprache basiert, die auf scheiß Traditionen aufbaut. Gott, die Tradition, die Vergangenheit: Irgendein Grund findet sich immer, um einen Mitschüler zusammenzuschlagen oder den Nachbarn in die Luft zu sprengen. Und das Schlimmste daran ist, dass alles nur eine Ausrede für die eigene Faulheit ist. Weil Veränderung nämlich unbequem ist. Weil es einfacher ist, eine andere Meinung zu eliminieren, als die eigene zu ändern.«

Über das Klassenzimmer hinweg treffe ich den Blick der Presse. Sie nickt bei Benes Worten leicht mit. Er selbst reibt sich die Augen und marschiert dann wie auf einen geheimen Befehl hin nach vorne.

»Gewinnen wollen wir«, sagt Bene und schaut uns in den Bänken reihum an. »Jeder einzelne von uns will gewinnen und das tun, was gut für ihn ist. Und dabei sind wir maximal grauslich zueinander. Maximal grauslich. Ich mein, wo bleibt denn da die Menschlichkeit?«

Bene fixiert Brandstätter über den Raum hinweg: »Wo ist denn ihre Empathie, Herr Direktor in spe? Ein bisschen Verständnis: Das kostet doch nichts. Ist Ihnen überhaupt aufgefallen, dass in Ihrem scheiß Karton keine einzige Frau drin war? Keine Frau, kein Schwarzer, niemand, der irgendetwas anderes als ein weißer Mann sein könnte?«

»Da kann ich nichts dafür!«, ruft Brandstätter eilig. »Ich kann doch nichts dafür, dass es in der normalen Welt nur diese Akteure gibt.«

»Ah«, antwortet Bene ihm, »ist das so? Jede Generation imitiert bei der Machtverteilung seit Jahrhunderten das gleiche Muster, und dann wundern sie die Leute, dass sich nichts ändert.«

Brandstätter verdreht die Augen und atmet angestrengt aus.

»Nervt bestimmt«, antwortet Bene. »War bequemer, als ich noch das Maul gehalten habe, nicht?«

Jetzt stellt sich Bene neben mich und legt mir eine Hand auf die Schulter. Sein Griff ist sanft, man würde es nicht denken, wenn man den Zorn hört, der in seiner Stimme bebt: »Nicht einmal in einem Experiment wagen Sie es, die Rollen anders zu verteilen. Nicht einmal in einer alternativen Realität trauen Sie sich, eine Schülerin als Schülerin anzusprechen, und nicht als Schüler. Aber es war ja immer so, Brandstätter, oder? *War immer so* ist wirklich das beste Argument, das ein Mensch bringen kann, auf dieser Welt. Ein Fehler wird dann super, wenn ihn vorher schon viele andere gemacht haben. Dann wird der Fehler zum Ideal und am Ende zur Wahrheit.«

Bene reißt den Mund auf und schreit seinen nächsten Satz heraus:

»Bravo, Brandstätter. Nicht genügend, Sie Trottel. Setzen!«

Jetzt lacht die ganze Klasse.

»So eine Frechheit!«, erwacht Brandstätter zu neuem Leben. Wutentbrannt stürmt er auf Bene zu, dass es ihm seinen Sommerschal um den Hals wirbelt. Er bleibt stehen, bohrt Bene den Finger in die Brust und schreit jetzt selbst: »So was Undankbares! Ihr wisst ja überhaupt nicht, was wir für euch geleistet haben in den Siebzigern!«

»Ha!«, lacht Bene auf und wischt Brandstätters Hand wie einen lästigen Maikäfer fort. »Dann sind Sie also jetzt für immer ein guter Mensch? Weil Sie glauben, dass Sie links sind und auf ein paar Demos waren, stehen Sie für den Rest Ihres Lebens auf der richtigen Seite der Wahrheit? Aber ich sag Ihnen was: Da scheiß ich drauf. Sie haben richtig gehört, Brandstätter. Ich scheiß auf Ihre moralische Wohlfühlzone! Wenn Sie die richtigen Rollen nicht vergeben, dann nehmen wir sie uns eben selber.« Damit stellt Bene sich vor die Tafel und wendet sich an die Klasse. »Dann bin ich eben eure Del Ponte, dann bin ich eure Dohnal.«

»Tu felix Austria«, ruft er und breitet die Arme aus. »Was sollst du kleines Land denn für eine große Zukunft haben, wenn du dich weigerst, endlich die miefende Jacke auszuziehen? Und ich frage euch: Wenn wir uns heute schon freiwillig so dumm verhalten, wer sind wir dann in zwanzig Jahren? Wenn die Causa Omofuma heute schon vergessen ist, was werden wir dann in zwanzig Jahren vergessen haben? Marschieren wir dann wieder mit Reichsflaggen und stecken die Menschen in Lager? Werfen wir Kinder mit dem falschen Stammbaum wie Wölfe aus unserem Land?«

Bene holt noch einmal Luft.

»Gratulation, Österreich!«, brüllt er. »Gratulation an alle, die ein Tal in der Brust haben, auf der ganzen Welt. Gratulation zu eurer Nationalität. Was für eine Leistung, dass euch der Himmel auf diesen Flecken Erde herausgeschissen hat. Seid stolz auf euer Land, ihr Vermaledeiten. Riegelt es ab, bis ihr an eurer Inzucht verreckt!«

»Danke, Benedikt.«

Es ist ein seltsames Geräusch, wenn sich zwanzig Köpfe gleichzeitig in dieselbe Richtung drehen.

3

»Danke, Benedikt.«

Nadja steht im Türrahmen. Jetzt, wo sie die Linsen trägt, kommen ihre Lachfalten erst richtig zur Geltung.

Ein Aufatmen geht durch die Klasse. Auch wenn sie mich verarscht hat mit dem Referat, ihre Anwesenheit bringt neue Hoffnung. Hoffnung, dass wir dem größenwahnsinnigen Brandstätter und dem ausrastenden Bene nicht länger wehrlos ausgeliefert sind.

Nadja lächelt auf eine Weise, wie man nur lächeln kann, wenn man weiß, dass die Menschen einen lieb haben. Ihre dunkelblaue Regenjacke ziert jetzt ein FPÖ-Anstecker. Mit spitzbübischem Grinsen schreitet sie zur Tafel und öffnet die Flügel. Ein Raunen geht durch die Klasse, als der hintere Teil sichtbar wird, den Nadja wohl schon vor der Stunde vorbereitet hat.

Jörg Haider, steht da in dicken blauen Lettern. Darunter hängen mit Tixo befestigte Wahlplakate und vereinzelte Zitate und Fakten in der Handschrift meiner Banknachbarin.

Ein Politiker der neuen Art, steht auf einem Plakat. *Sie sind gegen ihn, weil er für Euch ist,* auf einem anderen.

Ich überfliege die Zitate.

Auf Kosten der tüchtigen und fleißigen Österreicher steht dort, *Rückbesinnung auf Werte und Tugenden; Waffen-SS* und *Ehre.*

»Wir dachten, du bist der Papst!«, ruft die kleine Oberländerin erschrocken.

»Das habe ich nie gesagt«, sagt Nadja. »Ich kann nichts dafür, wenn ihr die falschen Schlüsse zieht.«

Nadja holt aus ihrer Jackentasche eine schmale schwarze Geschenkschachtel mit blauen Herzen darauf und reicht sie Brandstätter. Mit zusammengezogenen Augenbrauen öffnet er die Schachtel und zieht eine Fliege heraus.

Beherzt streckt Nadja ihm die Hand hin, und Brandstätter ist so überrumpelt, dass er sie tatsächlich nimmt und schüttelt.

»Auch wenn Sie selbst nicht der Raffinierteste sind – Sie haben Ihr Bestes gegeben«, sagt sie zu ihm. »Zusammen haben wir wirklich Großes vollbracht. Danke für die gute Zusammenarbeit, Wolfgang.«

Hinter den beiden steht Bene. Über den Handschlag hinweg schaut er mit einem Fickt's-euch-alle-Blick in die Klasse und sagt: »Ich bin schwul.«

Damit dreht er sich um und verlässt den Raum.

Erst ist es komplett still, dann beginnt der erste zu lachen und dann der nächste.

»2008 Punkte!«, schreit die Schlange da plötzlich. Sie kommt durch die Reihen nach vorne gelaufen und streckt jedem auf dem Weg ihr vollständig von der Snake-Schlange ausgefülltes Display entgegen.

»Es reicht!«, brüllt Brandstätter.

Aber die Schlange reagiert nicht. Sie schleudert das Nokia auf den Boden und springt mehrmals kurz und heftig darauf, bis es knackt.

Sie stellt sich vor die Tafel, reißt die Hände in die Luft, ruft »Namasté« und in der Klasse bricht ein Chaos los, das selbst ich noch nicht erlebt habe. Hinten fällt etwas Schweres zu Boden, vorm Lehrerpult zieht sich Boris sein T-Shirt über den Kopf, und dazwischen dringt immer wieder Theresas Schluchzen.

Ich nehme meinen Rucksack und stehe auf. Jetzt, wo offenbar der Weltuntergang stattfindet, ist eh alles egal.

»Julia!«, höre ich Brandstätter noch brüllen, aber da fällt die Tür schon hinter mir zu.

4

Auf dem Gang rufe ich nach Bene. Er blickt sich kurz um, biegt dann aber um die Ecke. Ich beginne zu rennen. Im Treppenhaus erreiche ich ihn endlich.

»Jetzt wart mal, du Homo!«, rufe ich.

Bene fährt herum und schaut, als wollte er mich erschlagen.

»Entschuldigung«, sag ich, »nimm das halt jetzt nicht so ernst, bitte.«

»Ich bin aber einer!«, ruft er. »Ein Homo. Ein Wacher. Eine Schwuchtel. Oder welche Wörter ihr Arschlöcher sonst noch so gern verwendet. Ihr merkt das ja gar nicht«, presst er heraus, »wie ihr euch mit der Sprache gegenseitig kaputtmacht. Was ihr alles anrichtet, wenn ihr den Mund aufmacht.«

»Ich weiß nicht, was du meinst«, sag ich.

»Bullshit!«, fährt Bene mich an. »Du stellst dich doch nur so dämlich, damit du dein eigenes Leben aushältst.«

Er beugt sich zu mir herunter und spricht leise weiter. »Weißt du was, Julia: Ja, ich nehme mich selber ernst. Und statt dich darüber lustig zu machen, solltest du das vielleicht auch einmal tun.« Sein Blick wird glasig, und er flüstert den nächsten Satz: »Wie sehr musst du dich eigentlich jeden Tag erniedrigen, um nicht zu merken, dass es in deiner Musik keinen Platz für dich gibt? Wie fühlt es sich an, Julia, dass du für deine Vorbilder immer nur ein Ding bleiben wirst?«

»Alter, was ist!«, rufe ich und schubse ihn. »Das kann dir doch egal sein. Lass mich in Ruhe! Ist nicht meine Schuld, wenn du schwul bist.«

»Schuld.« Bene lacht bitter auf. Mit bebender Stimme spricht er weiter. »Was mir echt scheißegal ist«, sagt er, »ist, was so ein asoziales Verliererkind ohne Eltern von mir denkt.«

Ich kontere mit einem Satz, der sich schon vorm Aussprechen falsch anfühlt. »Mir auch scheißegal«, rufe ich, »was so eine kleine Schwuchtel wie du von mir denkt. Geh heim, dich schminken.«

»Fick dich!«, ruft Bene und läuft die Treppen hinunter.

Ich atme ein paarmal durch. Mein Puls rast. Und obwohl ich Bene unten schon durch die Glastür in den Hof treten sehe, laufe ich noch einmal zum Geländer und lege alle Kraft in die Stimme.

»Hey«, brülle ich in die Gänge der Hauptschule hinein. »Ich habe Eltern!«

5

Basilikum ist nicht so gut, wie alle immer tun. Und trotzdem hat die Kochlehrerin bestimmt, dass das Kraut eine feste Rolle an unserer Festtafel spielen soll, beim Abschlussessen des Kochunterrichts, das *der 4c als Ersatzveranstaltung für eine Abschlussfeier dient.*

Obwohl der Tag erst angebrochen ist, kriecht die Hitze schon durch alle Ritzen in die Wohnung. Das Basilikum, das ich beim Lidl besorgt habe, wie es mir in der SMS befohlen worden ist, ist auch schon halb tot. Ich quetsche zwei Töpfe nebeneinander in den Rucksack und obendrauf zwei weitere.

Freiwillig wäre ich nicht noch einmal in die Schule zurückgekehrt. Tatsächlich hat der gesamte Restmüll seit dem *D-Day,* wie die Presse den Tag der letzten Geschichtsstunde nennt, keinen regulären Unterricht mehr gehabt. Nach dem Tag, an dem alle so ausgerastet sind, dass der Brandstätter die Klasse angeblich mit einem *Fickt's euch!* verlassen hat, sind die Eltern von der Presse und dem Schröder bei der Schanovsky aufgekreuzt und haben gesagt, dass der gar nicht mehr in die Schule zu kommen braucht, sonst holen sie die Polizei.

Seitdem hat niemand mehr den Brandstätter gesehen und der Restmüll ist jeden Tag einer anderen Klasse zur Teilnahme an deren Wandertagen zugeteilt. Besonders eifrige Schüler waren deswegen in der letzten Schulwoche bereits mehrmals im Museum am Berg droben oder bei der Römerausgrabungsstätte. Andere, wie ich, sind den Augenzeugenberichten von Fritz zufolge gar nicht mehr aufgetaucht.

Es ist ein verheerendes Bild, hat die Presse gestern eine SMS geschrieben, *das die 4c am heutigen Tage bietet. Zurückgelassene Schülerstühle, ein verwaister Lehrerstuhl, und in der letzten Reihe links ein Hakenkreuz am Pult.*

Direktorin Schanvosky, hat die Presse weiter berichtet, *gibt Hauptschulabschlusszeugnisse nur an jene heraus, die zur Vergabe noch einmal persönlich erscheinen. Zu diesem Zweck gibt es eine Ersatzveranstaltung …*

Das hat die Presse der gesamten Klasse ausgerichtet, plus am Schluss noch individuelle SMS zum Abschlussessen, wie beispielsweise *Bring Basilikum* an mich.

Michael kommt ins Wohnzimmer. Mein Bruder kann jetzt offiziell wieder gehen. Die wundersame Heilung kam gerade zur rechten Zeit, jetzt wo wir mit Tarek nicht mehr sprechen. Michael und ich sind auf die Hilfe von niemandem angewiesen.

»Gemma?«, frage ich.

»Geh alleine«, sagt mein Bruder. »Ich komm heute nicht mit.«

Ich grabe die Hände in die Hosentaschen und beobachte ihn dabei, wie er die Truhe neben dem Diwan öffnet, seinen Reisepass herausholt und in den Rucksack packt.

»Wir haben keine Marken mehr«, sagt er.

»Wir kochen heute eh Caprese«, sag ich.

»Caprese machen ist nicht kochen«, sagt Michael, »da wird ja nicht gekocht. Da wird nur geschnitten.«

»Dann haben wir heute halt zum letzten Mal Schneideunterricht«, sag ich.

»Jemand muss die Marken holen, ich schaffe es heute nicht«, sagt Michael und lässt den Deckel der Truhe zukrachen.

Ich ziehe eine Zigarette aus dem Parisienne-Päckchen und klopfe mir mit dem Filter auf den Oberschenkel.

»Ich kann nicht«, sag ich.

Michael atmet genervt aus und zieht den Reißverschluss seines Rucksacks zu.

»Wer«, sagt er und rempelt mich im Vorbeigehen an, »hat dich eigentlich gefragt?«

6

Tatsächlich scheint sich an diesem Morgen fast der gesamte Restmüll in der Hauptschulküche eingefunden zu haben.

»Osama!«, brüllt Melli gerade, als ich den Raum betrete. Sie holt mit einem Messingtopf nach einer dieser Mitschülerinnen aus, deren Namen ich mir die ganze Schulzeit nicht merken konnte. Mellis Blick fällt auf mich, sie hält in der Bewegung inne.

»Ja, spinnt's ihr denn alle?« Die Kochlehrerin reißt Melli den Topf aus der Hand. »Die einen schmieren mir mit Tomatenmark *Free Palestine* an die Abstellkammerwand und die anderen verprügeln sich gegenseitig mit Desserttöpfen!«

Boris legt beide Hände auf die gelbe Melone vor sich: »Also, ich war sicher in keiner Abstellkammer.«

»Ha!«, ruft Katja neben ihm.

Die große Oberländerin reicht Tarek an der Kochinsel ein Stück Prosciutto. Er nimmt es, schaut zu mir, dann zu Melli, dann nur noch auf den Schinken und wickelt ihn um eine Grissini-Stange. Ich ignoriere ihn und Melli und gehe zu der Arbeitsplatte, auf der schon Tomaten und Mozzarella bereitliegen. Hier, denke ich, könnte jetzt Bene mit mir stehen, wenn er gekommen wäre.

Zum letzten Mal setzt sich der Restmüll gemeinsam an die große Tafel im Keller der Schule. Wir starren auf die weiße Tischdecke und schieben uns stumm die Caprese in die Münder. Durch meine neue Brille mustere ich die im Balsamico schwimmenden Olivenölaugen, das feine orange Muster, das über der Tomatenschale liegt. Ich esse ein paar Blätter Basilikum, aber es ist nicht so gut, wie alle immer tun. Am Ende verteilt die Kochlehrerin die Zeugnisse.

Sie wünscht uns alles erdenklich Gute, für das weitere Leben.

7

Ich lege 2Pac's *Changes* in den Discman und gehe durch die ausgestorbenen Hauptschulflure, vorbei an gerahmten Zeichnungen, die an Nylonfäden von der Wand hängen. *Denise,* steht in der Ecke von einer, *1991.* Zum ersten Mal betrete ich den Raum, in dem der Mathematikunterricht der ersten Leistungsgruppe abgehalten wurde, und wundere mich, dass er aussieht wie alle anderen auch.

Durch dieselbe Glastür, durch die ich Bene vor einer Woche davongehen sehen habe, dieselbe Glastür, durch die ich vier Jahre lang ein und aus gegangen bin, trete ich zum letzten Mal in den staubigen Schulhof. Jetzt, wo dem Platz die Schüler fehlen, kann man die Blätter der Goldrauschstaude rascheln und Vögel zwitschern hören.

»Julia Hofer«, sagt eine Stimme hinter mir. In der schattigen Ecke neben dem Eingang lehnt der Kelomat. Er nimmt eine Zigarette aus einem gelben Parisienne-Päckchen und steckt sie sich in den Mund.

»Frau Brunner«, sag ich und schiebe mir die Hörer von den Ohren.

»Tu ne parles plus français?«, antwortet der Kelomat, zündet sich die Zigarette an und bläst Rauch in die Luft wie eine Französin im Film.

Ich gehe einen Schritt auf ihn zu und deute auf die Tschick: »Wir rauchen dieselbe Marke.«

Mit dem Daumen klappt der Kelomat die Parisienne auf und hält sie mir hin. Ich nehme mir eine Zigarette und lasse sie mir von ihm anzünden.

»Hast dir dein Zeugnis geholt?«, fragt er.

Ich zucke mit den Schultern und reiche es ihm, dieses Zeugnis. In diesem Jahr habe ich mir nicht mehr die Mühe gemacht, eine Klarsichtfolie dafür mitzubringen. Die Tschick abgespreizt, das Blatt mit Daumen und Ringfinger haltend, lässt der Kelomat die Augen über die Noten gleiten.

»Und jetzt?«, sagt er und gibt es mir zurück.

»Jetzt?«, sag ich und zucke mit den Schultern. »Jetzt nix.«

Der Kelomat lässt die halb gerauchte Zigarette auf die Erde fallen und zertritt sie.

»Alles Gute«, sagt er.

»Hofer out«, sag ich, zeige ihm das Peace-Zeichen und gehe davon.

8

Auf dem Heimweg legt sich mir die Hitze auf die Schultern wie ein Mantel, der sich immer mehr mit kochendem Wasser vollsaugt. Der Nacken brennt, die Stirn juckt, und von fern höre ich die euphorischen Schreie der Leute aus dem Schwimmbad.

Daheim schreibe ich Michael eine SMS und bekomme keine Antwort.

Ich koche Nudeln, heute haben wir kein Sugo da. Ich rühre Fertigcappuccino an und stelle ihn mit einem Teller Nudeln auf den Couchtisch zum Diwan, dann setze ich mich zum Essen vor den Fernseher.

Draußen reibt Quasimodo seine hässliche feuchte Nase an der Scheibe. Ich wende mich ab und drehe MTV lauter. Als ein DJ-Tomekk-Video beginnt, schalte ich zu *King of Queens.* Ich schaue eine alte Folge *Dawson's Creek,* bei *Verbotene Liebe* schlafe ich ein und bei der *Harald Schmidt Show* wache ich wieder auf.

Es ist jetzt dunkel. Die Haustür öffnet sich. Mit Michael strömt der Duft von frisch geschnittenem Gras herein. Grußlos legt er den Rucksack und sein Käppi ab und geht in die Küche.

»Alter«, rufe ich. »Wo warst du?«

»Darf ich den Rest?«, fragt er.

»Ja«, sag ich und reibe mir die Arme, »aber es ist kein Sugo da.«

Michael kommt mit einem Teller trockener Spaghetti zur Couch und setzt sich neben mich. Er beginnt, sich die Nudeln in den Mund zu schaufeln. Gemeinsam starren wir auf den Bildschirm. Die Bloodhound Gang nimmt irgendeinen Preis entgegen. Michael nimmt einen großen Bissen, schluckt.

»Ich war in Salzburg«, sagt er. »Ich hab mich an der Uni eingeschrieben. Und mich beim Wohnheim beworben.«

Ich mustere meinen Bruder von der Seite, schaue dann wieder zum Fernseher, wo gerade eine Schar applaudierender Jugendlicher eingeblendet wird.

»Wir haben uns aber auch eine Wohnung angeschaut, da müsste halt einer die Küche im Zimmer haben.«

»Wir?«, frage ich.

»Ja, der Hannes und ich halt.«

»Bist du jetzt schon mit der Matura fertig?«, frage ich.

Michael nickt.

Der Bloodhound-Gang-Bassist dreht sein Mikrofon um und rammt es sich in den Rachen, bis er ins Publikum kotzt. Die Fans weinen vor Freude.

Ich stehe auf und gehe in die Küche. Ich nehme eine Gabel aus der Tasse mit dem Besteck und stecke sie wieder zurück. Michael kommt herein. Auf einmal schaut er wütend aus.

»Mein Gott«, fährt er mich an, »was soll ich denn machen?«

Ich schlucke und verziehe den Mund.

»Weiß nicht«, sag ich.

»Scheiße«, schreit er und ich zucke zusammen. »Du könntest ja auch mal lernen, statt fernzusehen oder dumm in der Gegend herumzurappen.«

Ich schiebe die Besecktasse mit einem Krachen in die Spüle.

»Ich kann ja nicht mein ganzes Leben aufgeben wegen dir.

Du tust einfach nicht weiter!«, brüllt Michael jetzt. Er streckt eine Hand aus und zeigt auf mich: »Herrgott, Julia!«

Mein Hals schnürt sich zusammen, Tränen steigen mir in die Augen.

»Ich hasse dich!«, schreie ich meinen Bruder an. »Ich hoffe, du stirbst!«

9

Als ich am Morgen aufstehe, ist die Tür zu Michaels leerem Zimmer offen. Auf dem Küchentisch liegt eine Informationsbroschüre für Arbeitsplätze bei McDonald's. Dem McDonald's, der im Herbst dort aufsperren wird, wo früher die Milchfabrik gewesen ist.

In meinem Schlaf-Shirt trete ich in die gleißende Morgensonne. Die frisch gemähten Felder verströmen einen angenehmen Duft. In der Ecke, an der Mauer, ist etwas, das zum restlichen Bild nicht passt. Ich mache einen Schritt darauf zu. Alles erkenne ich nicht, nur gerade so viel, um sicher zu sein, dass das Stück Fell und die blutglasierten Grashalme alles sind, was die Mähmaschine von Quasimodo übriggelassen hat.

Die Schule ist vorbei. Jedes Unglück ist passiert und meine Welt zum Stillstand gekommen. Hier ist sie also: meine Zukunft.

10

Der Juli hat keine Übergänge, der Juli ist ein Moment.

Ich sitze in der Wiese und die Sonne verbrennt mir die Nase. Ich gehe in den Lidl und kaufe faschiertes Fleisch. Ich stehe vorm Il Gelato und beobachte Tourikinder als Strom zur Eistheke fließen. Auch in diesem Jahr sagen die Menschen, dass es zu wenig regnet. Aber das stimmt nicht, es gab mindestens schon drei stundenlange Schauer, die diese Menschen in ihre Häuser getrieben haben.

Etwas Kühles streicht mir über die Wange und weckt mich. Sofort fällt mir die Nacht in den Auen wieder ein: Bitte nicht wieder Nacktschnecken. Ich öffne die Augen und setze mich auf der Parkbank auf. Vor mir steht ein nicht ganz ausgewachsener Lassie-Hund. Er bellt, ich nicke. Ich stelle die Füße auf den Boden und er schnuppert an meine Fingerspitzen, an der langen Hose, die eigentlich zu dick für diese Temperaturen ist. Aber der Sommer hat halt viele Gesichter, wenn man sich ihm lange genug hingibt. Ich fahre dem Hund mit beiden Händen in sein flauschiges Fell, fahre an seinem Kiefer entlang und kraule ihn hinter den Ohren. Der Hund hechelt und springt mir mit den Vorderpfoten auf die Knie.

»Ja, so ein Braver bist du«, sag ich und lege meine Stirn an seine.

Quasi, denke ich, Quasimodo, du kleine kaputte Katze. Ein Pfeifen. Der Hund zieht die Pfoten grob zurück und läuft zu einem weißhaarigen Mann im Poloshirt mit aufgestelltem Kragen. Der Mann mustert mich von oben bis unten, dann geht er davon und der Hund ihm nach.

Ich wische mir den Dreck von der Hose und schaue den beiden hinterher. So leicht geht das mit den Menschen. Erzählt man jemandem, man ist in den Bergen geboren, glaubt der automatisch, man macht Wintersport oder geht regelmäßig Kajak fahren, oder was auch immer man mit dieser Natur so aufführt, wenn man Geld genug hat. Dass man an einem solchen Ort aufgewachsen sein und sich ein Ticket für den Skilift nicht leisten kann, können sich die Urlauber nicht vorstellen; dass man zwischen Felshängen lebt und im Schrank trotzdem keinen Overall hängen und in der Garage keine Carving-Ski stehen hat. Dass man überhaupt so etwas wie eine eigene Garage hat, davon gehen gewisse Menschen einfach aus. Und sehen einen diese Menschen wiederum auf einer Parkbank schlafen, in einer Wiese oder neben dem Fluss, ziehen sie die nächsten Schlüsse. Dabei wissen sie gar nichts über einen anderen, der ein fremdes Leben lebt.

Ich kratze mir die juckenden Arme, in der Nacht haben sich die Mücken wieder reichlich bedient. Immerhin hat die lange Hose etwas gebracht. Etwas steif stehe ich auf und drehe den Oberkörper in der Sonne herum. Heute wird wieder ein heißer Tag, ich merke es schon. Ich gehe in den Supermarkt und kaufe eingeschweißtes Hausbrot, eine Familienpackung Emmentaler und Teebutter im Angebot. Vor der Kasse kehre ich noch einmal um und hole eine Dose Fertigcappuccino aus dem Regal. Ich zahle und gehe, gehe am Lackner-Haus vorbei, an der großen Wiese und erreiche unsere Siedlung.

Als ich die Wohnungstür hinter mir schließe, ist es plötzlich still. Und mir fällt auf, wie viele Geräusche mich vorher schon den ganzen Morgen über begleitet haben.

Ich öffne die Fenster im Wohnzimmer und im Vorraum. Ich lasse ein bisschen Licht herein. In der Küche schalte ich den Wasserkocher an und schneide unförmige Brotscheiben. Die Butter ist noch immer hart, und damit gebe ich den Scheiben den Rest. Dann schneide ich den Emmentaler auf. Der Käse schmeckt gut, man muss nur aufpassen, dass er nicht schwitzt. Ich verteile die Brote auf zwei Teller und stelle sie im Wohnzimmer auf den Tisch. Aus dem Fernseher schreit mir eine als korsetttragender Pudel verkleidete Christina Aguilera »Marmalaaade« entgegen.

Ich gehe noch einmal in die Küche, nehme den Plastikdeckel von der Cappuccinodose, und wie ich sehe, dass sie darunter noch einmal mit einer Aluabdeckung versiegelt ist, denke ich auf einmal: Ich schaffe das nicht.

Eine Welle presst sich meine Brust hoch und fährt mir in den Nacken. Ich krümme mich zusammen und umklammere die klebrigen Ränder der Arbeitsplatte. Ich atme einmal, zweimal, *ist nicht so schlimm,* sag ich zu meiner Spiegelung im Fenster, *es geht schon wieder.* Ich atme ein paarmal durch, dann packe ich die Lasche und reiße den Aluverschluss mit einem Ruck herunter. Ich löffle das Pulver in die Tasse, schütte das heiße Wasser darauf und rühre so lange, bis das ganze Pulver verschwunden und nur noch Schaum da ist. Ich stelle den Cappuccino auf den Tisch und setze mich auf die Couch.

Die Butter schmilzt mir über die Zunge, als ich in das Emmentalerbrot beiße. Auf VIVA kommt Werbung für Klingeltöne, ich nehme die Fernbedienung und schalte mich durch die Programme. Lassing ist jetzt schon drei Jahre her, sagen sie in der ZIB. Und in einer deutschen Nachrichtensendung, dass Hannelore Kohl und Beate Uhse gestorben sind. Ein deutsches Satanistenpärchen hat einen Arbeitskollegen mit der Machete abgeschlachtet. In Mazedonien streiten sie, in Israel auch. Eine österreichische Politikerin sagt in einem Interview, dass die Demonstranten beim G8-Gipfel selber schuld sind, wenn die Polizei sie verprügeln muss, und es gibt jetzt eine Phantomzeichnung von dem Kind von Steffi Graf und Andre Agassi, wie es einmal ausschauen soll, wenn es auf der Welt ist. Das gezeichnete Kind lacht, hat lange helle Haare und trägt ein Tennis-Stirnband. Ich nehme die Fernbedienung und drücke den Aus-Knopf. Der Bildschirm wird schwarz und ich sehe wieder mich selbst.

Gestern habe ich mit Michael telefoniert. Bevor er weggegangen ist, hat er den Computer in mein Zimmer gestellt und ist mit mir ein Paar neue Schuhe im Deichmann kaufen gegangen. Seither ist seine Zimmertür dauerhaft geschlossen. In Salzburg, hat er am Telefon erzählt, ist ein Fluss, der fließt durch die ganze Stadt, und obwohl es in Tal eigentlich genauso ist, hat er gemeint, ist es in Salzburg ganz was anderes. Salzburg, hat mein Bruder gemeint, ist ganz etwas anderes. Michael studiert jetzt Jus, dann wird er einmal Anwalt, und wir sind reich. Wir tragen Nadelstreifenanzüge und fahren in einem Auto, und wenn uns im Sommer heiß wird, gehen wir in unseren Garten und schwimmen in unserem Pool. Michael und Hannes haben jetzt eine WG, sie hatten da auch schon eine Party, die soll super gewesen sein.

Im Bad schalte ich die feucht müffelnde Wäsche in der Maschine einfach noch einmal ein, es ist gar nicht so einfach, den richtigen Zeitpunkt zum Aufhängen zu erwischen. Ich ziehe ein Kleidungsstück nach dem anderen aus, bis ich nackt dastehe und im Spiegel sehen kann, wo genau die Mücken in den letzten Tagen ihr Festmahl hatten. Ich stelle mich in die

Duschkabine und schäume mich von oben bis unten ein. Ich wasche meine Haare zweimal, damit sie später in der Sonne wie ein Regenbogen glänzen. Als das abfließende Wasser durchsichtig wird, steige ich wieder heraus. Ich rubble meinen Körper ab, von oben bis unten. Ins Handtuch gewickelt gehe ich in mein Zimmer. Ich starte den Computer und gehe in den Ö3-Chat. *Re*, tippe ich in das Textfeld, und mein Nickname erscheint zwischen anderen blauen und grünen, roten und orangen Nicks. *Lol* und *Rofl*, schreiben sie, und *Welcome back*.

Ich stecke mein Handy ans Ladegerät und lege mich ins Bett. Als ich aufwache, ist später Nachmittag. Die Kinder im Hof draußen kreischen erschöpft herum. Ich ziehe mich an, ich wechsle die Batterien im Discman und fülle die Radlberger-Flasche mit Wasser. Ich wickle ein Emmentalerbrot in Alufolie, und als ich mit meinem Rucksack auf die Straße trete, fährt der mit Touris vollgestopfte Bäderbus an mir vorbei.

Ich gehe in die entgegengesetzte Richtung, gehe bis zum Ende der Gasse und die Umfahrungsstraße entlang. Ich gehe beim durchgestrichenen Ortsschild vorbei, bis die Gerade sich langsam in eine Steigung verwandelt, und biege in den Wanderweg ein. Eine halbe Stunde geht es aufwärts, ich pausiere oft genug, um nicht ins Schwitzen zu kommen und die Mücken noch zusätzlich zu reizen. Ich erreiche die Kapelle und lege drinnen meinen Rucksack ab. Ich setze mich auf die schmale Bank unter dem Kreuz und wähle den Namen meines Bruders in meinem Alcatel. Ich erreiche ihn nicht. Also setze ich mir die Kopfhörer auf und höre *Wir waren mal Stars*.

Seit Bene es mir im Schulflur entgegengeschrien hat, fallen sie mir selbst auf, die Wörter und Sätze, die ich ausblenden muss, wenn ich meine Musik hören will. Die Wörter und Sätze, mit denen mich jene Menschen beleidigen, deren Rhymes für mich der einzige Grund zum Leben sind.

Ich lasse den Blick über den Talkessel gleiten. Ich schaue mir die Schatten an, die die Berge auf mein Zuhause malen. Unten lauter Spielzeugautos, der Fluss eine glitzernde Schlange. Ein hellblaues Viereck voller wimmelnder Ameisen. Eines der Häuser am Rand muss Mellis sein, und ein anderes Michaels und mein Block.

Die Welle steigt wieder in mir hoch. Diesmal gelingt es mir nicht, sie unten zu halten. Wasser dringt mir in die Augen, ich reiße den Mund auf und presse die Hand davor, damit das Schluchzen sich nicht hinauszwängen kann, damit es nicht versehentlich ins Tal hinunterfallen und wahr werden kann.

Am Morgen wandelt über die kalkverputzte Kapellenwand ganz langsam ein Weberknecht. Ich trinke, was vom Wasser übrig ist, und pisse in den Wald. Ich nehme meinen Rucksack, und auch beim Runtergehen begegne ich keinem. Zu Hause öffne ich die Fenster, zuerst im Wohnzimmer, dann im Vorraum. Ich lasse ein bisschen Licht herein. Die feuchte Wäsche stinkt, ich habe den richtigen Moment wieder verpasst. Ich schalte die Maschine noch einmal ein, gehe in die Küche und stelle Wasser auf. Ich richte zwei Teller mit Emmentalerbroten und einen Fertigcappuccino. Im Fernsehen berichten sie heute nicht, dass jemand gestorben wäre, aber ich bin mir sicher, dass es trotzdem so ist.

11

Ich gehe den Trampelpfad entlang zu der Bank, wo die Sportler ihr Revier haben. Am rechten Arm streifen mich die vorbeiziehenden Büsche, das lange Gras kitzelt mir die Knöchel. Eine der seltenen Windböen, die sich ins Tal verirren, trägt mir Gelächter entgegen.

Die Burschen aus der Sport hocken auf der Bank, neben der Bank, auf dem Zaun, und halten sich auf den dünnen Brettern mit ihren muskulösen Arschbacken fest. Ihre teuren Fahrräder sind mit dicken Schlössern ordentlich an den Zaun gebunden. Sie lachen laut und trinken Isostar aus Flaschen mit Nuckelverschlüssen und tragen aus einem Grund, den ich nicht verstehe, fast alle gelbe Shirts. In einem unbestimmten Takt wischen sie sich damit die Gesichter ab, ausführlich, dass man währenddessen die Bauchmuskeln zählen kann. Sie wuseln in Kreisen, umschwirren wie bullige Bienen ihre Königin.

Melli sitzt mit weit von sich gestreckten Beinen da, wirft die honigfarbenen Haare zurück und spielt mit dem Handy. Der erste Sportler bemerkt mich, trinkt einen Schluck Isostar und schaut wieder weg. Ein zweiter neben Melli bemerkt mich, nutzt die Gelegenheit und lehnt sich beim Flüstern so nahe an ihr Ohr, als ob er es ihr abbeißen wollte. Melli dreht den Kopf, schaut mich an und dann wieder auf ihr Handy. Mit den Daumen drückt sie so fest auf der Tastatur herum, als wollte sie die letzten Reste aus einer Salbentube quetschen. Sie sagt laut »Scheiße« und die Bienen verstummen. Mit derselben Wut, mit der sie *Scheiße* gesagt hat, steht Melli jetzt auf. Sie holt aus und schleudert ihr Handy ins tiefe Gras. Einer wird es holen, so viel ist sicher.

Melli trägt ein orangerotes, ärmelloses Shirt, das statt dem Stoff am Bauch eine Kapuze hat. Melli hat den tieferen Zweck von Kleidung nicht verstanden. Vielleicht bin ich es aber auch, die ihn nicht verstanden hat. Ich ziehe mir mit beiden Fäusten das weite Hemd über die Hüften, Melli stemmt die Hände in ihre. Sie ist braun geworden, über dem Hosenbund sehe ich den der Unterhose, darüber Streifen hellere Haut, wo die Bänder ihres Bikinis aufgelegen haben.

Drei Schritte macht Melli, dann steht sie vor mir.

»Also«, sagt sie mit den Händen auf ihren verschiedenen Hosen- und Unterhosenbünden.

»Also«, sag ich und schlucke. »Wir brauchen jetzt einmal deine Hilfe.«

»Meine Hilfe«, ruft sie und lacht, aber nicht wirklich, eher so, als hätte ein Lehrer einen Scherz gemacht.

»Jaja«, sag ich ernst, hole das Parisienne-Päckchen aus der Arschtasche und merke, dass ich zittere. Ich biete ihr keine an und sage noch einmal: »Ja.«

»Wer soll das überhaupt sein: Wir«, sagt Melli und verschränkt die Arme. »Mit Tarek hast du keinen Kontakt. Dein Bruder und Hannes sind in Salzburg. Und der Andreas ist sowieso ganz woanders.«

»Der Michael und ich halt«, sag ich und reiße mein Kinn hoch. »Jetzt kannst du auch einmal was tun.«

Melli schnauft und lacht. Ich hasse sie.

»Der Michael«, sag ich, »will in Salzburg bleiben.«

»Ja, und?«, sagt Melli.

»Wir müssen das verhindern«, sag ich.

»Wieso?«, fragt Melli. »Was ist los?«

»Ja, hier bleiben soll er halt«, sag ich und trete von einem Fuß auf den anderen.

»Mein Gott, Julia«, sagt Melli. »Was wird denn der Michael im Tal bleiben? Was soll der denn da? Hier kann man nicht studieren. Und arbeiten langsam auch nicht mehr. Ich mein, schau dir mal die Typen aus dem Himmel an. Seit die Fabrik nicht mehr ist, wird es jeden Tag schlimmer. Da bleibt dir ja nichts mehr.«

»Trotzdem«, sag ich jetzt ein bisschen leiser. »Bitte hilf mir, Melli.«

Ihr Blick wird weicher: »Aber wie stellst du dir das vor, Julia? Was soll ich denn machen?«

»Geh mit ihm zam«, sag ich. »Du weißt genau, dass er auf dich steht.«

Jetzt lacht Melli wieder und zeigt mit dem Finger auf ihre Stirn.

»Hast du einen Vogel?«, sagt sie.

Ich werde wütend. »Was ist so schlecht am Michael?«, rufe ich. »Was ist so schlecht an uns? Alle anderen lässt du auch drüber. Ein jeder darf dir zwischen die Füß. Aber ausgerechnet mein Bruder nicht.«

»Pass auf, was du sagst, Bitch«, sagt Melli.

»Bitch bist ja wohl eher du«, sag ich. »Den Tarek hast auch gevögelt. Hat's dich angeturnt«, sag ich, »dran zu denken, wie's mir wehtut?«

»Reiß dich zusammen«, sagt Melli. »Du reißt dich jetzt einmal gewaltig zusammen.«

»Alter«, rufe ich und wische mir eine Rotzträne aus dem Gesicht. »Gehst mit ihm zam?«

»Mit wem jetzt?«, ruft Melli, jetzt ebenfalls grantig.

»Ja, mit dem Michael, Alter!«, rufe ich verzweifelt.

»Nein!«, ruft Melli. »Auf keinen Fall. Du spinnst ja.«

»Dann fick dich«, sag ich und drehe mich um. »Oder fick deine fünftausend Typen. Fick jeden, du dumme Fickerin.«

»Fick du dich«, sagt Melli. »Soll ich aus Mitleid mit ihm zamgehen?«

»Mitleid!«, rufe ich und spucke auf den Boden. Die Bitch kann froh sein, dass ich ihr nicht die Nase breche.

»Wir«, rufe ich und zeige erst auf sie, dann auf mich selbst, »sind geschiedene Leut!« Ich spucke noch einmal: »Ich kenn dich nicht mehr! Aus!«, rufe ich. »Finito!« Ich kreuze die Arme vor der Brust und ziehe sie entschlossen auseinander.

Melli zeigt mir den Mittelfinger und ich stürme in die vor Insekten schwirrende Wiese davon.

Der Wind trägt mir die Melodie von Missy Elliots *Get Ur Freak On* hinterher. Dann Rascheln, weil jemand ins Feld läuft.

»Melanie«, ruft eine Biene. »Da braucht dich einer.«

AUGUST

1

Fickt euch, denke ich und spucke Zahnpasta ins Waschbecken: Fickt's euch alle. Ich binde mir das Edelweißtuch um die Stirn und schließe das Hemd am obersten Knopf. Danach versuche ich es heute schon zum dritten Mal bei meinem Bruder. *Studieneingangsphase* nennt sich das, meinte Michael letzte Woche am Telefon, deswegen kann er nicht dauernd abheben oder sich sonst irgendwie kümmern um die Angelegenheiten im Tal. In Salzburg hat das Studienjahr noch gar nicht gestartet, hat der Hannes am nächsten Tag gesagt, als mein Bruder in der Dusche war und er statt ihm abgehoben hat.

Studenten im Fernsehen wohnen auch in WGs, sie arbeiten in Cafés, die Diner heißen, und essen chinesisches Essen aus weißen Schachteln. Ich war noch nie in Salzburg und versuche mir vorzustellen, wie Hannes und Michael dort durch die Straßen gehen, mit tiefhängenden Hosen. In meiner Vorstellung sitzen sie am Abend da, mit weißen Pappkartons, und wenn sie sie öffnen, sind drinnen nur Mozartkugeln, weil Mozartkugeln das einzige sind, was ich in Wirklichkeit über Salzburg weiß.

Ich ziehe die Haustür hinter mir zu und konzentriere mich auf die Wut. Im Discman dreht sich die IAM-Platte. *Je suis dangereux,* dröhnt es mir in die Ohren. Ich gehe immer schneller, marschiere zum Beat, marschiere durch meine Straßen, mein Tal, über meinen Marktplatz. Ich erreiche die Latino Bar. Ich steige die Treppen in die wummernde Musik hinunter, blaues Licht, überall.

Ich sehe sie sofort. Melli in einem schulterfreien Top, Tarek in einem Basketballtrikot, an dessen Seite ein Nippel heraussteht. Sie bemerken mich. Melli sagt etwas zu Tarek, er schüttelt den Kopf.

»Julia!«, ruft die Maama über den Tresen, neben ihr winkt ihre Tochter, und sogar der Kinnbremser hebt zur Begrüßung sein Glas.

»Punschkrapferl«, sagt Feuerzunge, als ich zu ihnen trete, »long time no see.«

Er dreht sich im Rollstuhl herum und lacht mich mit den Augenbrauen aus.

»Was geht?«, sag ich.

Er verdreht die Augen und deutet auf seine nicht vorhandenen Beine: »Nicht so viel.«

»Ah«, sag ich. »Entschuldigung.«

»Was macht die Rap-Karriere?«, fragt er.

Ich nicke: »So ähnlich.«

Im hinteren Bereich spielen Tick, Trick & Track Billard, ein paar HAK-Schüler teilen sich einen Sangria-Kübel. Auch ohne die Crew hat die Latino Bar sich mittlerweile gut gefüllt.

Die Maama stellt mir einen Pfiff hin »auf Haus«.

Ich bedanke mich und setze mich so, dass ich Melli und Tarek im Rücken habe. Man muss sich ja nicht die volle Ladung auf einmal geben. Hauptsache, die beiden verstehen, dass ich mein Revier nicht kampflos aufgebe.

»Guck«, sagt die Maama hinterm Tresen.

Sie hält eine Bravo Black Hits-CD hoch und ihre Augen funkeln. Ich muss lächeln über den gut gemeinten Versuch. Die Maama legt die Scheibe ein, ich bestelle mein zweites Bier und merke, dass ich lockerer werde. Einer der ersten Songs ist *Danger* von Mystikal.

Das ist ein Zeichen, denke ich und gehe zur Tanzfläche. Ich beginne unter der Diskokugel zu tanzen, und beim Refrain drehe ich mich zu Tarek und Melli und schreie: »Danger!«

Allmählich steigt mir das Bier zu Kopf, ich habe über den Sommer das Saufen verlernt. Aber jetzt muss ich die Ressourcen nicht mehr mit meinem Bruder teilen, ab jetzt kann ich saufen, bis der Kinnbremser mir vor lauter Respekt seinen Strickpullover schenkt. Und so mache ich es. Eine Stunde später habe ich zwei weitere Bier intus. Mein Ausgehhemd hängt über Feuerzunges Stuhl und auch mein T-Shirt ist schon durchgeschwitzt.

Von der Tanzfläche aus beobachte ich, wie die Maama dem Kinnbremser eine Hand auf den Arm legt, und verstehe erst jetzt, dass er ihr Mann sein muss und die bierausschenkende Tochter wahrscheinlich auch die seine ist. Ein Glück, denke ich, dass es die Crew nicht mehr gibt. In der Crew würden sie mich jetzt auslachen, weil sie bestimmt schon von Anfang an kapiert haben, dass der Kinnbremser der Paapa ist.

Ich hebe den Kopf und sehe im Spiegel, wie Tarek Melli auf die Wange küsst. Ich bleibe stehen, der Song wechselt. Die ersten Takte von Destiny's Child's *Survivor* laufen an. Normalerweise hüte ich mich vor R&B, ein ganzes R&B-Album ist ja ein Prodepressivum. Aber das Lied passt zur Stimmung: Überleben und kämpfen, gefährlich sein.

»Now that you're outta my life, I'm so much better!«, brülle ich den beiden den Text entgegen und schlage mir mit der Faust gegen die Brust. Tarek schüttelt den Kopf. Er sagt etwas zu Melli und zeigt auf mich. Die bekommt einen wütenden Gesichtsausdruck und schnauzt ihn an. Zufrieden lache ich und gröle den Text mit: »I'm a survivor, I'm not gonna give up.«

Tarek nimmt seine Schlüssel vom Tisch und Melli legt sich die Hand an die Stirn. Sie reibt sich die Schläfen und beobachtet mich.

»I'm a survivor«, brülle ich fast euphorisch, weil ich es heute nicht nur geschafft habe, erfolgreich mein Revier zu verteidigen, sondern weil sich die beiden jetzt sogar noch streiten.

Tarek geht ein paar Schritte auf den Ausgang zu und bleibt sofort wieder stehen. Ich bilde mir ein, dass ich ihn sogar im Neonlicht bleich werden sehe. Wenn jemand auf etwas zeigt, haben sie im *Fabelhafte Welt der Amelie*-Film gesagt, ist der, der auf den Finger selbst schaut, ein Trottel. Auf das, was er zeigt, muss man schauen. Und weil ein plötzlich bleich werdender Tarek gewissermaßen ein Fingerzeig ist, schaue auch ich jetzt zum Ausgang. Und spüre, wie mir selbst das Blut aus dem Gesicht weicht.

2

Auf der Treppe steht der Himmel.

Mindestens zehn Besucher aus der Disko, in die wir nicht gehen, blockieren den einzigen Ausgang. Ich erkenne ein paar Dirndln, ein paar kahlgeschorene ehemalige Fabrikarbeiter. Vorne, in der Mitte, steht Chucky, wie es sich für einen echten Anführer gehört. Die Hände entspannt in den Jackentaschen haltend lächelt er überlegen. Neben ihm steht der Lederhosenträger mit den großen Genitalien vom Maibaumfest – und auf der anderen Seite, es überrascht mich nicht, Andreas.

»Da haben wir sie alle«, ruft Chucky von der Treppe aus. »Die ganzen Degenerierten auf einem Haufen.«

Er setzt sich langsam in Bewegung, kommt die Stufen herunter und seine Engel schweben ihm hinterher. An der Bar schiebt die Maama ihre Tochter hinter sich, Tarek kehrt zu Melli an den Tisch zurück. Tick, Trick und Track schlüpfen in den hinteren Bereich. Und auch ich selbst gehe auf der Tanzfläche rückwärts, bis ich an die Go-go-Stange stoße.

»Was ist mit dem hier?«, fragt Chucky in Richtung des Kinnbremsers, der ihm als einziger noch immer den Rücken zuwendet. Der Abend ist weit fortgeschritten und in seinen Adern fließt mittlerweile mehr Bier als Blut, wahrscheinlich hat er die Ankunft der Engel nicht einmal bemerkt. Dass Chucky beim Kinnbremser nicht in ausreichender Dosis den Schrecken entfacht, scheint ihn zu stören. Mit einer flüssigen Bewegung ist er bei der Bar, packt den Kinnbremser-Kopf und drischt ihn auf den Tresen.

Erschrockene Rufe gehen durch den Raum, die Maama und die Tochter reißen die Hände vors Gesicht. Der Paapa sackt auf seinem Stuhl zusammen und ich schaue nacheinander die Typen an. Schaue zu den HAK-Schülern und Tarek. Irgendjemand muss doch etwas unternehmen. Wenn nur mein Bruder jetzt da wäre.

Ich wünschte, ich wäre tatsächlich gefährlich. Ich wünschte, ich wäre nicht so ein kurzsichtiger Pimpf, vor dem sich nicht einmal eine dreibeinige Katze fürchtet. Ich wünschte, ich könnte tatsächlich rappen. Wenn ich ein richtig guter Battle-Rapper wäre, könnte ich Chucky herausfordern. Der Kinnbremser richtet sich wimmernd auf und hält sich die Hand vor den Mund. Chucky grinst und hebt noch einmal die Hand.

»Wie jetzt?«, schreie ich, wie es ein Mensch tun würde, der sich etwas traut. Chucky hält in der Bewegung inne und dreht sich in meine Richtung. Ich stolpere angstzittrig und bierbesoffen auf ihn zu, obwohl ich mir vor Angst fast in die Hose scheiße.

»Weil ihr mies drauf seid, wollt ihr hier schlechte Stimmung verbreiten?«, sag ich. Ich klopfe ihm mit dem Handrücken gegen die Brust und drehe mich zu den Engeln: »Weil ihr Loser keine Jobs behalten könnt, sind alle anderen schuld?«

Und weil mir danach kein eigener Spruch mehr einfällt, beginne ich jetzt einfach den Dynamite-Deluxe-Song zu rappen: »Wie jetzt, ihr Typen wollt rappen wie ich? Deluxemäßig Flows und Styles kicken wie ich?«

Chucky zieht die Brauen zusammen und legt den Kopf schief wie Kommissar Rex.

Ich bin stolz auf mich, weil ich die Latino Bar verteidige, weil ich mich für mein Revier einsetze. Ich grinse und öffne den Mund, um die nächste Salve abzufeuern. Da kippt auf einmal die ganze Latino Bar zur Seite und ein heißer Blitz bohrt sich mir in den Schädel. Ich sehe Blut über die Bodenfliesen rinnen. Es ist meines.

3

Der Schmerz durchdringt die Stille zuerst. Ein Stechen durch die Schläfe in den Kopf hinein. Ich öffne die Augen und sehe einen Kanister mit Putzmittel, schwarze Vertäfelungen rechts, links und hinter mir. Captain Morgan und Jack Daniel's in einem Regal gegenüber, in der Zapfanlage ein halb volles Glas Bier. Jemand muss mich unter die Theke gezogen haben.

In Zeitlupe setze ich mich auf. Ein Fehler. Mein Schädel fühlt sich an, als wäre er zwischen eine der großen Schraubzwingen aus dem Werkraum gespannt und ein gemeiner Lehrer würde daran drehen. Mir wird schlecht, ich beuge mich zur Seite und kotze einen Schwall Bier auf den Boden. Mit dem Rücken lehne ich mich wieder gegen die Tresenwand und lege eine Hand auf den kühlen Fliesenboden. Mit der anderen ertaste ich die Wunde am Haaransatz. Im Halbdunkel meines Thekenverstecks erkenne ich Blut auf meinen Fingerspitzen.

Geräusche sickern allmählich wieder in meine Welt zurück. Die Bravo Black Hits-CD läuft immer noch. Wie lange ist es her, dass Maama sie eingelegt hat? Stimmengewirr. Über mir rumpelt es plötzlich und ein Arm kippt in mein Sichtfeld. Ich schreie auf und drücke mir sofort beide Hände vor den Mund, als könnte ich so den Schrei, der mein Versteck verrät, ungeschehen machen. Das Thekenbrett biegt sich gefährlich durch. An den Rändern tut sich eine Ritze auf, durch die blaues Licht sickert.

»Was willst denn du?«, erkenne ich die Stimme des Lederhosenträgers.

Ein Knattern, das Thekenbrett gibt wieder nach und der vor mir baumelnde Arm verschwindet mit einem Ruck. Ich ziehe mein Alcatel aus der Hosentasche und wähle Michaels Nummer. *The number you have dialed cannot be reached at the moment.* Ich versuche es bei Tarek, sein Handy ist aus.

Ich erinnere mich an den Spruch der Volksschullehrerin. *Die Nummer der Polizei ist 1-3-3. Die Dreier stehen für die Handschellen,* hat sie gesagt, *so könnt ihr euch die Nummer merken.* Ich tippe die Ziffern ein. Aber die Bullen heben nicht ab. Sie heben einfach nicht ab.

Noch einmal wackelt der Tresen und dann landet ein Engel direkt vor mir auf dem Boden. Stöhnend zieht er die Beine mit den schweren Stiefeln an und dreht sich zur Seite. Und da entdeckt er mich. Ich blinzle zweimal. Bevor mir klar ist, was ich tue, habe ich mich aufgerappelt. Auf allen vieren krabble ich unter der Bar davon. Am Ende des Tresens spähe ich um die Ecke.

In der Latino Bar scheint nichts mehr zu sein, wo es einmal war. Der Spiegel auf der Tanzfläche ist gesprungen. Die Stehtische liegen quer über den Boden verteilt. Ein Barhocker fliegt durch den Gastraum. Zwei Dirndln würgen den Punk mit den grünen Haaren. Der mit den blauen versucht dafür, einem dritten Dirndl sein Skateboard überzuziehen. Der Lederhosenträger stemmt sein ganzes Gewicht gegen die Toilettentür, als würde sie jemand von innen aufdrücken wollen. Ich fixiere den Treppenaufgang auf der anderen Seite des Raumes und fühle meinen Puls in der Kehle. Und wie ich ein letztes Mal über die Schulter nach hinten schaue, setzt er mir für einen Moment gleich ganz aus. Der Engel mit den Springerstiefeln ist hinter mich gerobbt und greift nach meinem Fuß. Ich schreie, mache einen unbeholfenen Purzelbaum nach vorne und stehe auf einmal mitten im Raum.

»Da ist noch eine!«, höre ich eine Stimme hinter mir rufen.

»Julia!«, eine andere.

Stühlerücken. Ich ziehe den Kopf ein und laufe los. Die ersten Meter schaffe ich ohne Probleme, ich sehe die Treppe näher kommen. Nur noch fünf Meter, nur noch drei. Dann stockt die Musik. Mit einem Knacken wechselt der Song und jetzt, ausgerechnet jetzt, hat die Anlage beschlossen, DJ-Tomekk zu spielen.

Isch lebe für Hip-Hop, donnert es aus den Boxen.

Ganz automatisch bleibe ich stehen. Meine Hand zuckt durch die Luft in Richtung der Stereoanlage, weil sie das Lied ändern will. Dann besinne ich mich. Ich schüttle den Kopf, was ein Fehler ist, weil der Schmerz jetzt wieder in ihn hineinfährt und einen Würgereiz auslöst. Ein Dirndl hat mein Zögern genutzt und blockiert jetzt den Ausgang.

»Du!«, höre ich Chucky rufen. Von der Tanzfläche stürmt er auf mich zu. *Isch lebe für Hip-Hop,* kommt es hinter ihm aus den Boxen.

Wie ein Reh vor den Schweinwerfern stehe ich da, während der Abstand zwischen Chucky und mir mit jeder Sekunde kleiner wird. Gleich erschlägt er mich, gleich zerschmettert er meinen ohnehin schon angeknacksten Kopf in zwei Teile.

Aus dem Nichts kommt Feuerzunge in seinem Rollstuhl angeschossen und stellt sich Chucky in den Weg. Er rudert mit den Händen, um nicht zu stürzen, und als sein rasender Blick auf Feuerzunge fällt, zuckt der mit den Schultern und ruft: »'tschuldigung, bin halt behindert.«

Der Zorn reißt Chuckys Kiefer auseinander. Er greift sich die Lehne des Rollstuhls und stößt ihn um. Feuerzunge kippt auf den Boden. Und obwohl der Schrei, der seine Lippen verlässt, stumm ist, weiß ich jetzt schon, dass ich ihn niemals vergessen werde. Ich will zu ihm, doch Chuckys Blick richtet sich wieder auf mich. Ich drehe mich in die entgegengesetzte Richtung und entdecke eine ausgeklappte Getränkekarte auf dem Boden. Ich nehme Anlauf, springe mit den Knien auf die Karte und schlittere auf einem Film aus Körperflüssigkeiten und verschütteten Getränken dahin. Obwohl es nur wenige Meter sein können, die ich zurücklege, kommt mir meine Rutschfahrt vor, als würde sie in Zeitlupe geschehen. Ineinander verkeilte Körper fallen im Schneckentempo zu Boden, Fäuste recken sich quälend langsam im Schein des blauen Deckenlichts in die Luft und über alles legt sich, unerträglich in die Länge gezogen, der Refrain dieses Scheiß-Tomekk-Songs. *Isch lebe für Hip-Hop. Hip-Hip. Hop-Hop.*

Ich krache gegen die Wand, die den hinteren Teil der Bar abtrennt, und die Zeitlupe endet abrupt. Der Schmerz kehrt in meinen Kopf zurück und mit ihm die Angst. Ich ziehe mich hoch und stolpere in den Hinterraum. Dort ist der Skaterpunk mit den roten Haaren auf den Billardtisch geklettert und versucht, einen Engel mit einem Queue von sich fernzuhalten. Er sticht mutig drauflos, was ein Fehler ist, weil der Engel ausweicht, den Queue packt und den Punk damit vom Tisch hebelt. Er wird gegen den Flipper geschleudert, und mit einem Mal ist der Automat hell erleuchtet. David Hasselhoffs Gesicht strahlt in den Raum hinein und das *Knight Rider*-Serienanfangsgedüdel beginnt, begleitet von einer tiefen Stimme:

Ein Auto. Ein Computer. Ein Mann.

Das verwirrt die meisten, sodass sie für einen Moment zu kämpfen aufhören und nach der Quelle der Geräusche suchen. Ich nutze die Gelegenheit und krabble unter den Billardtisch, endlich zahlt sich meine Schlumpfengröße einmal aus. Ich kauere mich zusammen und atme durch, zweimal, dreimal. Ich wünschte, ich wäre der Knight Rider, denke ich, oder jemand vom A-Team. Murdock könnte sich aus dieser Situation sicherlich retten. Oder McGuyver. Ich beuge mich vor und taste mit dem Blick die zerschlagene Bar ab. Da, ich atme auf. In der Ecke, hinter der Dartscheibe, hat sich Tarek verschanzt. Tarek ist der stärkste Typ, den ich kenne. Er wird mich retten. Ich krieche aus meinem Versteck und mache einen Satz in seine Richtung.

»Tarek!«, rufe ich und er dreht sich mit aufgerissenen Augen zu mir. Durch meinen Ausruf habe ich nicht nur mich selbst, sondern auch ihn enttarnt. Der Engel mit den Springerstiefeln ist mittlerweile wieder auf die Beine gekommen und hat ein Taschenmesser in der Hand. Und jetzt läuft er im gestreckten Schritt auf Tarek zu. Der steht da und wartet einfach, während sein Adamsapfel hoch- und runterspringt. Die Angst lähmt ihn wie mich selbst. Der Abstand zwischen der Messerspitze und Tareks Brust wird kleiner und kleiner, und er hebt nicht einmal die Arme. Da stolpert der Engel. Aber nicht zufällig. Andreas hat ihm ein Bein gestellt.

»Ein Versehen«, ruft Andreas. »Ich hab dich verwechselt.« Umständlich, wie um Zeit zu schinden, geht er um den Körper des am Boden liegenden Mannes herum und hält ihm die Hand hin. Der Engel mustert ihn mit feindseligem Blick und schlägt seine Hand weg.

Im selben Moment trifft mich etwas mit voller Wucht in der Seite, etwas Großes, etwas Breites. Ich werde in den Hauptraum zurückgeschleudert, krache gegen die Bar und sinke zu Boden. Beinahe wird mir wieder schwarz vor Augen. Erst jetzt merke ich, dass ich schon seit längerem zu weinen begonnen haben muss. Um mich herum höre ich Gelächter.

»Hot's die Wuchtl wieder umg'haut?«, sagt jemand.

Benommen richte ich mich auf und sehe Chucky vor mir. Gemächlich kommt er, die Lederhose und die Springerstiefel an seiner Seite, auf mich zu. Aus den Augenwinkeln sehe ich Tarek. Weil sich der Himmel ganz auf mich konzentriert, hat er unverhofft freie Bahn. Mit drei großen Schritten ist er bei der Treppe und mit drei weiteren draußen.

»Tarek!«, rufe ich ihm hinterher: »Tarek! Hilf mir!«

Er hört es nicht mehr. Die Engel kreisen mich ein. Ich ziehe die Knie an und mache mich ganz klein. Chucky geht vor mir in die Hocke und grinst mich an. Er mustert mich von nahem und ich drücke mich nach hinten, bis ich mit dem Rücken an die Bar stoße.

»Weißt du«, sagt er, »eigentlich warst du mir egal. Aber nach diesem Auftritt vorhin, glaub ich, dass man dir einmal das Maul stopfen muss. Erziehen muss man dich«, sagt er lächelnd. »Du bist ein Weib, das seinen Platz nicht kennt.«

»Nein«, sag ich und drücke mich gegen die Bar. Ich wünschte, ich könnte in die schwarze Vertäfelung hineinkriechen. Mit einer schnellen Bewegung beugt sich die Lederhose nach unten und packt meinen Fuß. Ich schreie und beginne zu strampeln. Er zieht beherzt und ich knalle mit dem Hinterkopf auf die Fliesen. Aber der Schmerz überrascht mich nicht mehr. Schmerz ist zu etwas Allgegenwärtigem geworden. Eine Baseline, die ich insgeheim schon mein ganzes Leben lang kenne.

Jetzt packt mich der Stiefelträger am T-Shirt, und als ich mich so wehre, dass der Stoff reißt, lacht er.

»Eine Wilde«, sagt er, fast anerkennend.

Gemeinsam ziehen mich die Engel in die Mitte des Raumes. Allmählich verlässt mich die Kraft. »Tarek!«, schreie ich. »Michael!«

»Psst«, macht Chucky und kniet sich mit einem Bein auf meinen Bauch. »Beruhig dich, wir machen uns ja nur ein bisschen einen Spaß.«

Er packt unvermittelt meine linke Brust und drückt sie grob zusammen. Vor Schmerz heule ich auf. Die Engel lachen nur noch lauter.

»Tarek«, weine ich, aber es ist nur noch ein Wimmern, ein Flüstern. Ich schließe die Augen.

Und dann ist der Druck auf meinem Bauch mit einem Mal weg. Der Schmerz in der Brust lässt nach. Ein durchdringender Schrei. Ich reiße die Augen auf. Chucky liegt zusammengesackt am Boden. Der Stiefelengel steht in Abwehrhaltung da. Vor ihnen Melli. Über dem Kopf hält sie einen Barhocker, die ansonsten so makellose Nase sitzt ihr merkwürdig schief im Gesicht.

»Tu weiter!«, brüllt sie und schwingt den Barhocker durch die Luft, dass die Engel noch mehr zurückweichen müssen. »Steh endlich auf!«, schreit sie, und erst jetzt begreife ich, dass sie mich meint.

Zitternd versuche ich mich aufzurichten, aber meine Beine wollen mir nicht gehorchen. Es dauert zu lange. Die Engel haben mittlerweile auch den ersten Schock überwunden und machen jetzt Anstalten, Melli zu überwältigen.

»Holt's euch die Tussi!«, schreit der außer Gefecht gesetzte Chucky und hält sich die Stirn.

»Dumme Nutten!«, bellt ein anderer.

Zwei von Chuckys treuen Helfern stürmen auf Melli zu, sie wirft ihnen den Barhocker entgegen, die Engel fangen ihn auf.

Melli beugt sich herunter, gibt mir eine Ohrfeige und packt mich am Kinn.

»Reiß dich zusammen und steh endlich auf!«, schreit sie mich aus ihrer frisch gerichteten Fratze an.

Ich ärgere mich, dass diese Bitch denkt, mich schlagen zu können, und genau das habe ich gebraucht, um aufzuwachen. Ich schüttle die Starre ab und ziehe mich an einem Stehtisch hoch. Melli packt meine Hand und wir laufen los. Wir erreichen die andere Seite des Raumes. Immer zwei Stufen auf einmal nehmend hasten wir die Treppe hoch.

Melli reißt die Tür auf. Sie stößt mich als erste nach draußen. Erleichtert sauge ich die frische Nachtluft ein. Melli ist direkt hinter mir. Aber der Lederhosenträger ist uns nachgekommen und zieht sie an der Schulter zurück. Sie rutscht aus und knallt mit dem Scheißbein auf die erste Stufe am Treppenabsatz. Ein Schmerzensschrei entfährt ihr.

Und jetzt überkommt mich Wut. Eine ganz andere Wut. Ich drücke die zufallende Tür wieder auf und stürze zu Melli.

»Was glaubst du eigentlich!«, brülle ich den Lederhosenträger an.

Ich mache einen Satz, halte mich an beiden Seiten des Geländers fest und schwinge mich vor. Ich trete dem Engel mit voller Wucht gegen die Brust, sodass er rücklings die Treppe hinunterfällt.

Melli verfolgt den Flug mit aufgerissenem Mund. Beide

zucken wir zusammen, als er unter dem wütenden Geheul der anderen Engel unten auf den Boden kracht.

»Was geht denn mit dir, Alter?«, sagt Melli ehrfürchtig. Sie springt auf, zuckt vor Schmerz zusammen.

»Holt euch die Schlampen!«, brüllt jemand aus der Hölle heraus, zu der der Himmel unsere Bar gemacht hat.

Getrampel, aber wir sind schon durch die Tür, wir sind schon draußen. Ich nehme Mellis Hand und wir laufen los. Vorbei am Würstelstand, an der Videothek. Kühle Nachtluft in den Gesichtern, in den Lungen. Der Großparkplatz zieht vorbei, dann der Marktplatz. Alles nur vergehende Kulisse. Das einzig Reale ist Mellis Hand in meiner, ihre Schritte, ihr Atem, schnell wie mein eigener. Mit einem Mal sind die verschnörkelten Häuserfassaden in flackerndes Blaulicht getaucht. Kurz heult eine Sirene auf und dann schneidet uns das Polizeiauto den Weg ab.

4

Besonders unangenehm ist, dass Melli mit einem der Polizisten schon einmal geschmust hat. Aber das war erstens in Hinterfeld und zweitens vor einem Jahr.

Damals, auf dem Hinterfelder Volksfest, hat der junge Polizist mit dem Irokesenschnitt natürlich nicht gesagt, dass er ein Bulle ist, wie Melli auch nicht gesagt hat, dass sie minderjährig ist. Wenn man sich mit solchen Kleinigkeiten aufhält, kommt man ja gar nicht mehr zum Schmusen. Jedenfalls hat genau dieser kleine schmale Irokesenpolizist, der jetzt vor uns sitzt und das Protokoll mit einem Tal Milch-Kugelschreiber aufnimmt, mich vorhin bei der Verhaftung auf den Boden gedrückt wie einen Gangster im Film.

Es war nämlich so, dass ich, als auf der Straße das Polizeiauto aufgetaucht ist, so was geschrien habe wie: »Gut, dass ihr da seid, holt euch die Engel, die sind noch in der Latino Bar.«

Aber die beiden Polizisten, die aus dem Auto gestiegen sind, haben nur »beruhigen« gesagt und »Fräulein«. Ganz egal, wie oft ich sie auf die unmittelbare Gefahr hingewiesen habe, die Bullen haben sich nicht vom Fleck bewegt und weiterhin »Beruhige dich, Fräulein« oder auch einmal »Fräulein, jetzt beruhigen wir uns« gesagt. Irgendwann habe ich mich dann so aufgeregt, dass es zu der filmreifen Verhaftung gekommen ist, bei der ich mit dem Bauch auf dem Asphalt gelegen bin und der kleine Bulle mir Handschellen angelegt hat, und ich am anderen Ende des Platzes den Chucky gestützt von zwei Engeln in ein Auto steigen und davonfahren sehen habe, und die Melli dem Bullen, mit dem sie vor einen Jahr einmal geschmust hat, der mir aber jetzt auf dem Rücken gekniet ist, in die Seite getreten hat, und jetzt sind wir hier: Zwei zerschlagene Menschen mit vor der Brust verschränkten Armen in hellholzigen Polizeistubenstühlen.

Schon die ganze Zeit über, die der Irokesenbulle braucht, um das Protokoll aufzunehmen, trabt sein älterer Kollege im Revier auf und ab wie so ein echter Zuchtbulle, der nur darauf wartet, auf ein flatterndes rotes Fähnchen zugaloppieren zu dürfen. Jedes Mal wenn er wieder am Ende des Raumes angekommen ist und sich umdreht, knarrt sein Gürtel.

»War das alles?«, fragt der jüngere und schaut erst ganz kurz mich und dann noch kürzer Melli an, bevor er den Blick wieder auf das Blatt vor sich heftet. Dass er uns nicht länger ansehen kann, darf man dem Bullen nicht übelnehmen. Wir sind tatsächlich nicht der schönste Anblick. Mit Mellis Nase ist irgendetwas oberfaul. Dauernd kommt wieder ein neuer Schwall Blut heraus und rinnt ihr übers Kinn, und weil die Nase nicht mehr funktionstüchtig ist, muss sie durch den Mund atmen, was mittlerweile dazu geführt hat, dass die Mundwinkel voller getrocknetem Blut sind. Ich selbst habe einen Cut auf dem Hirn, auf den der junge Bulle mit zittrigen Händen ein Wattebällchen geklebt hat. Und weil mir der Engel mein Leiberl zerrissen hat, trage ich ein dunkelblaues *Polizei*-Shirt.

»Gib einmal her«, sagt der Bullen-Bulle jetzt und nimmt dem Irokesenbullen das Protokoll weg. Er legt sich die Hand an den Gürtel, dass es einmal kurz knarrt, schaut vom Zettel auf Melli, dann wieder auf den Zettel und räuspert sich.

»Also«, liest er vor: »Zeugenaussage von Julia Hofer, geboren am 04.01.1986 in Tal am Berg, und Melanie Brandstätter, geboren am 17.02.1985 in Tal am Berg:

> In der Latino Bar hat es heute Beyoncé gespielt, Mystikal und am Schluss scheiß DJ Tomekk. Eigentlich ist der Tomekk schuld, dass es alles so arg geworden ist, weil wenn der mich (Anm.: Julia Hofer) nicht abgelenkt hätt, hätt ich vielleicht flüchten können, aber dann hat mich der Chucky gesehen und der K. I. T. T. hat zu reden angefangen und ein Engel hat Trick oder Track mit dem Queue zusammengeschlagen.«

Der Gendarm schaut auf und fragt: »Stimmt das so weit?«

Melli und ich nicken.

Er liest weiter:

> »Wir haben eh die Bullen angerufen, aber ... Entschuldigung, wir haben eh die Polizei angerufen, aber ihr habt ja nicht abgehoben. Jedenfalls hab ich mich unter dem Billardtisch versteckt. Und der Tarek, die feige Sau, ist abgehaut.«

Bei dem letzten vorgelesenen Satz gibt Melli ein ärgerliches Röcheln von sich und ich sage: »Die feige Sau, die.«

Melli reckt das Kinn vor und sagt: »Abschieben.«

»Ja, genau«, rufe ich und zeige mit dem Finger auf das Blatt, dass der Bullen-Bulle in der Hand hält. »Schreiben Sie das auf!«, sag ich. »Tarek Keskin: Abschieben.«

Ich stampfe mit dem Fuß auf den Boden und verschränke die Arme. Der Irokesenbulle verdreht die Augen und der Bullen-Bulle liest weiter:

> »Der Chucky und der Engel mit den Springerstiefeln haben mich (Anm.: Julia Hofer) auf den Boden gedrückt und mir in die Titten gezwickt, aber dann ist die Melli (Anm.: Melanie Brandstätter) gekommen und hat die zusammengeschlagen mit einem Barhocker.«

Ich nicke aufgeregt, Melli gibt ein zufriedenes Röcheln von sich.

> »Und dann haben wir die zusammen zusammengeschlagen und sind weggerannt, aber dann seid ja ihr gekommen und habt uns verhaftet, weil ihr Idioten …«

Der Bulle räuspert sich und sagt: »Ende Protokoll. Würdet ihr das so unterschreiben?«

Von draußen klopft jemand an das Glasfenster mit der Gegensprechanlage. Der Bulle drückt einen Schalter, es summt, und Brandstätter kommt herein.

Der Brandstätter hat zerzauste Haare und Schlaf in den Augen, er trägt einen gestreiften Pyjama und darüber eine Windjacke.

Er macht ein paar unsichere Schritte in den Raum, reißt dann den Kopf zurück und die Augen auf: »Julia?«, sagt er. »Melanie?«

Er zieht die Windjacke fester um sich, als wäre ihm plötzlich kalt geworden. Wer hätte außerdem gedacht, dass auf so einem Brandstättergesicht, wenn er nicht in der Schule ist, auch ein Bart wächst.

»Was ist denn los? Wie schaut ihr denn aus? Warum musste ich hierherkommen?«

»Felix Brandstätter? Sie sind der Erziehungsberechtigte von den beiden Damen?«, fragt der Bullen-Bulle.

»Dame«, schnauft Melli, lässt den linken Unterarm nach oben sausen und klatscht sich mit der rechten Hand auf den Ellenbogen. Den Mittelfinger klappt sie zum Glück nicht aus, wir haben eh schon Ärger genug.

Der Brandstätter kennt sich gar nicht mehr aus.

Er zeigt mit den Händen auf seine Brust: »Ich? Erziehungsberechtigter von denen? Ihr Lehrer bin ich. Der Klassenvorstand bin ich. War ich.«

Der Bulle schaut den Brandstätter auf eine Art an, als wäre der eher eine vollgeschissene Windel als ein Klassenvorstand, und sagt: »Aber Sie heißen Brandstätter«, dann deutet er auf Melli, »und die heißt auch Brandstätter.«

»Na und«, sagt der Brandstätter verblüfft, »in Tal heißt jeder Brandstätter.« Er lehnt sich vor und zeigt auf den Bullen: »Sie heißen ja selber Brandstätter!«

Tatsächlich hat dem Polizisten seine Uniform auf der Brust ein Schild, auf dem in kleinen Lettern »BRANDSTÄTTER A.« steht.

Der Bulle zuckt mit den Schultern: »Also sind Sie nicht der Erziehungsberechtigte?«

»Nein!«, ruft der Brandstätter. »Was ist denn jetzt los da?«

Der Bullen-Bulle sagt zum Irokesenbullen, dass er dem Brandstätter das Protokoll noch einmal vorlesen soll.

»In der Latino Bar hat es heute Beyoncé gespielt«, beginnt dieser, »Mystikal und am Schluss scheiß DJ Tomekk.«

Er liest alles vor, der Brandstätter stellt ein paar Fragen und wir ergänzen.

»Und diese Huren haben Feuerzunge auf den Boden gekippt!«, rufe ich.

»Julia«, sagt Brandstätter und atmet angestrengt, wie er es in der Schule manchmal macht, »deine Anzüglichkeiten sind in einer Form unangenehm, dass es unangenehm ist.«

Melli beginnt grunzend zu lachen, da kommt wieder ein Schwall Blut und tränkt ihr Oberteil.

»Jedenfalls können Sie dann eh gehen«, sagt der Bulle zum Brandstätter, »wenn Sie sowieso nicht der Vater sind.«

»Gut«, sagt der Brandstätter und fährt sich mit der Hand durch die zerzausten Haare.

Ich schaue ihm von meinem Stuhl aus ins Gesicht und sage: »Bitte.«

Der Brandstätter hadert mit sich, nimmt sich dann doch ein Herz.

»Heast, was müssen Sie da eigentlich zwei Kinder traktieren, wenn draußen offenbar irgendwelche gewalttätigen Rechten herumlaufen?«

Ich nicke heftig und der Schmerz sticht mir gleich wieder in die Stirn. Brandstätter stellt sich neben mich und zeigt auf die Bullen, wie er es im Unterricht tut, wenn man etwas falsch gemacht hat.

»Und was ist denn überhaupt mit der Erstversorgung? Das sind zwei junge Mädchen, die körperlich verletzt wurden, und Sie rufen nicht einmal einen Krankenwagen?«

Der Bullen-Bulle legt die Hände auf seinen knarzenden Gürtel und Melli sagt: »Aua aua aua.«

»Und die Belästigung erst!«, redet der Brandstätter weiter. »Und da nehmen Sie das Mädel noch in die Mangel. Diese Kinder sind traumatisiert. Verstehen Sie: traumatisiert! Das melde ich bei der Dienstaufsichtsbehörde«, sagt er und klopft einmal vor den beiden Polizisten auf den Vernehmungstisch.

Ich lehne mich vor, klopfe ebenfalls auf die Holzplatte und sage: »Fopa.«

Brandstätter zieht mich an der Schulter zurück und drückt mich in den Sessel. »Wir werden Beschwerde über Sie einreichen, meine Herren!«

»Beschwerde!«, rufen Melli und ich und Melli nickt so heftig, dass ihre Nase wieder undicht wird. Der Bullen-Bulle reicht ihr ein Taschentuch und tritt von einem Fuß auf den anderen.

Eine Viertelstunde später hat der Brandstätter die Bullen dermaßen zur Sau gemacht, dass sie sich gar nichts mehr trauen. Er hat sie sogar dazu gebracht, das alte Protokoll zu zerreißen und ordentlich in den Computer ein neues zu tippen, in dem vor allem steht, dass wir verprügelt worden sind und uns gewehrt haben, was eigentlich ja auch die Wahrheit ist. Außerdem haben wir noch einmal alles Arge aufgezählt, was wir über Chucky wissen, wie zum Beispiel, dass er den Nermin beim Sonnwendfeuer zusammengeschlagen hat.

»Und jetzt gehen wir«, sagt Brandstätter und bedeutet uns mitzukommen.

Wir stehen auf und die Bullen erheben tatsächlich keinen Einspruch. Erst als wir fast an der Tür sind, sagt der jüngere: »Einen Moment noch.«

Wir drehen uns zu ihm.

»Ihr habt gesagt, dass die Latino Bar euer zweites Zuhause ist.« Der Bulle wirkt nervös. »Was trinkt ihr denn da immer so?« Er schaut uns fragend an.

Ich öffne den Mund, aber Melli rammt mir den Ellenbogen in die Rippen.

»Spezi«, sagt sie, »wir trinken immer nur Spezi.«

»Eurer Fahne nach zu schließen, habt's ihr schon länger kein alkoholfreies Getränk mehr konsumiert«, sagt der Bullen-Bulle und grinst dreckig.

»Ihrer Fahne nach zu schließen, haben Sie schon länger kein Odol mehr konsumiert«, sagt Melli.

Der Bulle blitzt Melli an, Melli blitzt den Bullen an, Brandstätter streckt beschwichtigend die Hand aus und sagt: »Gemma, bitte.«

Widerwillig wenden wir uns zum Gehen. Der Irokesenbulle drückt am Computer auf ein paar Tasten herum.

»Maria Escarda«, sagt er in gedämpftem Ton zu seinem Kollegen, »ganz frische Lizenz. Schauen wir uns genauer an.«

»Alter, jetzt fickt's ihr die Maama, oder was?«, ruft Melli und geht wieder auf die Bullen zu.

»Kann ja nicht wahr sein, Alter«, rufe ich und gehe ihr hinterher. »Sucht's lieber einmal den Chucky!«

»Vorsicht, meine Damen«, sagt der Bullen-Bulle. »Ich wär jetzt an Ihrer Stelle einmal ganz vorsichtig.«

Melli spuckt ein Speichel-Blut-Gemisch auf den Boden und macht ein Geräusch, als würde sie gleichzeitig weinen und niesen. Erst als sie zu sprechen beginnt, verstehe ich, dass sie gerade versucht hat, mit ihrer zerschlagenen Nase eine Melodie zu summen. Und ich kenne diese Melodie.

»Bitte!«, sagt der Brandstätter hinter uns.

Melli und ich ignorieren ihn und beginnen stattdessen gemeinsam zu performen.

»Nein!«, ruft Brandstätter, als wir die ersten paar Takte des N.W.A-Songs gerappt haben, und schlägt sich mit der Hand auf die Stirn. »Jetzt reicht's. Das war's!«

»Fuck tha Police«, rufe ich.

Brandstätter reißt die Tür auf und läuft hinaus.

»Fuck tha Police«, ruft Melli und ich scratche daneben auf unsichtbaren Turntables.

»Fuck tha Police!«, rufen wir und die Bullen schauen uns sprachlos an.

5

»Ihr seid's einfach dumm«, sagt der Brandstätter. »Das ist die tragische Wahrheit.«

Er nimmt einen Zug von der Parisienne, die ich ihm gespendet habe. Er sitzt am Rand des Brunnens, die Arme auf den Knien abgelegt und die Hände dazwischen baumelnd. Melli und ich sitzen links und rechts von ihm und rauchen ebenfalls.

»Ich mein, ich sag mir dauernd: Versuch es, Felix, versuch es mit ihnen. Das sind arme Kreaturen, die brauchen Leitung. Aber ihr wollt's ja gar nicht. Ihr wollt's euch einfach selbst kaputtmachen. Ihr seid's hoffnungslos.«

Melli und ich nicken. Wo er recht hat. Der Brunnen steht auf dem Hof vor der Gendarmeriewache. Von drinnen schaut jetzt der Bullen-Bulle heraus und zeigt uns den Vogel.

»Wehe«, sagt der Brandstätter, weil er merkt, dass meine Hand zuckt.

Dann lässt er die halb gerauchte Tschick auf den Boden fallen – eine Verschwendung. Er stellt sich im Morgengrauen in seinem Pyjama vor uns und schaut uns an. »Damit wir uns verstehen«, sagt er. »Das war's. Ich will nie wieder was von euch hören. Nie wieder. Dann geht's halt zum Jugendamt, wenn ihr anders nicht zurechtkommt's, aber ich bin nicht mehr der Trottel für euch.«

»Fahren Sie uns noch heim?«, frage ich.

»Julia!«, ruft der Brandstätter. »Ihr seid's mir wurscht!«, brüllt er so laut, dass es durch den Hof hallt und irgendwo eine Taube auffliegt. Kurz schaut er erschrocken drein. Vielleicht überlegt er, ob er sich entschuldigen soll. Aber dann nickt er entschlossen und sagt: »Kapiert das endlich.«

Mit einem Ruck dreht er sich um und geht davon. Wir beobachten durch den Torbogen, wie er am Großparkplatz in seinen Familienkombi steigt. Die Rücklichter blinken auf, als er noch einmal an der Stopp-Tafel hält. Dann biegt Brandstätter auf die B 100 und ist von da an nur noch eine Erinnerung.

6

»Ich hätte ja überhaupt nicht gedacht«, sag ich und starre auf Mellis Maurer-Dekolleté, »dass es im Tal so viele Telefonzellen und Bushäuschen gibt.«

»Ist eh bemerkenswert«, antwortet Melli aus einem Popeye-Mundwinkel, weil im anderen die Tschick klemmt, »dafür, dass es gar keinen Stadtbus gibt.«

Sie hockt an der Haltestelle vor einem *Fuck the UN*-Schriftzug, den sie mit Terpentin und einem speckigen Lappen ins Jenseits rubbelt. Jetzt richtet sie sich auf und ich nehme ihr die Tschick aus dem Mund. Das kann sie ja mit ihren Terpentingriffeln nicht selber machen, sonst fackelt sie ab und schaut aus wie Freddy Krueger. Obwohl man ohnehin sagen muss, dass unser beider Aussehen seit der Schlägerei einen beachtlichen Schritt in Richtung Beschissenheit gemacht hat. Aus meinem Haaransatz kriecht eine wulstige Narbe wie eine verwirrte Raupe den Augenbrauen entgegen. Mellis Fingerknöchel sind noch immer verkrustet und die Nase sitzt ihr schief im Gesicht. Deswegen atmet sie jetzt lieber durch den Mund, weswegen eine ausreichende Tschickbetreuung während der Sozialstunden essentiell ist. Jeweils zwanzig Sozialstunden müssen wir beide machen, hat die Richterin gesagt. Macht's halt die Telefonzellen sauber, hat die örtliche Gendarmerie das Urteil kopfkratzend in Talsprache umgesetzt. Mit fünfzehn und sechzehn sind wir glimpflich davongekommen.

Schlimmer getroffen hat es den Chucky, der angeblich schon achtundzwanzig ist und deswegen nicht einmal mehr in den Jugendknast darf. Und weil er so ein Psycho ist, muss er jetzt schon im Häfn warten, bis sie ihn offiziell in den Häfn stecken. Aber das geschieht ihm recht. Der Chucky bleibt jetzt erst einmal länger weg, besonders nachdem ich der Richterin die Sache mit der Brustzwickerei noch einmal ausführlich geschildert habe. Dafür, was in der Latino Bar passiert ist, können wir nichts, hat die Richterin gesagt, aber was Melli und ich im Polizeiposten aufgeführt hätten, sei nicht ohne gewesen. Und deswegen müssen wir jetzt die Sozialstunden zur Besserung unserer moralischen Verfassung machen.

Seit einer Woche polieren wir der Reihe nach jede Telefonzelle und Haltestelle im Talkessel. Während die eine putzt, reicht die andere wie eine gute Vogelmama regelmäßig die Tschick oder einen Schluck Skol an. Das haben wir als Wellness-Tipp in der Sonntagsbeilage der *Kronen Zeitung* gelesen: Die wahre Entspannung im Alltag beginnt erst, wenn man seine Arbeitsabläufe stressfrei gestaltet, und so machen wir das.

»Gemma«, sagt Melli und tut die Putzsachen in den Billa-Plastikkübel. Ich wische mir die Hände an meinem Polizei-Shirt ab und nehme Benes Kassettenrekorder, den er bei uns vergessen und nie wieder abgeholt hat. Aus den Boxen kommt Aaliyahs *Try Again*.

Die geschwungene Landstraße hinunter, an foliierten Heuballen und Bauernhäusern vorbei schlendern wir dem Zentrum entgegen. An der letzten Gabelung plötzlich ein vertrautes Geräusch. Ein Gasgriff, der ins Maximum aufgedreht wird, quietschende Bremsen, eine Sekunde Stille, dann heult der Motor wieder auf, nur näher dieses Mal. Melli und ich werfen uns einen alarmierten Blick zu, und dann sehen wir ihn schon um die Ecke biegen. Tarek sitzt mit nacktem Oberkörper auf seinem Roller. Hinter ihm ein Frauenkörper mit seinem Helm auf dem Kopf, die Arme fest um Tareks schlanke Mitte geschlungen. Er sieht uns, wird langsamer. Als er fast auf unserer Höhe ist, öffnet er den Mund. Melli und ich machen die Augen zu Schlitzen. Synchron heben wir unsere Mittelfinger und Tareks Blick richtet sich in die Ferne. Seine Hand rotiert am Gas und dann ist er weg.

Wir sprechen nicht über Tarek, alle Entscheidungen sind an jenem Abend in der Latino Bar gefallen. Wie zur Besiegelung unserer Entscheidung spucken wir auf den Asphalt.

7

Auf dem Heimweg holen wir uns Fleischkässemmeln beim Speckeck Egger und machen einen Zwischenstopp in der Lounge. Wir rauchen Hudewitten und hören den Grillen beim Zirpen zu.

»Hör auf«, sagt Melli, wie ich mein Alcatel zum dritten Mal aus der Hosentasche ziehe und auf das Display schiele.

»Er hat gesagt, er meldet sich gestern oder heute«, sag ich.

Melli sagt nichts, schaut auf den Großparkplatz und pufft ihren Fake-Joint. Letzte Woche ging dort zwischen den Autos einmal Andreas dahin. Gebeugter Gang, durchhängende Arme mit Hofer-Einkaufssackerln daran. Kurze braune Haare hatte er, eine Normalmenschenfrisur, als wären die letzten paar Monate nicht passiert. Nichts passiert ist Andreas auch vor Gericht. Er ist ja noch so jung. Vielleicht wäre es aber besser gewesen, die Richterin hätte ihm eine Strafe wie dem Chucky gegeben, anstatt ihn alleine zu Hause mit seinem Vater einzusperren.

Den Verlust der Crew habe ich gut weggesteckt. Richtig schlimm war es bisher nur mit Bene, der mit seinem Rad an mir vorbeigefahren ist, zweimal schon, und dann zweimal einfach nur »Hallo, Julia« gesagt hat.

In der Dämmerung ziehe ich einen Zettel aus meiner Hosentasche, und als Melli ihn sieht, sagt sie automatisch »Nein.«. Sie streckt mir die flache Hand entgegen wie bei einem Selbstverteidigungskurs: »Julia, das haben wir überwunden.«

»Das ist eh kein Songtext«, sag ich beleidigt. »Ich rappe nicht mehr.« Ich finde mich sehr erwachsen dabei, meine Augen werden nicht einmal feucht.

»Das mit dem Bene«, sag ich, »das kann ich nicht akzeptieren.« Mit einem Handgelenksschwung entfalte ich den Zettel. »Ich meine, wir sind da«, sag ich, »und er ist da. Und so schlecht sind wir nicht.«

Melli nickt träge und zeigt auf sich selbst: »Super sind wir.«

»Genau«, sag ich, »das muss man dem Bene noch einmal deutlich machen, was der versäumt ohne uns.«

Melli nickt jetzt heftig und lehnt sich vor. »Das ganze Leben versäumt der«, sagt sie und zeigt auf mich, die Sperrmüll-Bank und den Großparkplatz hinter den Sträuchern.

Ich beginne, vor Melli hin- und herzugehen. »... und wen der Bene vögelt, ist mir wurst«, sag ich, »ob das ein Mann ist oder ein Touri. Es ist mir wirklich egal!«

»Ja!«, ruft Melli. »Das ist ein Missverständnis, dass der das nicht versteht.«

»Deswegen hab ich mit einem Brief angefangen, einer Entschuldigung«, sag ich. Ich winke Melli zum Tisch und lege das Blatt darauf. Ich räuspere mich und beginne zu lesen:

»Lieber Bene ...«

»Voll gut«, sagt Melli.

»Bitte komm in die Crew zurück«, lese ich vor, »wir brauchen eine Resurrection.«

»Mhm«, nickt Melli und hört konzentriert zu.

»Du bist das Vinyl zu unseren Turntables, du bist für unsere Crew ein ... da fehlt mir was.«

Melli kratzt sich am Kopf, schnippt.

»Ein Regulator!«, sagt sie.

»Alter!«, sag ich anerkennend. Wir schlagen ein.

»Bene«, lese ich weiter, »du bist so gescheit, wir vermissen dich.«

»Nein«, sagt Melli, »das klingt ein bisschen schwul.«

»Stimmt«, sag ich und streiche den Satz.

»Deine Sexualität ist uns egal«, schlage ich vor.

Melli hebt die Arme über den Kopf und klatscht dreimal in die Hände. »Ich hab noch eine Idee«, sagt sie.

Wir beugen uns tief über den Tisch, bis das letzte Licht des Tages versiegt ist.

8

Im Morgenrot stehen wir vor Benes Haus. Wir tragen weiße T-Shirts, und Melli hält einen Blumenstrauß aus dem Lackner-Garten, dem unten ein paar Wurzeln heraushängen. Ich drücke auf *Play* und hebe Benes eigenen Kassettenrekorder über meinen Kopf. Klaviermusik mischt sich in den frischen Tag und der Esperanto-Song von Freundeskreis beginnt.

Mit Esperanto international verständlich, kommt es aus den Lautsprechern. Bei *wir bringen euch Hip-Hop-Sound, in dem sich die Welt spiegelt,* geht im Haus ein Licht an. Bei *die mediale Definition von Hip-Hop ist 'ne Farce,* dreht sich ein Fenstergriff. Bei *Musik ist eine Weltsprache, keine schnelle Geldmache,* taucht Benes Lockenkopf auf. Aus verschlafenen Augen schaut er uns an. Dann verschränkt er die Arme und hört zu.

Der letzte Beat verklingt und Bene schließt das Fenster wieder. Eine Minute passiert nichts. Dann öffnet sich die Haustür. Die Hände in den Taschen der Jogginghose, kommt Bene auf uns zu.

»Benedikt«, sag ich in einem offiziellen Ton und hole den Zettel aus der Tasche. »Es tut uns leid, dass wir dich mit unserer Dummheit beleidigt haben«, lese ich. »In Zukunft machen wir es besser.«

Ich lese den ganzen Brief vor, den Melli und ich in der Nacht ausgetüftelt haben. Bene hört ernst zu, lacht einmal sogar kurz. Am Ende lasse ich das Papier sinken und habe das Gefühl, gleich weinen zu müssen.

»Wann«, sagt Bene und schaut langsam zwischen Mellis Nase und meiner Stirn hin und her, »seid ihr eigentlich so hässlich geworden?«

Melli schluchzt laut auf. Sie lässt die Blumen ins Gras fallen und fällt Bene um den Hals. Mit der Hand umschließt er ihren Hinterkopf. Die Umarmung dauert viel zu lange. Als Bene Melli endlich loslässt, mache ich einen großen Schritt auf ihn zu.

»Moment«, sagt Bene und bremst mich aus. Seine Züge werden wieder härter. »Wir beide«, sagt er, »vertragen uns nur unter einer Bedingung.«

SEPTEMBER

1

Ich sitze im kotzefarbenen Gang der Hauptschule, in der Ecke neben einem Mistkübel mit zwei zerquetschten Lattella-Kartons darin. Die Fenster sind offen, aber die Luft von draußen tauscht sich mit der von drinnen nicht aus. Mir gegenüber ist die Tür.

»Super«, sagt Melli, die den etwas zu kleinen Schülerstuhl flankiert, auf dem ich sitze. Sie lässt eine rosarote Hubba Bubba-Kaugummiblase zerplatzen: »Gewaltig.«

Die Musiklehrerin tritt mit einem Kaffee in der Hand in den Gang. Sie sieht erst Melli, dann mich, dann die Bob-Marley-Flagge, die mir um die Schultern hängt, dann die Bene-Hand, die auf der Flagge liegt, und schließlich Bene selbst, der seinen großen Körper hinter den kleinen Sessel in die Ecke hineinoperiert hat, als hätte er Katzensuperkräfte.

Sie erschreckt sich, der Kaffee schwappt ihr über die Hand, und sie schimpft leise vor sich hin, als sie weitergeht. Und wir haben nicht einmal Zeit zum Lachen. Man muss mit seinen Ressourcen schon haushalten, und Aufmerksamkeit ist eine Ressource, die wir der Musiklehrerin gerade nicht zukommen lassen können; jetzt, wo gleich der finale Boxkampf der Hauptschulzeit beginnt.

»Womit«, sagt die Bene-Stimme hinter mir, während ich die rote Plastikklinke an der Tür fixiere, »rechnest du dir zum Beispiel einen Rabatt aus, wenn die Lil Bow Wow-CD vorher 250 Schilling gekostet hat und jetzt um 15 Prozent reduziert werden soll?«

»Da nehm ich die Schlussrechnung natürlich«, sag ich.

»Da dividier ich alles durch 100 und multiplizier es mal 15.«

»Richtig«, sagt Melli, die mittlerweile vom Dabeisitzen jede Formel besser herunterbeten kann als ich, obwohl sie das für ihre Friseurlehre gar nicht braucht.

»Falsch«, sagt Bene. »Die Bow Wow-CD ist es auch mit 15 Prozent Rabatt nicht wert.«

Melli wiehert, aber ich bin zum Lachen zu angespannt, ich streiche mir eine Haarsträhne hinters Ohr und strecke dann die flache Hand in die Luft, damit Bene sie von hinten abklatschen kann.

»$(a + b)^2$«, sagt er.

Ich mache eine Handbewegung, als würde ich rappen, und zähle die Buchstaben aus meinem Mund heraus: »$a^2 + 2ab + b^2$.«

Melli klatscht in die Hände.

»Gewaltig«, sagt sie.

Bene knetet mir die Schultern und sagt: »Julia Hofer, du bist ein Viech.«

Drei Wochen lang haben Melli, Bene und ich für meine Nachprüfung gelernt: Benes Bedingung.

Wir haben uns im Schwimmbad getroffen. Mit drei Eins-Komma-fünf-Liter Colaflaschen voll Leitungswasser haben wir uns auf eine karierte Decke aus Mellis Garage gesetzt, jeden Tag unter denselben schmächtigen Baum.

Zuerst war Mathe an der Reihe. Mathematik immer doppelt so lang wie alles andere. Weil, Mathe ist der Endgegner, und was bringt es, hat der Bene gesagt, wenn du jeden Habschi, den die Habsburger gepudert haben, aufzählen kannst, und dann später vom Kelomat bei der ersten Frage geschlachtet wirst. Man muss sich schon auf den Endgegner vorbereiten, wer seine Strategie nicht richtig plant, scheidet beim Boxen schon in der Vorrunde aus.

Darum haben wir gelernt, jeden Tag, Mathe von morgens bis zwölf, dann wird nämlich der Beckenrand für eine halbe Stunde zum Springen freigegeben. Wir haben den Springern zugeschaut, mit Emmentalerbrot im Mund und das Wasser vor uns ein einziger Wirbel. Am Ende der Pause ist Melli immer noch selbst dreimal vom Dreimeterbrett gesprungen. Der dreimalige Dreimetersprung hat drei Wochen lang die zweite Lernphase eingeleitet: eine Stunde Physik, und bis wir bei Geschichte angekommen waren, war Mellis Bikini wieder trocken.

Danach wäre theoretisch noch Telefonzellenputzen angesagt gewesen, aber in Ermangelung von Telefonzellen und Haltestellen in Tal hat uns die Gendarmerie die Sozialstunden schon Anfang des Monats inoffiziell erlassen. Der August war also ein einziges Lernen. Und wie wir gestern zum letzten Mal die Decke unter dem bunt werdenden Schwimmbadbaum eingerollt haben, war das Gras komplett platt, das Rasenquadrat für den Rest des Jahres verloren. Man lässt immer seine Spuren zurück.

Die Tür geht auf, und der Druck von Benes Händen auf meinen Schultern lässt nach.

»Geht schon«, sagt Melli.

Ich stehe auf. Die Bob-Marley-Flagge gleitet mir vom Rücken. Ich drehe mich erst zu Melli, dann zu Bene.

»Geht schon«, sagt auch er und klopft mir auf den Arm.

Durch den Türrahmen sehe ich den Kelomat. Mit überkreuzten Beinen und einem Kugelschreiber in der Hand sitzt er da und schaut mich an.

»Julia Hofer«, sagt er und lehnt sich zurück.

»Das bin ich«, sag ich und nicke.

2

»Und?«, fragt Melli, als ich drei Stunden später aus dem Gebäude komme. Sie stößt sich von der Schulhofwand ab, an der sie und Bene mit den Rucksäcken über den Schultern gewartet haben. Ich lasse das Handy in meiner Arschtasche verschwinden. Gemeldet hat er sich nicht.

Ich schüttle den Kopf und beginne zu weinen.

»Nix«, sag ich und halte mir eine Hand vor den Mund.

»Alter«, sagt Melli.

»Alter«, sagt Bene.

»Alter«, sag ich und lasse mich von den beiden umarmen.

Wir gehen durch die Unterführung mit Bildern von einer Taufe und am Il Gelato, wo sich die Tourikinder aneinanderdrängen, vorbei. Wir durchqueren die Fußgängerzone und halten erst bei der Lounge wieder an.

Aus ihrem Rucksack holt Melli drei Hudewitten und Bene aus seinem ein paar Skol. Im Hintergrund läuft *Forgot About Dre* und ich schaue mich um. Ich schaue mir die abgebrannten Wände des alten Chinesen-Lokals an, es war Brandstiftung damals. Ich schaue auf den Großparkplatz und die Baustelle für den neuen McDonald's.

»Ich bleib für immer im Tal«, sag ich, und auf einmal wird das Blut im Körper mir schwer. Ich schaffe es nicht einmal, die Hand zu heben, um an der Hudewitte zu ziehen.

Geschichte habe ich geschafft und sogar Physik. Einfach ein Wasserkraftwerk erklären, es war viel leichter als gedacht. Aber Mathe. Mit Mathe war es nichts.

»Gerade mal die Hälfte konnte ich ausrechnen«, sag ich und drehe mich zu Bene und dann zu Melli. »Die halben Fragen habe ich nicht einmal beantwortet.«

»Die Hälfte ist viel«, sagt Melli, »wenn vorher gar nichts dagestanden ist.«

»Damit bleib ich trotzdem sitzen«, sag ich. »Die Hälfte ist nichts wert.«

»Falsch«, sagt Bene. »Von der Hälfte gehst du weiter.« Er deutet mit der Hand eine steigende Kurve in der Luft an. »Die Hälfte ist eine ganz andere Startposition.«

Ich nicke. Vor einem Jahr stand nur mein Name auf dem Test: Julia Hofer, und nichts dahinter. Jetzt war da wenigstens noch was. Vielleicht hat er recht.

»Ich bleib trotzdem sitzen«, sag ich und nehme einen Zug von der Hudewitte. »Ich bleib sitzen und dann bin ich ganz allein.«

Bene und Melli werfen sich einen Blick zu. Sie nickt.

»Julia«, sagt Bene und räuspert sich. »Rapperin wirst du ja nicht.«

»Und Michael kommt auch nicht zurück«, sagt Melli.

»Wollt ihr mich jetzt fertigmachen, oder was?«, frage ich.

Bene zieht ein paar Blätter aus seinem Rucksack.

»In Wien gibt es so eine Schule«, sagt er und reicht sie mir.

In der unteren Ecke sind die Ausdrucke verschmiert, wie immer bei Benes Drucker. Ich verstehe nicht, was die beiden von mir wollen. Überrumpelt lese ich den Text über einem körnigen Foto von einem großen Gebäude:

Ausbildung zum/zur TontechnikerIn.

»Die hatten einen Stand in Innsbruck. Das ist eine Berufsschule«, sagt Melli. »Du müsstest halt noch einen Ausbildungsplatz finden.«

»Aber dabei helfen wir dir«, sagt Bene.

»Was wollt ihr überhaupt von mir«, sag ich und ziehe die Hände auseinander. »Wien …«, lese ich von einem der Zettel ab. Ich denke an die Straßenbahnen, die wir letztes Jahr gesehen haben, an das orange leuchtende U-Bahn-Schild *Volkstheater*. Was hat das mit mir zu tun?

»Zum Rappen bist du nicht geboren. Aber für die Musik schon«, sagt Bene.

»Du wirst Producerin«, sagt Melli. »Du machst die Beats und mischst die Songs.«

»Was redet ihr?«, rufe ich, mittlerweile wütend. »Dr. Dre und Eminem haben Hip-Hop auch nicht in irgendeiner Berufsschule gelernt!«

»Dr. Dre hatte Glück«, sagt Bene und schmeißt seine Hudewitte auf die Erde. »Glück«, redet er weiter, »ist nichts, was du hast. Das kommt freiwillig nicht zu dir, Julia. Du bist halt eine, die das Glück erst zwingen muss.«

Ich starre auf den Großparkplatz hinunter, atme die kälter werdende Septemberluft ein.

»Julia«, sagt Bene, jetzt mit leiser Stimme, »da ist ein Wohnheim dabei.«

»Heim«, wiederhole ich das Wort.

Melli senkt den Blick. Fast verlegen schaut sie aus.

»Wenn du nächstes Jahr die Aufnahmeprüfung schaffst«, spricht Bene weiter, »kriegst du dort ein Zimmer. Der Beitrag ist ganz klein, das kannst du von deinem Lehrgeld …«

»Heim«, sag ich und »Wien«, als hätte ich beide Wörter vorher noch nie gehört.

Ich gehe zum Lounge-Tisch und lege die Blätter nebeneinander hin. Ein paar Seiten Information zum Berufsbild, zu *Karrieremöglichkeiten.* Ein Bewerbungsformular, auf dem schon mein Name steht.

»Du wiederholst die Klasse«, sagt Bene hinter mir. »Du arbeitest dich Stück für Stück nach oben und besserst deine Noten aus. Und mit dem neuen Zeugnis bewirbst du dich. Was glaubst du, was du in einem Jahr schaffen kannst, Julia, wenn du nach drei Wochen schon die Hälfte aller Kelomat-Fragen wusstest.«

Ich drehe mich zu den beiden um. So ernst, kommt mir vor, haben sie noch nie dreingeschaut.

»Du musst das Glück in die Ecke drängen«, sagt Bene, »bis es nicht mehr ausweichen kann.«

»Nach Wien«, sag ich und meine Stimme wird dünn, »ohne euch.«

»Wir kommen nach«, sagt Bene. »Wenn wir so weit sind, kommen wir nach.«

Wir legen uns die Arme um die Schultern, Bene, Melli und ich. Wir bilden einen Kreis und von draußen kommt kein Geräusch mehr herein.

3

Im Sommer, im Schwimmbad, haben wir auch ein paarmal Nadja gesehen. Am Anfang in einer Gruppe mit vielen Leuten. Aber wie die Zeit verging, wurden die Badetücher neben ihr weniger, und am Schluss saß sie ganz alleine da.

Irgendwann hatte ich keinen Bock mehr auf den Scheiß, hat sie mir am Buffet erzählt, als wir uns einmal gleichzeitig um Cola-Kracher angestellt haben. Da trug sie schon wieder die Brille mit den dicken Gläsern, weil sie mit den Linsen nicht zurechtkam. *Jetzt haben du und ich endlich was gemeinsam*, hat sie gesagt und sich mit dem Finger ans Brillengestell getippt. Im Spätsommer, haben wir ausgemacht, wenn die Touristen dem Tal den Rücken kehren, wollen wir uns einmal am Marktplatz treffen und ein Eis miteinander essen.

Im Herbst wird Nadja zusammen mit Bene und Theresa ins Oberstufengymnasium gehen, drüben, über dem Fluss. Und dann schreiben sie eine ganz neue Geschichte.

»Wart«, sag ich, »ich brauch noch Tschick.«

Das rote Trafikschild mit der Leuchtzigarette hebt sich grell vorm zarten Pfirsichschwadenhimmel ab. Ein Klingeln ertönt, als Melli und ich in das kleine, muffige Geschäftslokal treten.

Die Trafikantin hebt kurz den Blick von der *Kleinen Zeitung*. In der Hand hält sie einen Gabelbissen.

Melli geht zum Kühlschrank mit dem Coca-Cola-Logo und nimmt sich ein Dreh und Drink. Mit dem Rücken zu mir bleibt sie vor den Illustrierten und Hochglanzmagazinen stehen. Sie dreht den Schiffchenverschluss herunter, legt den Kopf in den Nacken und trinkt die halbe Flasche in einem Zug. Dann zuckt sie mit den hotpantsumrandeten Schenkeln und sagt: »Du glaubst nicht, was der Boris wieder aufgeführt hat.«

»Ich will's gar nicht wissen«, sag ich und lege zwei Zwanzig-Schilling-Scheine auf die Plastikschatulle mit den Rubbellosen: »Gelbe Parisienne, bitte.«

Die Trafikantin steckt sich einen herzhaften Gelee-Bissen in den Mund und nuschelt: »Den würd ich mir noch mal genau anschauen.«

Sie legt ihr Essen zur Seite und bohrt den Mayonnaisefinger in das Köpfchen des Geldscheinmannes, den ich gerade auf die Verkaufstheke gelegt habe. Der Mann hat Engelslocken und einen Schnauzer. Ich nehme den braunen Schein und halte ihn in die Höhe. Einmal hat uns der Brandstätter erklärt, welche Habschis auf welchem Geldschein drauf sind und warum. Dafür ist er mit uns in die Raiffeisen-Bank gegangen, in einen Hinterraum voller Schließfächer, und die Bankdirektorin persönlich hat uns einen Schein nach dem anderen vorgeführt und erzählt, wo darauf Geheimnisse und Fallen eingebaut sind.

Der Schnauzerhabschi auf dem Zwanzig-Schilling-Schein war ein Maler, an dessen Namen ich mich nicht erinnere. Auf dem weinroten Fünfziger chillt ein Mann namens Freud. Dann kommt ein Brillenmann, der irgendwas mit Geld zu tun hatte, was ich logisch finde, jetzt wo seine Visage den grünen Hunderter bewacht. Danach kommt schon der Fünfhunderter, darauf ist der Otto Wagner. Das habe ich mir gemerkt, weil wir in der Wienwoche das Otto-Wagner-Spital angeschaut haben. Das Spital ist auf einem Berg droben und drinnen sind lauter Verrückte. Den Fünfhundert-Schilling-Schein hat uns die Bankdirektorin schon mit einem weißen Handschuh über den Griffeln präsentiert, und der Tausender, auf dem natürlich der Mozart drauf ist, war sogar eingerahmt. Hinten auf dem Geld sind überall Häuser aus der Hauptstadt drauf, Museen und Säle und Kunstgalerien. Wenn man nach dem Geld geht, gibt es in Österreich keine Frauen. Es gibt nur Männer und die einzige Stadt ist Wien.

»Da«, sagt die Trafikantin.

Sie holt einen Ordner unter dem Tresen heraus. Sie öffnet ihn und hält mir einen eingeschweißten blaugrauen Schein entgegen. Darauf ist ein gemauerter Fensterbogen zu sehen, und in der Ecke ein Fünfer. Ich möchte danach greifen, doch die Trafikantin zieht ihn weg.

»Nix da«, sagt sie. »Der ist exklusiv für mich zum Herzeigen. Eingewöhnungsphase«, presst sie das letzte Wort silbenweise heraus, als hätte sie es gerade auswendig gelernt. »Drei Monate Eingewöhnungsphase«, sagt sie. »Ihr anderen seid dann ab Silvester dran. Ab heute schreiben wir die Preise schon doppelt aus.«

Sie legt den eingeschweißten Schein in den Ordner zurück, nimmt einen letzten Bissen von ihrer Jause und spricht mit vollem Mund weiter: »Wisst ihr überhaupt, wie viel so ein Euro wert ist?«

Melli vorm Zeitschriftenregal gibt einen langgezogenen Rülpser von sich und kommt zu uns geschlendert.

»13,7603 Schilling«, sagt sie, stellt ihr halbgetrunkenes Dreh und Drink auf den Verkaufstresen und zieht die Augenbrauen zusammen. »Halten Sie uns für Hauptschüler, oder was?«

4

Melli und ich gehen noch ein Stück an der B 100 entlang. Auf der anderen Straßenseite, vor der Latino Bar, sitzt die Maama am Bordstein und streckt den Kopf in die Sonne. Der Kinnbremser neben ihr scheint auch wiederhergestellt zu sein, und Feuerzunge ist sowieso unverwüstlich. Wir winken ihnen.

»Kommt ihr Wochenende!«, ruft die Maama über den Berufsverkehr hinweg, der sich jetzt über die Bundesstraße aus dem Tal hinauswälzt.

»Sangria im Kübel«, schreit Feuerzunge und grinst.

Wir winken und nicken.

Von weitem sehen wir eine Kolonne Kuhleiber von der Alm ins Tal zurückfließen. Der Käse ist gemacht und der Winter nicht mehr weit. Wir biegen in Mellis Straße ein und bleiben vor ihrer Haustür stehen.

Melli und ich schauen uns an. Die Abendsonne legt sich ihr auf die schiefe Nase.

Entschuldigung, würde ich Melli gerne sagen – und *danke.* Aber ich bringe es nicht heraus. Ich schaue sie nur an und aus meinem Mund kommt kein Ton. Melli nickt, sie kennt sich schon aus. Sie legt mir eine Hand auf die Schulter.

»Julia«, sagt sie und schaut mir gütig in die Augen. »Du bist vielleicht ein Mongo. Aber da drin …«, sie zeigt auf den Punkt an meiner Brust, hinter dem mein Herz sitzen muss. »Da drin«, sagt sie, »bist du auch ein Mongo.«

Sie lacht auf und ich schüttle ihre Hand ab. Neben ihrer Hüfte deute ich einen Arschtritt an, muss aber trotzdem lachen. Ich gehe ein paar Schritte, drehe mich dann noch mal um.

»Melli«, rufe ich.

Melli, die schon mit dem Schlüssel am Türschloss herumnestelt, blickt noch einmal auf.

»Mongo ist kein Schimpfwort«, sag ich.

Melli schnaubt, schaut sich um, packt dann mit der Hand durch die Hose ihre Muschi, als würde sie mir damit drohen wollen. Ich packe meine eigene Muschi und schiebe das Kinn vor. Melli lässt ihre wieder los, zeigt mir stattdessen den Vogel.

»Bescheuert«, sagt sie, »alle bescheuert in diesem Tal.«

»Bis morgen.« Ich hebe die Hand.

»Bis morgen«, sagt Melli.

5

Ich setze die Kopfhörer auf und drücke auf Play. Der Discman vibriert leicht, als sich die CD zu drehen beginnt.

Worst come to worst, my peoples come first.

Ich überquere die Straße, über die ich noch vor wenigen Monaten meinen Bruder im Bürosessel geschoben habe.

I got worldwide family all over the earth.

And I worry 'bout 'em all for whatever it's worth.

Eine rote Katze spielt unter einem Zaun mit ihrem eigenen Schwanz. Ich denke an Quasimodo. An sein hässliches Fell, an sein Stummelbein. Er war die beste Katze, ich weiß es bestimmt.

My lyrics take care of me, they therapy. Get shit off my chest.

Ich stecke die Hände in die Hosentaschen und schlurfe auf den Berg zu. Das beginnende Abendrot umschmeichelt seinen dunkelgrünen Buckel, in einer Ritze hat ein Rest dreckiger Schnee den Sommer überdauert. Wien, denke ich, hölzerne Straßenbahnsitze, auf denen man sich im Winter den Arsch verbrennt. Ottakringer statt Gösser Bier. Heldenplatz, denke ich. Heldenplatz, Schottenring, Universität. Universität, klingt die Stimme aus dem Tramlautsprecher in meinem Ohr nach. Ich denke an den geschwungenen Aufgang zum Gebäude hinauf. An die schweren Messingtüren, vor denen lungernde Studenten rauchen. Ich sehe die verzierte Klinke vor mir.

My peoples come first, kommt es noch aus meinem Discman, bevor ihm der Saft ausgeht. Bevor die Musik verstummt und ich auf einmal nur noch das Tal höre: das Sausen auf der entfernten Bundesstraße, das Zirpen der Insekten im Feld.

Und plötzlich wird mir klar, was zu tun ist. Ich ziehe das Handy aus der Tasche und schicke dieselbe SMS an Bene, Melli und Tarek.

Morgen Krisensitzung Lounge, schreibe ich. *Wir brauchen den Andreas.*

6

Ich öffne die Haustür und höre den Fernseher. Ich schleiche nach unten, die eine Stufe knarzt. Ich stelle den Rucksack ab und ziehe mir ein frisches T-Shirt an.

Die Tür zu Michaels Zimmer ist seit Juli geschlossen und jetzt öffne ich sie. Unsicher trete ich über die Schwelle. Als würde Michael es noch von Salzburg aus merken, dass ich daheim seine Regeln missachte. Das Bett ist noch bezogen. Würde ich an den Laken riechen, würde mir der Bierschweiß durchsoffener Nächte in die Nase steigen. Alles sieht noch gleich aus, aber es ist nicht mehr dasselbe. Die Möbel sind zu Hüllen geworden, wie eine abgestoßene Schlangenhaut, die nach dem Sommer auf der Alm zurückbleibt. In einer Ecke die Krücken, über der Stuhllehne der Shorty's-Hoodie. Der Couch quillt die Polsterung aus allen Ritzen. Schäbig wirkt sein Zimmer auf einmal, jetzt, wo mein Bruder fort ist.

Auf dem Schreibtisch sind die Turntables. Die ganze Anlage, alle CDs. Dass er die Musik nicht mitgenommen hat. Nicht einmal das.

Ich steige die Treppe hinauf, dem Gedudel des Fernsehers entgegen. Der Küchenboden ist klebrig. Ich stelle mich mit verschränkten Armen vor den brummenden Kühlschrank und mustere den vergilbten Zeitungsausschnitt aus der *Kronen*-Rezepte-Ecke, der mit einem *Wintersportparadies Tal*-Magneten an die Tür gepinnt ist. *Tipp,* steht unter dem Rezept. *Wer mag,* steht dort, *kann die Bolognese mit einer Zehe Knoblauch verfeinern.*

Ich öffne die Schublade und lege das Haushaltsbuch auf die Arbeitsplatte. Vorne ein paar abgegriffene A4-Seiten, an der Ecke mit einer Metallklammer zusammengeheftet.

So lernen Sie, mit Ihren Ressourcen zu haushalten!, steht in dicken Lettern auf dem ersten Blatt. Dahinter die jahrelang geführten Einträge über Lebensmitteleinkäufe. Datum, Geschäft und Höhe der Ausgabe sind am Anfang noch penibel vermerkt. Der 3. Mai 1998 ist das Datum des ersten Eintrages, mit feiner, leicht zur Seite geneigter Schrift. Ein paar Einträge mit derselben Handschrift, dann, ein Dreivierteljahr später, der nächste mit einer anderen, gröberen. Michael hielt den Kugelschreiber immer senkrecht ins Papier gepresst, wie einen Nagel, den es gleich mit einem Hammer durch die Seite zu schlagen galt. Seit letzter Woche gibt es eine neue Schrift. Ich vermerke meine Einträge in Blockbuchstaben, um Ähnlichkeiten mit meinen Vorgängern zu umgehen. Ich trage den Lidl-Einkauf von gestern nach, hefte die Rechnung ab und zähle die Essensmarken durch, die wir uns einmal im Monat bei der Caritas holen können. Es stimmt schon: Wenn man mit seinen Ressourcen haushaltet, ist alles kein Problem.

Ein letztes Mal wähle ich seine Nummer: *The number you have dialed cannot be reached at the moment.* Die Mailbox ist jetzt deaktiviert.

Im Wohnzimmer ist es hell. Der Essigbaum leuchtet wie eine zweite Sonne orange zum Fenster herein. Auf dem Tisch steht der Cappuccino unberührt, wo ich ihn am Morgen abgestellt habe.

Ich setze mich auf die Couch, in Michaels Arschkuhlen, die zu groß für mich sind. Über den Bildschirm flimmert eine

ORF-Sondersendung. Ein Flugzeug fliegt in einen Turm hinein. Ein rotes Band mit aktuellen Meldungen, zwischen denen immer drei weiße Pluszeichen stehen, läuft durch den unteren Bildschirmrand. Ich nehme die Fernbedienung und schalte um. Auf dem nächsten Sender läuft dasselbe. Und auf dem nächsten. Ein Moderator, der die Hand vor den Mund schlägt. Eine Amateuraufnahme von einer Aschewolke, die sich auf eine Gasse zuwälzt. Das Bild ruckelt. Man sieht eine Glastür zufallen und draußen zwängt sich die Staublawine vorbei.

Oh my God, schreit die Kamerafrau, *you saved my life.*

Die Luft in meinem Hals wird zu einem Gegenstand. Ich schlucke die Angst hinunter.

»Das mit der Nachprüfung war nichts«, sag ich.

Immer und immer wieder zeigt der ORF den in sich zusammensinkenden Turm. Menschen mit Panik in den Gesichtern. Nachrichtensprecher mit Panik in den Gesichtern. Politiker mit Panik in den Gesichtern.

Ich nehme die Fernbedienung und stelle den Ton leiser.

Ich richte mich auf und sage noch einmal laut: »Das mit der Nachprüfung war nichts.«

Ich drehe mich zum Diwan und sage: »Es tut mir leid.«

Die Mutter liegt da wie ein Embryo. Der letzte Sonnenstrahl des Tages fällt auf ihre blonden Locken, auf das mir zugewandte Rückgrat und scheint ihr jeden einzelnen Wirbel wärmen zu wollen. Es ist, als würde sich das Licht mit der Mutter und den umherwuselnden Staubpartikeln ein Geheimnis teilen.

»Hörst du«, sag ich, »es tut mir leid.«

Die Mutter bewegt sich nicht.

Plötzlich im Fernsehen eine neue Aufnahme. Ein zweites

Flugzeug kracht in den Nebenturm. Ein gedämpfter Schrei ist zu hören.

Und auf einmal fühle ich wieder die Wut. Diese neue Wut, die ich an dem Abend in der Latino Bar zum ersten Mal gespürt habe. Die neue Wut ist klar wie ein Bergfluss:

Es ist meine eigene.

Ich schleudere das Handy auf den Boden. Ich schlage die Faust auf den Tisch, dass der Cappuccino überschwappt und über die Glasplatte rinnt.

»Mama!«, schreie ich.

QUELLEN

Dr. Greenthumb
Musik & Text: Larry E Muggerud, Louis M Freeze

Esperanto
Text & Musik: Martin Welzer, Philippe Alexander Kayser, Max Herre, Deborah

Out Of The Dark
Musik & Text: Falco, Thorsten Boerger

Rap Superstar
Musik & Text: Larry E Muggerud, Louis M Freeze

The Real Slim Shady
Musik & Text: Mike Elizondo, T Coster, Marshall Mathers, Andre Romell Young

Worst Comes To Worst
Musik & Text: Booker T Jones, William Bell, Kejuan Waliek Muchita, Albert Johnson

PLAYLIST

Aaliyah – *Try Again*
Absolute Beginner – *Liebes Lied*
Absolute Beginner ft. Samy Deluxe – *Füchse*
Afrob ft. Ferris MC – *Reimemonster*
Baha Men – *Who Let the Dogs Out*
Beastie Boys – *Intergalactic*
Blumentopf – *6 Meter 90*
Bomfunk MC's – *Freestyler*
Christina Aguilera, Mýa, Pink, Lil'Kim – *Lady Marmalade*
Coolio – *Gangsta's Paradise*
Curse – *Lass* uns *doch Freunde sein*
Cypress Hill – *(Rap) Superstar*
Cypress Hill – *Dr. Greenthumb*
Deichkind ft. Nina MC – *Bon Voyage*
Destiny's Child – *Survivor*
Die Fantastischen Vier – *Sie ist* weg
Dilated Peoples – *Worst Comes To Worst*
DJ Tomekk, Stieber Twins, Curse, Prodigal Sunn & GZA – *Ich lebe für Hip Hop*
Dr. Dre ft. Eminem – *Forgot About* Dre
Dr. Dre ft. Snoop Dogg, Kurupt & Nate Dogg – *Next Episode*
Dynamite Deluxe – *Wie Jetzt*
Eins Zwo – *Gefährliches Halbwissen* LP
Eminem – *The Real Slim Shady*
Enya – *Only Time*
Falco – *Out of the Dark*
Fettes Brot – *Da Draussen*
Freundeskreis ft. Déborah – *Esperanto*
Fugees – *Ready or Not*
Gorillaz – *Clint Eastwood*
IAM ft. Bruizza et Rahzel – *Dangereux*
Iriepathie – *Ganjaman*
Jan Delay ft. Denyo – *Irgendwie, Irgendwo, Irgendwann*

JAY-Z – *Hard Knock Life*
Jurrasic 5 – *Concrete Schoolyard*
Kool Savas ft. Valezka & Melbeatz – *Haus & Boot*
M. O. P. ft. Busta Rhymes, Remy Ma & Teflon – *Ante up!*
Missy Elliott – *Get ur Freak on*
Mystikal ft. Nivea – *Danger (Been So Long)*
N. W. A – *Fuck tha Police*
Nelly – *Country Grammar*
Schönheitsfehler – *Fuck You*
Seeed – *Dickes B*
Snoop Doggy Dogg – *Murder Was the Case*
Spice Girls – *Wannabe*
Texta – *Millionen Personen*
Texta – *Neinsager*
Texta – *Sprachbarrieren*
Texta ft. Waiszbrohd, CRB & Boomer – *Linzer Torte*
Warreng G – *Regulate*
WU-Tang Clan – *Gravel Pit*
Xzibit – *Alkaholik*

Aaron Carters Auftritt bei MTV CRIBS fand erst 2003 statt.
Haus & Boot von Kools Savas ist im Juli 2001 erschienen, nicht schon im März, wie im Text impliziert.
Es gibt keine BRAVO Black Hits-LP, auf der DJ Tomekk mit *Ich lebe für Hip Hop* und Mystikal mit *Danger* gleichzeitig vertreten sind.